花が咲くとき

乾 ルカ

祥伝社文庫

contents

第一章 出立《しゅったつ》

老人には、指がなかった。

左手の小指と薬指の、全部が。

老人はその手で、庭の片隅《かたすみ》に植えられている、彼の腰ほどの高さもない、貧弱な幹《みき》と枝ぶりの木を手入れしていた。

老人の庭にはほかにも植木がある。けれど、彼はたいてい葉もまばらで見栄《みば》えのしないその木の前にいて、どことなくぼんやりと花芽《はなめ》を探しているのだった。

少年は貧相《ひんそう》な木に花が咲いたのを見たことはなかった。それは半分少年のせいであったが、もう半分は老人のせいでもあると、少年は思った。少年には、失われた指の不恰好《ぶかっこう》なところから、『気配』が漏《も》れ出ているのが見えた。気配はまるで、秋の終わりに霜《しも》がついて枯《か》れた草のような色をしていた。ああいう色はよくない。少年は知っていた。あの色は、誰かを恨《うら》んで、こてんぱんにしてやりたいと思うときに出る色だ。自分がそうだからわかる。初めてあの色を目にしたとき、少年は屈辱《くつじょく》に震《ふる》え、クラスメイトの嘲笑《あざわら》いに唇を噛《か》みながら、やられた仕打ちの後始末をしていた。ズボンを引っ張り上げる手全体が、枯れ草色に包まれていた――。

近所の大人や少年の両親も、隣家の老人を敬遠している。老人から出る不穏《ふおん》な憎しみの気配がそうさせるのだ。自分みたいにきちんと色を見ることが出来ない普通の人でも、なんとなく感じるものがあるのだろう。

僕みたいに、気配を隠せばいいのに。

でも、すぐに少年は老人を突き放す。あのお爺《じい》さんには無理だ。僕は特別に勘《かん》がいいから、自分の気配をコントロール出来る。一方、仏頂面《ぶっちょうづら》で変な木ばかり眺《なが》めている老人はどうだ。こんな住宅地で、ほとんど誰も訪《おとず》れない質屋《しちや》の主人。なにをしてお金を稼《かせ》いでいるんだろう? とにかく佐藤北海《さとうほっかい》さんには、出来やしない。

少年は自分の部屋の窓に顔を近づけ、隣家の老人が庭木の手入れをしているのを眺める。老人は少年が起床するずっと前に起き出しているようだ。雪のない季節で、天候が悪くなければ、老人は少年がカーテンを開けるときには既《すで》に庭に出ている。かわりに、夜九時半を過ぎると、電気は消える。消えると、少年は両親に気づかれないよう、そっと外に出る。そして、老人が最も気にかけている細っこく弱々しげな木を、隣家とを申し訳程度に隔《へだ》てる、膝《ひざ》くらいの高さのブロック塀《べい》越しに観察する。夏が近づくとまれに膨《ふく》らんでくる花芽みたいなものを、少年は見つけたら抉《えぐ》り取って捨てることにしている。花が咲かないことに、老人ががっかりすればいいと思いながら。指を失った老人のがっかりが、いつかがっかりでは留《とど》まらない、もっと激しいなにかに変化すればいいと期待しながら。

そうしたら、この世界は少し面白くなる。

＊

上田義春《うえだよしはる》が、机の横のフックにかけてある習字道具入れを取り上げる。その机は、義春のものではない。給食当番で食器を下げに行っている、長谷川武史《はせがわたけし》の席だ。義春は道具入れを開けて、中の墨汁《ぼくじゅう》が入った容器のキャップを緩《ゆる》めた。横にすると、十秒ほどでキャップの隙間《すきま》から黒い滴《しずく》がぼたぼた垂《た》れてきた。

それを再び道具入れに収めて、元通りにフックにかける。義春と彼の取り巻きが笑う。女子の誰かが「やめなよ」と言ったが、義春はいきがって相手にしない。

墨汁の、どこかつんとする匂《にお》いが、瀬川大介《せがわだいすけ》の席まで漂《ただよ》ってくる。それは開けてある教室の窓から入り込む、札幌《さっぽろ》の七月の日差しと緑の香りとは、決して混じりあわない。

大介は風をはらんでヨットの帆《ほ》のように膨らんだカーテンを見る。カーテンが限界を超えてめくれ上がると、南西の方角に手稲山《ていねやま》の端《はし》っこと、それに連《つら》なる名前も知らない山々が現れる。葉の緑に覆《おお》われているはずなのに、遠くの山はなぜ、空に溶《と》け込むように青っぽいのだろう？

武史が教室に戻ってきたころには、彼の席の床には真っ黒な墨の水溜《みずたま》りが出来上がっていた。

「おまえ、四時間目終わったあと、ちゃんとふた閉めなかったんだろう」

「さっさと拭《ふ》けよ」

武史は泣きそうな顔で、掃除《そうじ》用具入れから雑巾《ぞうきん》を取り出した。風を抱《かか》えて膨らんだ木綿《もめん》のカーテンは、次には潮《しお》が引くように萎《しぼ》む。あの、膨らんだり萎んだりする動きと呼吸を合わせれば、存在感を消すのはたやすい。大介はそうする。目立ってはいけない。気配を感じさせてはいけない。義春を責めるのも、一緒に笑うのも、武史を手伝うのも駄目《だめ》だ。

密林に棲《す》む昆虫みたいに、擬態《ぎたい》するのだ。墨汁と夏の匂いが満ちた教室の空気になれば、狙《ねら》われはしない。

あんな思いは、二度としたくない。

義春たちはまだ笑っている。武史は洟《はな》をすすっている。

頰杖《ほおづえ》をついた右手の指に力が入り、無意識のうちに顔に爪《つめ》を立てていた。

——それでもいつか、義春には……。

大介は自分を戒《いまし》める。このしょぼくれた枯れ草の色は、一人になったときに育てるものだ。強い気持ちは気取《けど》られる。今はまだ駄目だ。トイレに行くそぶりで、慎重に椅子《いす》を引き、立つ。ズボンのポケットに右手を入れる。冷たく硬《かた》い感触。その手触りは、大介の味方だ。墨汁の匂いはまだする。昼休みが終わるまでに、武史はちゃんと始末出来るだろうか。

教室を出ると、廊下《ろうか》で女子数人が立ち話をしていた。

「あのお爺さん、なんか気持ち悪いよね。むすっとしてるし」

「うちの近くではあまり見ないけど」

「ママが挨拶《あいさつ》したら、怒ったみたいな声で返されたって」

「五時くらいに、スーパーマーケットにいるって言ってた」

「ふらふら歩くよね」

「なんで指ないの、あの人」

あの指にはきっと秘密がある。老人の気配の色に繫《つな》がる秘密だ。

推測ではなく、それは大介の確信だった。

家に帰ると、母が牛乳とカステラ二切れをおやつに出してきた。母からはパーマを当てた匂いがした。実際髪の毛も、朝とは打って変わってくるくると巻かれ、頭全体が大きくなったように見える。母はサイドボードにコーヒーカップをしまい、ガラス戸を閉じた。そうして、ガラスに映《うつ》った自分を、少し顔を左右、横向きに振りながら眺めた。テレビでは、モスクワで行われるオリンピックとそのボイコットの話題をやっていた。大人はやいやい言うけれど、大介にはどうでもいいことだ。

手を洗ってから、出されたおやつを黙って食べていると、クリップボードが横に置かれた。町内会の回覧板だ。

「食べ終わったら、佐藤さんに回してきて」

町内会の回覧板は、大介の家から佐藤北海の家に渡る順番だった。持っていく役目は、小学校に上がったころから大介のものになっている。弟か妹がいたら、役目を果《は》たす回数も半減しただろうが、あいにく大介は一人っ子だ。母は「わかった？」と念を押した。大介は一度だけ小さく頷《うなず》いた。

大介の役目になった理由は、考えるまでもないことだ。母は北海とあまり関わり合いになりたくないのだ。世間の評判どおりの印象を、母も北海に対して持っている。北海が庭に出てきたら、母は逆に庭の手入れを止めて家に入ってくる。

既読《きどく》の印鑑欄《いんかんらん》に、瀬川の二文字が青インクで記入されていた。ハネがきつく、右肩上がりの少しとげとげしい書き癖《ぐせ》は、母のものだ。隣《となり》の北海が記入するだろう欄は、もちろんなにも押印されていないし、サインもない。大介は北海がどんな字を書くか知らない。利《き》き手がどちらかも知らないが、左手だったら無い指がある。書きづらそうだ。だとしたら、ものを書いたりすることは、きっと嫌いだろう。勉強も出来ないに違いない。

回覧板を持って、玄関を出る。二段の段差を降りると父のセダンを停《と》め置くスペースで、歩道との境界にレンガ造りの門柱がある。大介の家は間口が狭《せま》く、門を出て数歩で佐藤北海との土地を仕切るブロック塀になる。

去年の秋、大きなドブネズミがその塀の上で死んでいた。ネズミは硬直しているようで、目をつぶっていて、口は少し開き、門歯《もんし》が見えていた。大介はびっくりして家に逃げ込んでしまった。翌日恐る恐るそこを確認したら、死骸《しがい》はなかった。両親が始末したとは思えなかった。そんな話題は出なかったし、母はネズミが大嫌いだ。始末したのは、北海だろうと大介は考えた。北海の手なら、あんな不気味なものでも平気で摑《つか》みそうな気がする。猛禽類《もうきんるい》がそうするように。

ブロック塀の横には、いつもほろ付きの軽トラックが停めてある。北海の車らしいが、運転しているのは見たことがない。北海の家はこの並びの一番端、いわゆる角地だ。玄関はサッシの引き戸で、右横に黒い文字で『佐藤北海』と書かれた木の表札と、『佐藤質店』の小さな看板が並んでいる。大介はドアブザーを押した。質屋なのだから勝手に戸を開けても良いのだろうが、そういうなれなれしいことは、憚《はばか》られるのだ。

「佐藤北海さん、回覧板です」

呼びかけると、中から床を擦《す》る足音が近づいてきた。四角い感じの人影がサッシを隔てたすぐそばに来て、おもむろに戸を開ける。

「ご苦労さん」

大介が耳にしたことのある中で、一番低い声の持ち主が、気難しい顔のまま、にこりともせずにクリップボードを受け取った。肩より少し短い髪は、半分以上が白い。骨ばった顔の中央に突き出た鼻と、あまり瞬《まばた》きをしない大きな目は、時代劇に出てくる落ち武者みたいに鋭い印象だ。北海は白い七分袖《しちぶそで》の下着に下も白いステテコを穿《は》いて、その上に橙《だいだい》色の腹巻きをしていた。夏場、家にいる北海は、たいがいこういう恰好だ。どんなに暑くても、腹巻きだけはしている。

「ちょっと待っていなさいよ」

北海は大介にそう言い、のそのそといったん中へ引っ込んだ。大介は大人しく従《したが》い、北海宅の玄関を見回した。広い玄関で、左手には上がり框《がまち》にぴったりくっつけるように、小さな座卓が置かれている。右には下足箱《げそくばこ》があり、その上にガラスケースと水槽が鎮座《ちんざ》していた。ガラスケースには、時計や万年筆などが並べられていて、ここが一応質屋だということを思い出させる。水槽の中では、ポンプの泡《あわ》をくぐりながら二匹の鯉《こい》が泳いでいた。一匹は暗い灰色で、もう一匹は白と赤の鱗《うろこ》に彩《いろど》られている。大介は水槽に顔を近づけた。鯉がゆったり目の前を泳ぐとき、水槽のガラスが鏡になって、大介は自分の顔と向き合った。白っぽくて細長い顔に切れ長の目が、こちらを見返した。強そうじゃないと、大介自身も思う。体格も背は平均を少し上回るが、体重は全然だ。親戚《しんせき》の人はホワイトアスパラみたいだとからかう。

尾びれが泡を割った。

鯉がどのくらい生きるのか、大介はよく知らない。物心ついたころから、水槽はあったように思う。鯉を質に入れた人がいたのかもしれない。水槽の下には、青っぽい編《あ》み物が敷《し》かれてある。

北海が戻ってきた。回覧板のかわりに手の中にあるのは、水色と緑の毛糸を使って編まれた腹巻きだった。

「腹を冷《ひ》やすといかんからな」

大介は頭を下げて、「ありがとうございます」と言った。北海はうんうんと頷いた。

戸を閉めて、大介は素早く庭に回った。たぶん今なら北海は回覧板に目を通しているだろうと思ったからだ。ブロック塀のこちら側から、北海が目をかけ続けている貧相な樹木をざっと見る。花芽らしきものが一つあった。大介はズボンのポケットから自分に忠実な、冷たくて硬いものを取り出す。ビクトリノックスのスイスアーミーナイフ。二年前、父が出張土産《みやげ》でくれた。小学校三年生の夏休みから、大介の家は毎年キャンプに行くようになった。そのときに父が、缶切《かんき》りやワインのコルク抜きまでもが揃《そろ》った多機能ナイフを使いこなしているのを見て恰好いいと思い、自分にも一つ欲しいとねだったのだ。お土産のものはクラシックというタイプで小さいけれど、それでも立派なナイフだ。落ち着いた赤色のボディからブレードを引き出し、それで花芽を削《そ》ぎ取ろうとして、止める。その芽はひどく小さく、生気が感じられなかった。放っておいても花を開かせることはなさそうだ。今までだって、全部の花芽を逃さず摘《つ》み取ってきたわけではない。けれど、花は咲かなかった。つまり、そういうことだ。大介はその場を離れた。

家に入ると、母は大介が握《にぎ》っているものを見て、顔をしかめた。

「あんた、どうするの、そんなの。またもらって」

母を包む空気が、風呂場の赤いカビみたいになる。近所の人からもらい物をすれば、お返しを考えなくてはならない。しかも相手は北海だ。有難迷惑この上ないと思っているのが、大介には手に取るようにわかる。

「だって、くれるんだもん」

北海を前に、そんなものはいらないと突っぱねるより、大人しくもらっておいたほうが楽だ。以前から北海は大介にだけ、腹巻きやマフラー、人差し指から小指までが一緒になった形の手袋を、ときどき思い出したようにくれる。詳《くわ》しくはわからないが、どうやら北海はその外見に似合《にあ》わず、編み物が趣味のようなのだ。とはいえ、男の老人が趣味で編んだものなんて、たかがしれている。マフラーや手袋は、デパートで買ったもののほうが恰好いいので、一度も身につけたことはない。

北海は既製品のマフラーを巻き、手袋をはめて登校する大介を見ても、別になにも言わない。

大介はちょっと気詰《きづ》まりな思いをするが、それだけだった。どうして自分があげたものをしないのか、と問い質《ただ》されるようなことは一度もなかった。彼は意外に寛容なのだ、大介にだけは。

二階の自室に上がり、大介は窓を開けた。網戸の向こうにとまった小さな蛾《が》を、叩《たた》いて追い払い、鼻先をくっつけるようにして隣を窺《うかが》う。しばらくして、北海が庭に出て来た。

北海は体を左右に揺《ゆ》らしながら弱々しい木のところに行き、前にしゃがんだ。大介は息をひそめた。小さな子が自転車のベルを鳴らしながら、庭の向こうの歩道を走り抜けていく。北海が一つ、いがらっぽい咳《せき》をした。ため息も聞こえた。北海は先ほど大介が摘み取ろうとした花芽の辺りに、おずおずと左手で触れた。そして、また咳。さっきよりも苦しそうなそれだった。老人は手の甲《こう》で額《ひたい》の汗を拭《ぬぐ》う仕草《しぐさ》をした。唸《うな》りながら立ち上がると、北海は胸の中心に右手を当て、背を丸めた。支えを求めるように左手を細木に伸ばしかけて止め、かわりにその場に膝をつく。網戸越しでも、北海の顔色の悪さがわかった。大介は声をかけるべきか否《いな》か、寸時《すんじ》迷った。だが、北海は顔を歪《ゆが》めながらも、震える右手を、上向きに二つ折りにした腹巻きと腹巻きの間に差し入れた。そこから葉書大の紙袋が出てきた。紙袋の中身が土の上にこぼれた。銀色のなにか。薬のシートだということは、北海がそれを裂《さ》いて中身を出し、受けた手のひらを口にもっていったところで知れた。

北海はしばらく土の上に腰を下ろして休んだ。時計の長針が九十度程度進んだころ、よろよろと家の中へ戻っていった。

大介は気配を消しながら、その様子をずっと見ていた。

北海の木に見つけた花芽は、やっぱり開かないまま茶色くなった。

終業式の日の校舎を出れば、小学校最後の夏休みが始まるというのに、大介はあまり楽しくない。どうして先生たちはこれから休みだというときに通知表を渡して、水を差すような真似《まね》をするんだろう？　大介に渡されたその二つ折りの紙は、きっと両親の機嫌を悪くさせる。

成績は別にひどくない。むしろ、クラスの上のほうにいる。けれど、一番ではない。二番でも、三番でも。大介の両親は国立の有名な大学を出ていて、どっちも頭が良かった。成績のことで説教されるときは、いつだって級友ではなく、「お父さんがおまえの歳《とし》のころは」というように、親と比較される。大介は通知表をランドセルにしまい込んで、ふと斜め前の義春の手元を見た。クラスでもリーダー格の、体の大きな彼は、机の下にやった手にゲーム&ウオッチを持っている。四月に発売されたばかりのそれを、大介も欲しいのだが、両親は勉強しなくなると言って買ってはくれない。かといって、お年玉を貯《た》め込んだ貯金を使って手に入れたところで、管理が必要だと没収されるだけだ。

義春がこちらを振り向きそうになったので、大介は視線を逸《そ》らした。目立ったって、いいことはない。大介は四年生のときに義春に受けた手ひどい仕打ちを思い出し、親指の爪で人差し指の皮膚をひっかいた。あれで気配を消すのを学んだ。

蠅《はえ》だって近づいてうるさく飛び回るから叩かれる。

でも、だからといって義春を許したわけではない。義春の、いつも鼻息荒くふりまく、どぎついまでに真っ黄色をした大威張《おおいば》りの気配を汚くしてやれたら、どんなにすっとするだろう。大介はカーテンの動きに合わせて呼吸しながら、ポケットの中のナイフを握り、目線だけを国崎《くにさき》さんの後頭部へやった。左右でお下げにしている髪型の国崎さんは、透明な下敷きで自分の首元を扇《あお》いでいた。下敷きの中には、ちょっと大人びた女の子グループがしきりにカッコいいと言う沢田研二《さわだけんじ》の切り抜き写真が、何枚か挟《はさ》まれてあった。

先生から夏休みの宿題や自由研究などの課題について、しつこく説明を受け、ようやく「起立、礼、さようなら」になった。義春は取り巻きとともにひときわ騒がしく、教室を出て行った。国崎さんは仲のいい女子数人と一緒だった。大介は最後だ。誰も大介のほうを向かない。誰もいなくなった教室は、大介の腹にきゅっと絞《しぼ》るような痛みを覚えさせる。

へその辺りに手を当てると、北海の顔がふと浮かんだ。

北海の変に寛容な態度は、大介を幾度となく戸惑わせた。気配の色がわかるようになってからは、戸惑いが不審と謎《なぞ》への探究に変わった。佐藤北海という、住宅街で怪《あや》しげな質屋を営《いとな》む独居老人は、後ろ暗い負の感情を抱いていなくてはいけない。人を遠巻きにさせる気難しい顔は、例外なく大介にも向けられるべきだ。

だから大介は、暇《ひま》さえあれば、老人をひそかに観察するようになったのだ。大介にとって、老人は夏休みの宿題の朝顔だった。


上履《うわば》きやら、図工の授業で作った木製のブックエンドといった大荷物やらを抱えて、大介は一人帰途につく。級友たちと遊ぶ予定は特になかったけれど、八月上旬、家族で屈斜路湖《くっしゃろこ》にキャンプに行くことになっていて、大介はとても楽しみにしていた。北海道の東側にはまだ行ったことがなかったし、なんといっても屈斜路湖には恐竜の生き残りらしい謎の生物がいるのだ。

太陽が上から照《て》りつけ、大介のつむじを焼く。大介はアスファルトに落ちる自分の真っ黒な影を踏《ふ》みながら歩く。北海宅の角を曲がる直前、庭に目をやった。北海はいなかった。

家に帰ると、母が大介の大荷物に渋《しぶ》い顔をした。

「きちんと整理しなさいね」

上履きを袋ごとたたきに置いたら、すかさず「自分で洗いなさい」と言われた。大介は少し嫌《いや》な気分になった。追いかけるように「一学期の成績はどうだったの？」と尋《たず》ねられて、『少し』は『大いに』に変わった。大介は答えず、靴《くつ》を脱いだ。

「通知表を見せなさい」

いつもなら、靴を揃えろだの、手を洗えだの言うくせに。大介は無言でランドセルを開け、母が要求するものを渡した。

母はすぐにそれを開いて、眉《まゆ》をひそめた。

「あら」

次に母は、『たいへんよくできました』『ふつう』『もっとがんばりましょう』の数をきちんと数え始めた。大介は洗面所で手を洗って、ランドセルとブックエンドを持って自分の部屋に引っ込んだ。窓を開けて登校したが、部屋は空気が淀《よど》んで暑かった。ドアを閉めていたから風が通らなかったのだ。けれども、ドアを開けっぱなしにするなんて冗談じゃない。

窓辺に寄り、北海の庭を見る。今度はいた。老人はそこが決められた場所であるかのように、貧弱な木の前でじっとしていた。

母の声が階下からかけられた。昼ご飯だと言っている。

用意されていたのは、そうめんだった。

「インスタントラーメンのほうが良かった」

「なにわがまま言っているの、暑いのに」

わざわざ作ってあげたのにと、母はいつもよりも手厳《てきび》しく大介を叱責《しっせき》した。大介が黙っていると、話は一学期の成績のことへと移行した。

「『ふつう』の数が増えたんじゃないの？」

それのどこが悪いのかと大介は思う。『もっとがんばりましょう』は三段階での最低評価だから、それが増えたのなら、問題かもしれない。けれども、『ふつう』なら真ん中だから、悪くはないのだ。なのに、怒られる。

先日パーマを当てた母の髪の毛が、窓から吹き込む空気で、ふわりと立ち上がった。

「来年は中学校なのに」

たぶん、全部『たいへんよくできました』にしないと、両親は納得しないのだ。そんなの無理に決まっているのに、自分たちには出来たのだからと同じことを求めてくる。

大介は、両親が中学生のころの成績表を見せてもらったことがあった。評定《ひょうてい》に使われていたのは1から5までの数字で、大介の小学校とはシステムが違ったが、ぐうの音《ね》も出ないほど優秀だというのはわかった。5が一番良くて、1が一番悪いと教えてもらったうえで見たそれは、5ばかりだった。他の数字はあっても4で、それも一学期から三学期までで一つか二つだった。

大介と同じに三段階に変換したら、つまり、ざっくりと5、3、1だけで考えたら、一番いい評価しかないことになる。『ふつう』がないのだ。だから両親は、『ふつう』にいい顔をしないのだ。

でもそれは、両親の都合だ。

他の家だったら、自分の通知表でも「頑張《がんば》ったね」と褒《ほ》めてもらえるかもしれないのに――大介は箸《はし》を置く。少し乱暴な置き方になった。母がまたその行為を咎《とが》めた。

窓の外はとても明るかった。反対に、家の中は湿《しめ》り気《け》を帯《お》びて重く暗い。水色の羽根の扇風機がゆっくり首を振りながら、居間のソファの横でそのじっとりした空気をかき回している。

会社から帰宅した父も、大介の通知表に渋面《じゅうめん》を作った。

「おまえは、こんなもので満足しているのか？」

父はもうパジャマ姿になっている大介を自分の前に座らせて、将来について質した。

「おまえは大人になったらなにになりたいんだ」

なぜ大人はそんなことを訊《き》くのだろう？　問われるごとに訊き返したくなるが、出来ない。一つはっきりしているのは、自分が大人になったら、子どもの通知表片手にあれこれ言いたくはないということだ。

「ちゃんと勉強をして、いい成績じゃないと、将来困るのはおまえなんだぞ。お父さんは努力をしたから、大きい会社に入れたし、お給料もしっかりもらえているんだ」

父は損害保険を取り扱う会社で、係長をしていた。名前を言えば、大人ならほぼ全員「ああ、あの会社」とわかるらしい。

「勉強して受験に勝ち抜かないと、将来は工場のねじまきかトラック運転手になるしかないぞ。それでいいのか？」

どっちもしたくないけれど、ねじまきや運転手のなにが悪いのか。そんなおかしなことを言う父と一緒に働くほうが、よっぽど嫌だ。大介は父をも黙らせられる反論を考え、でも思いつかなくて俯《うつむ》いた。父の態度は、クラスの中で威張り散らす義春を思い出させた。

義春は大介よりも成績は悪いはずだが、こんなふうに怒られているだろうか。大介は心の中で首を横に振る。ゲーム&ウオッチで遊んでいる姿しか思い浮かばない。

涼《すず》しい空気が大介にそっと触れていく。夜になって、ようやく涼気がカーテンを揺《ゆ》らすようになったのだ。父が扇風機の首振りスイッチを切り、自分のほうだけに向けた。大介はひとしきり説教されて、解放となった。階段を上って自室に閉じこもると、両親の声が外から聞こえた。居間と自室、どちらの部屋の窓も開けているから、そういうことになる。

二人の口調は穏《おだ》やかではなかった。言葉をぶつけ合うたびに、声は大きくなり、激しさが増した。両親は大介のことで言い争っていた。

おまえがきちんと見ていないから。

あなたが早く帰ってこないから。

大介は窓をきっちりと閉めて、部屋の電気を消す。部屋が暗くなれば、外が見やすい。暗がりの中の、北海の木に目を凝《こ》らす。

あの細い枝を無性《むしょう》に折ってやりたい気分にかられた。せめて花芽が出ていたら、削いでやる。

父が風呂に入ったのを見計らい、母がトイレに立った隙をついて、音をたてずに外へ出る。この行動は、もう慣れたものだ。外へ出たら、素早く庭に回る。ブロック塀越しに、木に花芽がないかどうかを確認する。

はたして、爪の横のささくれほどの兆《きざ》しが二つあった。大介は素早くそれを小さなナイフで削ぎ取り、家の中に戻った。母が居間でテレビを観《み》ていた。扇風機の首振り機能は復活していた。扇風機が母のほうを向くたび、前髪がふわっと浮きあがる。けれどもその風も、居間に滞留《たいりゅう》する薄黒い気配の残りを吹き飛ばせはしない。両親が喧嘩《けんか》したあとは、たいていこの薄暗さが漂う。だから大介には、たとえその場に、家にすらいなくとも、彼らが険悪になったことがわかる。

「あら、あんた。表に出ていたの？」

母がふいに言った。大介は無理にごまかさない。

「外の空気で気分転換したかっただけ」

少しは夏休みの宿題をやってから寝なさいと、母は眉間《みけん》をもんだ。それから、朝のラジオ体操があるから寝坊をするなと釘《くぎ》を刺された。

宿題なんかやらずに、大介は寝た。外からは虫の鳴き声がしていた。その鳴き声は、遠くで爆音を撒《ま》き散らして走るバイクや車が、たびたびかき消した。

大介は眠りに落ちるまで、屈斜路湖のクッシーと北海のことを、とりとめなく考え続けた。

夏休みでも、大介には一緒に外で遊ぶ友達がいない。クラスでは気配を殺すことに腐心《ふしん》しているのだから、特にそれを寂《さび》しいとは思わなかった。去年の夏休みは、遊びに出かけない大介を母が不審がりもしたが、今年はとりたてて心配していないように見える。ただ、家にずっといると勉強しろと言われるか、手伝いを強要されるかなので、適当に大介も外に出る。行き先は学校近くの北区民《きたくみん》センター内の図書室やその近くの書店などだ。大介の小学校は、地下鉄駅から歩いて二、三分ほどの、ひらけた場所にある。とはいえ、そのひらけかたは、混沌《こんとん》としたものだ。父は地下鉄駅周辺を、北のススキノだと言っていた。クラスの中にも、お母さんが夜にお酒を飲ませる店に勤めている子がいる。

地下鉄駅近くのマッチ箱みたいな映画館では、『スター・ウォーズ　帝国《ていこく》の逆襲《ぎゃくしゅう》』をやっていた。本屋の二つ隣は大きなパチンコ屋だ。片側二車線の道路を挟んだパチンコ屋の向かいには、五階建てのスーパーマーケットがあり、店内からはいつも流行《はや》りの歌謡曲——そのときは田原俊彦《たはらとしひこ》の『哀愁《あいしゅう》でいと』だった——が漏れ聞こえる。賑《にぎ》やかだけれど、雑然としていて汚い。界隈《かいわい》のどこかには、毎日必ず吐《は》いたもののあとがある、そんな感じの街だ。

七月最後の日だった。その日も大介は、本屋で漫画の単行本と超能力を扱った本を立ち読みしてから、図書館に寄った。大介は子ども用に編纂《へんさん》したシャーロック・ホームズのシリーズをここの図書館から全冊借りたが、義春はまったく本に興味がない。絶対に鉢合《はちあ》わせしない場所なのだ。

暇そうな職員がいるカウンター前を過ぎ、書架《しょか》の間をうろついて、とある本にふと目が留《と》まった。

百科事典などの、館内閲覧用のコーナーにそれはあった。

植物図鑑だ。

抜き出してみる。大きくて厚く、重たい。両手で抱えて、窓際の背もたれのない椅子に座る。

ページはつるつるとした、丈夫そうな紙で出来ていた。一つの木や草花に、何枚かの写真が解説とともに掲載《けいさい》された構成で、掲載順は科《か》や属《ぞく》といった分類別だった。大介は頭から順番にページをめくっていった。あの木が何科に属するかなんて、ちっともわからないからだ。

ひたすら写真だけを注意深く見ていく。似たようなものには当たらない。一度でも花をつけたところを目にしていれば、一つ手掛かりが増えただろうが、いまさら望むべくもなかった。だが大介は、花芽を削ぎ続けた行為を反省しなかった。かわりに、自分が見逃した花芽も弱って枯れたのを思い出し、放っておいてもどうせ咲かなかっただろうと結論づけた。

手掛かりは樹高や、申し訳程度に枝にはりつく葉の形だ。葉脈《ようみゃく》が割としっかり筋を作るあの木の葉は、楕円形《だえんけい》で、先がすっと尖《とが》っていた——。

図鑑を膝に大介はため息をつく。似たような葉を持つ木は少なくなかったし、つき方も北海の木のようにまばらではない。葉が茂れば、木全体の印象も変わってくる。

結局大介は、北海の木の名前を突き止めることは出来なかった。図書館の壁にかけられている時計を見た。ちょうど昼ご飯の時間になっていた。建物の外に出ると、強い日差しが脳天に突き刺さった。建物の横の一面しかないテニスコートには、誰もいなかった。ネットは緩んで、くたりと力ない。国崎さんはそういえば軟式テニスをやっていたなと、三つ編みの頭を思い出す。それから首の後ろとか、半袖から覗《のぞ》く二の腕とか、短パンを穿いたときに見える太腿《ふともも》とかを。

笑うと右頬だけに出来るえくぼまで頭に浮かべたところで、義春の下品な笑い声が邪魔に入った。

大介はさしてずり落ちていないズボンを引き上げ、ポケットに手を突っ込んでナイフを握った。どこかの家からピアノの音が聞こえた。アスファルトには金属を溶かしたような逃げ水がゆらゆらしていた。帽子をかぶった低学年の男子二人が大介の前を走って横切った。手前の子の手にはゲーム&ウオッチがあった。

母が用意していた昼食は、冷麦《ひやむぎ》だった。

「大介、宿題は計画的にやっている？」

大介は答えずに、台所の戸棚からインスタントの袋ラーメンを取り出し、やかんを火にかけた。どんぶりに麺《めん》を入れて沸《わ》いた湯をそそぐ。鍋蓋《なべぶた》をして三分待てば、冷麦よりずっと美味《おい》しいものが出来る。

「あんた、なんでそんなの作ってるの」母が眉を吊《つ》り上げた。「お母さんがせっかく冷麦茹《ゆ》でたのに……」

インスタントラーメンのほうがいいと、終業式の日のそうめんのときに、ちゃんと言っているのだ。冷麦を茹でるほうが悪いと思った。母は麺が余るとカリカリしている。

「捨てればいいよ」

「なに言ってんの、もったいない」

母はつけ汁を足して、無理に冷麦を食べ出した。そんなにして食べたって美味しくもないし、お腹を壊《こわ》すかもしれない。冷蔵庫に取っておいてもいいだろうに、食べるのはただのあてつけだ。大介は勝手にラーメンを食べ始めて勝手に食べ終わり、自室に引っ込んだ。

窓の外を見る。北海が名前のわからなかった木の前で、腕組みをしていた。

その夜、大介は帰宅した父に、昼ご飯にラーメンを食べたことを怒られた。母が告げ口したのだ。好き嫌いの話から、案《あん》の定《じょう》そういうことではろくな大人にならない、嫌なことを避《さ》けるから勉強もせず成績も上がらないという方向に、説教は進んだ。大介はポケットの中で、自分だけのお守りを握った。

両親の気配を見計らって、十時ごろ外へ出た。北海の木を見るためだ。手暗がりだったが、そのうち目が慣れて葉や花芽の様子がわかった。二つ花芽を落とした。もう一つは小さくてそのまま駄目になりそうだったので、放っておいた。

「これで勉強してみなさい」

次の日、母が大介の前に突き出したのは、学習教材だった。会員制の教材で、配達係のおばさんが月に一度届け歩いている。クラスでもそれを使って勉強している子が、何人かいたはずだ。

「小林《こばやし》さんのお嬢さんも、四月からやっているんだって」

小林さんは隣のクラスで一番成績のいい女の子だ。

「問い合わせてみたら、夏休み用のサンプルをもらえたの。国語、算数、理科、社会。四科目全部あるわ。良いようだったら、お母さんが正式に手続きをしてあげるから」

「別にいいよ」

突き返そうとしたら、その教材で頭を叩かれた。結構な厚みがあったので、痛かった。

「口答えしないの。いい？　お母さんやお父さんが勉強しろって言うのは」ふわふわした髪の毛を扇風機の風になびかせながら、母は断じた。「あんたのためを思って言っているんだからね」

それは、大介にとって最も腹立たしい一言だった。厳しい目の母を睨《にら》み返す。大介の心に、母の心がくっついて、考えていることが流れ込んでくる。

——大介の成績が悪かったら、ご近所に顔向けが出来ないわ。

——いい大学に行ってくれないと、私が恥ずかしい。

だから、ますます腹が立つ。親のくせに、僕のことなんてどうでもいいんだ。自分の面子《メンツ》が大事なんだと。

「僕のために言ってるんじゃない」大介は大声で反発した。「お母さんが勉強しろって言うのは、僕のためじゃなくて自分のためだ。僕の成績が悪くて受験に失敗していい会社に入れなかったら、自分が恥ずかしいからだ」

「またそんなことを言うの」母の眉が極限まで上がった。「あんた、前もそんな屁理屈《へりくつ》こねたことがあったわね。なんでお母さんがそんなことを思っているなんて考えるの？　お母さん、いつそんなこと言った？」

言ってはいない。けれども、わかる。気配の色が見えるみたいに、大介には母の心の声が聞こえるのだ。

大介は学習教材を母の手からもぎ取ると、それを床に叩きつけて自室に駆《か》け込んだ。夏休みなのに、なんでこんなに腹を立てなくちゃいけないんだろう？　大介はポケットからナイフを取り出し、折りたたまれているブレードを引き出した。長さ三・五センチの銀色に、大介の片目が映り込む。細くて小さいけれど、立派なナイフだ。大介は持って帰ってきたブックエンドに刃を突き立て、斜めに薙《な》いだ。茶色い表面に白い筋が生まれた。

窓の外に目をやって、はっとなる。

件《くだん》の木の前に立つ北海が、大介の家のほうへ目を向けていた。

大介は膨らんでは萎むカーテンを頭に描いた。呼吸を整《ととの》え、気配を消す。

北海が木に視線を戻した。大介はほっと息をついた。

しかし、それで終わりではなかった。冷麦にそっぽを向いてインスタントラーメンを食べたことまで父に告げ口した母が、教材を床に叩きつけたなんて所業《しょぎょう》を伝えないわけはないのだ。

九時前、帰宅した父が大きな声で部屋にこもる大介を呼んだ。居間に下りていくと、いきなり頬《ほ》っぺたを張られた。

「お母さんに謝《あやま》れ」

大介は無言で横を向いた。窓はまだ開いている。カーテンが膨らむ。次に父は頭に拳骨《げんこつ》を落とした。

「お母さんがおまえのためを思ってもらってきたものなのに、どうしてそんなにわがままなんだ」

おまえのため、おまえのため。なんて嘘《うそ》くさい言葉だと大介は唇を噛んだ。

「そんなんじゃ、まともな大人にならんぞ。工場のねじまきか——」

拳骨はそうでもないけれど、最初に張られた頰が熱を持ってじんじんしてきて、大介はそこに手を当てた。言い返したくても言い返せないのが悔《くや》しかった。叱責を続ける父の声はますます荒くなり、しまいには母が、近所に聞こえると注意する始末だった。

父はそれを受けて、自らを落ち着かせるようにふんと鼻息を吐き、こう宣言した。

「罰《ばつ》として、屈斜路湖へのキャンプは取りやめだ。うちできちんと勉強をして、お母さんの手伝いをしろ」

ベッドの中でひとしきり泣くと、大介の中に悔しさが再燃してきた。かっとなって教材を叩きつけたのは悪かったかもしれないが、楽しみにしていた屈斜路湖でのキャンプをおじゃんにされるほどのことではないはずだ。

そうめんも冷麦も、母が勝手に作った。学習教材も、母が勝手にもらってきた。大介自身はなにも頼んでいない。そもそも一学期の成績だって、怒られるほど悪くはなかった。両親は厳しく当たるばかりで、大介を喜ばせることは排除する。ゲーム&ウオッチもキャンプも。

大介は時計を見る。午前零時《れいじ》を回っていた。階下からの物音はしなくなっている。両親はいつの間にか寝たようだ。父にやられたように、ベッドのマットに拳《こぶし》を叩き込むと、スプリングの反動で大介の体が少し浮いた。

大介は学習机の袖に並んだ引き出しの、一番下を開けた。

郵便局の通帳と印鑑が出てきた。

お年玉の管理は自分でしろと、小学校二年生の時に両親から渡されたものだ。印鑑は安い認印《みとめいん》だったが、一応は通帳の登録印だ。大介は通帳をめくった。残高は十万円と利息分の端数《はすう》がちょっとだ。お年玉はほとんど使わずに、貯めておいていた。使ったところで、その使い道を両親が気に入らなかったら、没収が待っている。だから、ゲーム&ウオッチも買わなかった。

この十万円でなにが出来るだろう?

大介の頭に『家出』の二文字が浮かぶ。

遠い所へ行くのはどうだろう。もちろん、両親にはなにも言わずにこっそりと。十万円あれば、きっと東京にだって行ける。もっと遠くにも行けるかもしれない。両親は将来将来と大介を子ども扱いするが、もう六年生なのだ。屈斜路湖に連れて行ってくれないのなら、もっと楽しい場所に自分の力で行けばいい。

大介は通帳と印鑑を握りしめた。

翌日の午前中に、大介は本当に郵便局へ行って、口座から十万円をおろした。封筒に入った聖徳太子《しょうとくたいし》たちは、大介の気を大きくさせた。これでいつだってどこにでも行ける。

でも、どこに行こうか？


八月三日は日曜日で、本当なら屈斜路湖に向けて出発する日だった。両親は「やっぱりキャンプに行こう」とは言わなかった。ラジオ体操から帰ってきた大介に、母は命じた。

「午前中に、そこの回覧板を回してきてちょうだい」

大介は素直に「はい」と返事した。その返事は、母を満足させたようだ。傍《かたわ》らでやり取りを聞いていた父も、新聞を読みながら悠然《ゆうぜん》としている。大介がすっかり大人しくしているので、ビンタと拳骨付きの説教が効《き》いたと思っているのだ。大介にはわかる。両親が醸《かも》し出す気配の色が、そういう色だ。

それをひっくり返してやる。

父はゴルフバッグを車のトランクに入れて出かけた。帰りは夕方か夜になるだろう。大介も十時過ぎに回覧板を持って家を出た。外は曇っていて、ものすごく暑くもなければ涼しくもない、どっちつかずの天気だった。門柱を出て、隣家のほうへ足を向ける。

おや、と思った。いつもは敷地内に引っ込んでいるほろ付きの軽トラックが、縁石をまたぐように玄関前に出ていたからだ。

どうしたのかといぶかりつつ、ドアブザーを押す。

「ああ、ご苦労さん」

北海は下着とステテコではなく、きちんとした半袖シャツに、グレーのズボンを穿いていた。大介はそのいでたちに、軽く驚いた。老人はいつもよりせわしない口調で回覧板を受け取った。なにもくれなかった。さりげなく彼の左手を見た。欠落した指から放たれる色は、枯れ草だけではなく、強く暗い決心を連想させる漆黒《しっこく》が混じっていた。

大介はそのまま庭に回った。ブロック塀の向こうの細木を見やる。

ぎょっとなった。

たった一輪だが、六弁《ろくべん》の白い花が咲いていた。まるで、真夏に紛《まぎ》れ込んだ雪のように。

なぜ咲いているのだろう、蕾《つぼみ》になる前に全部削いできたのに——混乱の末に気づく。

最後に見回ったのは七月最後の日の夜だ。あの晩以降、夜に抜け出していなかった。

一昨日《おととい》は怒られてそれどころじゃなかった。昨夜は家出の準備のためにおろした十万円で頭がいっぱいで、北海の木のことはすっかり頭から抜け落ちていた。

あの、放っておいた駄目になりそうな花芽が咲いたのだろうか。

信じられない思いで、大介は玄関に回った。そこでまた驚く。

軽トラックの後ろに白のバンが停まっていた。

「それではこちら、受け取ります。ありがとうございました」

男の声に「ああ」と応じる北海の低い声が聞こえた。大介はレンガの門柱に身を隠しながら、様子を探った。ワイシャツ姿の男が、下足箱の上にあった鯉の水槽を中身ごと抱えていた。男はそれをバンの後ろに収納し、去って行った。

どうしたことだろう？　大介は再び庭に行き、自宅の陰《かげ》から北海宅を覗いた。居間らしき窓のカーテンは開けられており、中でうごめく北海の影がなんとなく見えた。

北海は、手ぶらではなかった。

大きめのボストンバッグを持っていた。父が出張などで持っていくバッグだ。

大介の頭の中で、様々なことが巡《めぐ》った。両親の怒鳴《どな》り声、殴《なぐ》られた痛み、義春にされたこと、ナイフ、彼らの気配の色。家出の決意。

それらが、大介の背をぽんと押した。

大介はキャンプに持っていくつもりだったスポーツバッグの中に、適当に衣類を詰《つ》めた。郵便局でおろした十万円は、五万円を封筒に入れてバッグの底に、五万円は折りたたみの財布にしまってバッグの内側にあるジッパーの中に入れた。そのついでに、穿いているジーンズの右の前ポケットにナイフがちゃんとあるかどうかを確認する。

あの軽トラックで、北海はどこかへ行く。家を離れるから、生き物の鯉を手放したのだ。ホームズのシリーズを読みとおした大介は、そう推理した。そしてその旅には、なにか秘密めいたものがある気がする。

いつも花芽を削ぎ取りながら、願っていた。老人のがっかりが、もっと激しいものに変わればいいと。思惑とは反対に、花は咲いてしまった。ところが咲いたことで、北海は大介の望みどおりに変わった。あの漆黒がその証拠だ。

きっと北海は、今まで胸の内に溜め続けた何者かへの憎しみを、復讐《ふくしゅう》という形で果たしにいくのだ。だったらそれを間近で見てみたい。

そうしたら、つまらなさなんて吹き飛ぶ。

吹き飛んだあと、自分にも力がみなぎるかもしれない。義春に思い知らせる力が。

大介は昼に出されたそうめんに文句を言わず、かわりに「一昨日はごめんなさい」と謝った。すっかり機嫌を直した母は、大介の頭に手を伸ばしてきた。

「お父さんにゴツンとされたところ、もう痛くない？」

その手をさりげなくかわして、大介はこう訴えた。

「少し寒いんだけど」

「え？　なんですって？」

洟をすすって空咳をしてみせると、母は体温計を持ってきた。大介はそれを腋《わき》の下へ入れた。

「夏風邪《なつかぜ》かしら」

母は大介に背を向けて、戸棚の中の救急箱をあさり出した。その隙に大介は体温計を取り出し、42の目盛りのほうを下にして、素早く、なおかつ音をたてず、手の甲の上にトントンと落とした。

水銀が伸びて、三十七度の線を越えた。また腋の下に挟む。

母はまんまと騙《だま》された。大介は渡された風邪薬を飲み、食欲がないから夕食はいらないと告げ、渡された氷枕《こおりまくら》を手に、自室に引っ込んだ。

もちろん、ベッドでなんか寝ない。大介は氷枕を放り出し、スポーツバッグを担《かつ》いで息をひそめた。三十分ほどして、母がトイレに立った音を聞いた。大介はそっと部屋を抜け出し、いつもの靴はたたきの上にそのままに、別のスニーカーを履《は》いて外へ出た。

軽トラックはまだあった。大介は迷うことなくほろをくぐって後ろの荷台に潜《もぐ》り込んだ。古新聞と汚い毛布のようなものがあった。モスクワ五輪の大見出しが出ている新聞は放っておき、毛布のほうを頭からかぶって、身を隠した。かなり暑かったが、我慢するしかない。

気配を消していれば、ばれない。その力が自分にはある。

大介は風をはらんでは吐き出すカーテンの残像とともに、呼吸をした。毛布は埃臭《ほこりくさ》かった。それは学校のカーテンと似た臭《にお》いでもあった。

振動を感じて大介は目を開けた。眠っていたみたいだ。振動はエンジンのものだ。全方位に注意を向ける。誰かが運転席にいるようだ。

一度がくんと大きく揺れて、軽トラックは走り出した。大介はそっと毛布から這《は》い出た。荷台は特に変わったところはない。ほろの隙間から外を覗くと、まだ空は明るかった。大介は時計を持っていなかった。ゲーム&ウオッチがあれば今が何時だかわかるのにと歯嚙みしたが、空の色からなんとなく午後六時ごろかと推察する。

荷台前方に、運転席を覗ける小窓があった。じりじりと寄り、片目だけで見る。

ハンドルの左に突き出たレバーをせわしなく操作する、いびつな左手が見えた。小指と薬指がない左手。大介はふうと息を吐き、小窓から離れて、荷台の片隅に体育座りをする。

空腹感を覚える。具合の悪いふりをしたから、昼食もあまり食べてはいない。家にいれば、あと一時間ほどで夕食にありつけた。しかし母が用意するのは、どうせおかゆに梅干《うめぼ》しだと考え、惜《お》しいと思う気持ちをどこかへやる。

軽トラックは順調に走っている。どこへ向かっているのかは、さっぱり想像がつかない。車の走行音が激しくなったのは、交通量の多い国道に出たためだろう。

大介は心臓の上に手をやった。伝わる鼓動ははっきりと大きく、速かった。行き先はわからない、けれどもきっと普段と違うなにかが起こる。本当の夏休みが、走り出した軽トラックとともに始まったと、大介は思った。

どれくらいの時間が経《た》っただろうか。外はすっかり暗い。軽トラックは全然飛ばさない。たまに後ろの車からクラクションを鳴らされたが、スピードは変わらなかった。おかげでそう揺れはしなかったが、それでもバスに乗るだけでも具合が悪くなる大介は、やっぱり胸がむかむかしてきた。お腹が空《す》いているので、吐くものがないから、ときどきほろから後続車を確認して、随分《ずいぶん》と車間が開いていたら顔を出し、酸《す》っぱい唾《つば》をぺっとやった。

街に入っては抜けることを繰《く》り返して、トラックは進む。

いい加減、目的地に着いてくれたらいいのにと爪を噛んでいたら、ふと、海の匂いがした気がした。匂いはどんどん濃くなった。またどこかの街の中に入ったらしく、信号で停まることも多くなった。大介はスポーツバッグをお腹の前で抱いた。海の先は車では行けない。この街が終点にせよ、先に続くにせよ、トラックはきっともうすぐ停まる。

大介の考えは当たった。軽トラックはどこかで右に曲がり、砂利《じゃり》のようなところをゆっくり進み出した。この速度からして、単に舗装《ほそう》されていない道を進んでいるのではないと思ったところで、車は停止し、エンジンも切られた。

前方の運転席でごそごそとなにかする気配がして、次にバタンとドアが閉まる。砂利を踏む足音が遠くなっていく。

大介はほろから顔を出した。暗い中、ここがどこかの駐車場らしいことはわかった。他にも停まっている車がいくつかあったからだ。ボストンバッグを持った北海の後ろ姿が見えた。午前中に見た半袖シャツとグレーのズボン。上体が左右に揺れる歩き方は、北海のものだ。

大介は自分も荷台から飛び降り、北海のあとをつけた。無意識にポケットの中のナイフを握った。トラックを駐車場に乗り捨てて、これからこの街でどうする気だろう？

どこの街かということは、あとをつけてすぐにわかった。看板が電柱に寄り掛かるように立っていたのだ。

『苫小牧《とまこまい》港フェリー乗り場　八十メートル先』

夜の真っ暗の中に、煌々《こうこう》と光る白い船がある。

北海はフェリー乗り場の横にある建物の中へ入っていった。あまり近づいて気づかれても困るので、大介は建物へ向かう別の大人の陰に隠れるようにした。慎重に何人かの気配を見る。二十代半《なか》ばほどの、リュックを背負った青年に目をつけた。中肉中背の彼は、汗の臭いのする丸首シャツの首元から、ぼんやりとした薄緑《うすみどり》をたなびかせていた。こういう人は、その色味のとおり、ぼんやりしているのだ。

建物に入ると、椅子が並んでいて、何人もの人が座っていた。北海が船に乗る券を買っていた。出発する船は、一つしかないようだった。

『苫小牧港発大洗《おおあらい》港行き　午後十時発』

北海はどこかいつもと雰囲気が違った。気づかれないようリュックの青年を利用しながら行動したが、北海自身に辺りをじろじろ見回す気はないようだった。乗船口に一番近い席に、老人は座った。大介が券を買うとき、売り場の人に少し変な顔をされたが、あえて胸を張ってお金を出した。良い子の初めての一人旅、という顔をしたのだ。券は無事に買えた。

あまり待たずに乗船が始まった。北海はすぐにフェリーに乗り込んでいった。リュックの青年はやはりのんびりした進み方だ。大介が青年に合わせていたら、そこでようやく彼が話しかけてきた。

「よう、おまえ一人旅か?」

大介は頷いた。青年は気さくに「俺もだよ」と笑った。

青森《あおもり》の叔母《おば》の家に行くのに、青函《せいかん》連絡船には乗ったことがあるが、こういったフェリーは初めてだった。しかも夜に航行する。青函連絡船のときは甲板《かんぱん》で遠くを見ていた。フェリーに乗り込む客は、リュックの青年も含めて、まっすぐ船室へ向かう。カーペットが敷かれた船室に、既に寝転《ねころ》がっている客が目につく。

船首に向かって右側後部に、北海を見つけた。円《まる》い窓の外を見るでもなく、壁に向かって胡坐《あぐら》をかき、背を丸めている。彼は一つ咳をした。

「おまえ、大洗からどこまで行くんだ?」

気さくな青年に話しかけられるまま、大介は北海の姿がぎりぎり見える左側のカーペットに、靴を脱いで上がる。

「東京の叔父《おじ》さんの家まで」

適当に嘘をついた。大洗という場所がどこかは知らなかったが、本州へ渡るなら東京と言っておけば、あまり間違えないはずだ。

出航の汽笛《きてき》が鳴り、フェリーは岸壁を離れた。大介は軽トラックの中でそうしたように、心臓の上に手を当てた。船内にアナウンスが流れた。大洗港へ着くのは、明日の午後六時ごろだと言っていた。青年が毛布を「ほらよ」と突き出してきた。寝ている客もいれば、酒を飲んでいる男の人もいる。乾き物の匂いが鼻先をくすぐる。そういえば、お腹が空いていた——。

「おい、どうしたよ、あんた」右側後部で声があがった。「しっかりしろ、おい。誰か船員呼べや」

ふいのざわめきに、大介の頭のてっぺんがぴりっとした。船室内にいる人々の注意が、一点に集中するのを感じる。カップ酒を持って座り込んでいた男が立ち上がる。船室のざわめきはどんどん大きくなる。大介は思わずポケットの中に手を突っ込んだ。いつもの硬い感触に少しほっとし、自分も大人の体の間から異変が起こったほうを見た。

大介の目は、背を丸めたまま横に倒れ込んでいる北海を認めた。北海は身を震わせて、変な咳をしている。

「爺さん、病気か?」

北海が胸を押さえもがいているのが、かろうじて見えた。起き上がろうとしているみたいだが、うまくいっていない。何度も崩《くず》れ落ちる北海は、寝返りを打つようにこちらを向いた。

額の汗が電灯に光っている。その苦しげな表情に、覚えがあった。そのとき北海が、どうしていたのかも同時に思い出す。

どうしようか。大介は唇を舐《な》めた。船が揺れ、よろめく。こっそりあとをついていけばいいと思っていた。気配を消して。ここで出ていけば、こっそりとはもういかない。秘密の旅は始まったばかりだ。家出がばれたら、大人のやることは決まっている――。

「爺さん、おい爺さん」

ごたごたした街の雑踏よりも、騒々《そうぞう》しさは密度を濃くしていく。もう誰がなにを言っているのかわからなくなったとき、北海の荒い息遣《いきづか》いだけが、なぜだか大介の耳にはっきり届いた。

大介は靴を履かぬまま、北海のもとへと駆け寄った。いつの間にか体が動いていた。

「なんだぁガキ」

降ってくる大人の声は無視する。寄り集まっている邪魔な客を、懸命《けんめい》に押しのけて、北海のそばまで行く。横に膝をつく。半袖シャツのボタンを外《はず》す。北海は中に腹巻きをしていた。

折り目の中に手を突っ込むと、紙の感触がした。掴む。思ったより厚みがある。全部抜き出す。

「お、薬の袋があるぜ」

「オヤジと同じやつだ」

言ったのは、一緒に近くに来ていたリュックの青年だった。彼は薬のシートを破って一錠《じよう》取り出し、北海の舌下《ぜっか》にそれを差し込んだ。乗客らに見守られながら、北海は少しずつ落ち着いていく。

「おう兄ちゃん、でかしたぞ」

大介は手の中に残っている紙束《かみたば》を見やった。それは封筒だった。何通もある。それらは輪ゴムでくくられていた。当然北海宛《あて》で、差出人も同じだった。

池田昭三《いけだしようぞう》。

北海の呻《うめ》き声がした。大介はいくばくかためらってから、手紙を一通抜き取って素早く三つに折り、ジーンズの尻ポケットにねじ込んだ。

「おまえ、このお爺さんを知っているのか?」

青年が話しかけてきた。大介は大人の顔色を窺いながら頷き、手紙の束を、腹巻きの折り返しの間に戻した。

「お手柄だ。おまえが薬を見つけたから、このお爺さんはセーフだったんだ」

大人たちがかわるがわる大介の頭を撫《な》でた。乗務員がやってきて、ようやく落ち着きをみせてきた北海を担架《たんか》に乗せた。医務室へ連れて行くのだろう。北海は薄目を開けた。人々の安堵《あんど》の息の中、しょぼつかせながら辺りを見回す視線が、大介のところで止まった。北海の瞼《まぶた》がかっと見開かれる。

「おまえは……おまえは隣の?」

青年が「この子がお爺さんを助けたんですよ」と大介を前に押しやりながら、明るい声をかけた。北海の額の脂汗《あぶらあせ》が、あんぐりと開けた口の横を伝って落ちた。

運ばれていく北海は、船室を出るまで大介をずっと見つめ続けた。

第二章　取引

船室の時計の針は、午前零時《れいじ》三十分を指していた。

カーペット敷《じ》きの船室で、フェリーの乗客たちは雑魚寝《ざこね》をしたり、酒を飲んだりしている。照明は落ちていない。寝ている人たちは、話し声や笑い声、電灯を気にしていないようだ。

北海の口に薬をねじ込んだ青年――北海道大学の学生で井上《いのうえ》と名乗った――も、リュックを枕《まくら》に軽いいびきをかいている。

フェリーが波の上に乗りあげ、続いてぐっと沈む。そのたびに脳味噌《のうみそ》や内臓が頭の上からすぽっと抜ける感覚を、大介は覚える。

大介は、井上と近くにいた中年の男から、ビニール袋をあてがわれていた。

出航してから小一時間経《た》ったころ合いだった。体調を崩《くず》した北海が運び去られて間もなく、大介は揺《ゆ》れに酔《よ》ってしまった。もともと乗り物酔いしやすく、北海がのろのろ運転する軽トラですら、気分を悪くした。そんな大介が、波のうねりに耐えられるわけもない。

青函連絡船に乗船したときのことを、大介は思い出した。あのときも気分は悪くなったが、甲板《かんぱん》に出て外気に当たりながら遠くを見ていれば、なんとかなった。だが今回は青函連絡船よりも小さなフェリーで、しかも甲板に出てはいけないという。夜だから出してもらえないのか、たまたまこのフェリーだけが駄目《だめ》なのか、海の状態の問題なのかは、よくわからなかった。

そのうちにいよいよ血の気が引き、手のひらには汗が滲《にじ》んだ。苦《にが》く酸《す》っぱいものがこみあげてきて、トイレに行かなくてはと立ち上がりかけたとき、一気に胃液がせりあがってきた。

どうすることも出来なかった。大介は気分の悪い級友が、何度か教室の席に座ったまま戻してしまうところを見ていた。急な体調不良で保健室やトイレに行く間もなかったのか、先生に教室を出る許可を取るのをためらい続けたせいなのか、あるいは我慢しているうちに良くなるのではと楽観していたのかは知らない。遠足や社会科見学のバスの中などでも、嘔吐《おうと》する子はいた。大介は幸運にもぎりぎりのところで耐えていられたが、一つはっきりしているのは、そういう失態をした子たちはたいてい「あいつはゲロを吐《は》いた」とからかわれることだった。上田義春みたいなやつらに。

ああ、汚してしまうと観念した途端《とたん》、広げられた新聞紙が大介の胃液を受け止めた。近くにいた中年男性が、自分の手の中にあったものをとっさに使ったのだ。

「具合悪そうだと思っていたら、案《あん》の定《じょう》だな。どうだ？　手は洗ってこられそうか？」

「俺、トイレまで一緒に行きますよ」

井上が嫌《いや》な顔一つせずそう言って、大介を気遣《きづか》いながらトイレに連れて行ってくれた。

「おまえ大介っていったっけ。まだ吐きたいなら、吐いて来いよ」でも出すものがなさそうだよなと、困ったように笑った。「腹になんかありゃあ、吐いたらすっきりするのにな。空腹のほうが酔いやすいし。まあしゃあない。手を洗えよ。口もゆすげ」

言われたとおりにしてトイレから戻ると、汚れた新聞紙は始末されてあった。

「よう坊主。次も間に合わないようなら、ほれ、これ使え」

新聞紙を敷いてくれた男が、たばこを吸いながらビニール袋を放ってよこした。井上もリュックから下着が詰《つ》め込まれたビニール袋を空《から》にして、かわりにティッシュを入れて渡してくれた。

「船首のほうに頭を向けて寝るといい」

「酔い止め薬をもらってきてやったぞ」

「まあ、船酔いくらいじゃ死にやしないさ」

大人たちは誰も大介の不始末をからかわなかった。ただ次は早めにトイレに行くか、袋にやれと言うだけだった。

小学校の教室では、ありえないことだった。

酔い止め薬を飲んだ大介に、「口がさっぱりするから」と中年男が仁丹《じんたん》を数粒くれた。嚙《か》んだら年寄り臭《くさ》い味がしたが、確かにさっぱりした。

そのうちに、井上も中年男も眠ってしまった。大介は袋をしっかり持って、彼らを眺《なが》めた。船に乗る前はぼんやりした薄緑《うすみどり》色をまとっていた青年は、眠っているせいかちょっと色が違って見える気がした。

ここが教室ではなくて本当に良かったと思いながら、義春と彼らのどこが違うのかと考えた。決定的に違うのは年齢だが、じゃあ義春も大人になれば、誰かの弱みに付け込んでからかうような真似《まね》をしなくなるのだろうか。

歳《とし》を取れば自然にそうなるのか？　大人になれば？

けれども、もしここに両親がいたら、いの一番に「なんでもっと早くトイレに行かない？」と怒っていそうな気もする。

そういえば、両親はどうしているだろう。日付は変わった。夏風邪《なつかぜ》を引いて寝込んでいるはずの自分が部屋にいないことには気づいたはずだ。

うちの子を知らないかと、クラスメイトの家に電話をかけたろうか。義春や国崎さんの家にも？

大介は奥歯の溝を舐《な》めた。まだ少し仁丹の味がした。

右側の尻ポケットに指を入れる。紙の感触があった。とっさに抜き取った北海宛《あて》の手紙だ。

北海はまだ帰ってきていない。きっと保健室みたいなところがあって、念のために留《と》め置かれているのだ。

大介はそろそろと横になった。アドバイスどおり、頭を船首のほうへ向けて。ビニール袋は顔のすぐ横に置いた。薬が効《き》いてきたのか、具合の悪さよりも眠気が勝《まさ》りつつあった。

大介は目を閉じた。

半袖《はんそで》から出た二の腕から下が焼けていくのがわかる。太陽はこんなに容赦《ようしゃ》なく照《て》りつけるものだったかと、大介は今までの夏の記憶を掘り起こし検《あらた》めた。やっぱり違う。札幌よりも太陽が近くなっている感じだ。

「瀬川さんの息子だな。大介くんだったか」

甲板で水平線を眺めていた大介は、ふいの低い声に身を硬《かた》くした。

「なんでここにいるんだ?」北海が横に来て錆《さび》が浮く白い手すりを摑《つか》む。苦しんでいたときが嘘《うそ》のように、普通の顔色だった。「隣《となり》の爺《じい》さんを追っかけて来たか? 荷台にでも乗っていたのか」

おいそれと「はいそうです」とは言えない雰囲気に、大介は口をつぐむ。

「お父さんとお母さんには、なんて言って出て来た?」

この質問には沈黙で通すわけにはいかない。大介は素早く頭を回転させた。

「もともと夏休みに一人旅をする予定だったんです」

「どこへ」

大きく間違えない答えが必要だった。「……東京」

「ふうん」骨格《こっかく》が透《す》けて見えそうなごつごつした顔の片側だけで、北海は笑った。「東京ねえ」

「あの、具合は良くなったんですか?」

「まあな。大介くんが薬を見つけてくれたんだってな」

「はい」

「……どうもな」

おれの言葉だろうに、北海の口調にあまり感謝は感じられなかった。大介は彼の左手を見た。決意の黒は、指のないところからまだ出ている。

「ところで、大介くんも具合悪くしたそうじゃないか。船に酔って」

大丈夫なのかと海の彼方《かなた》を眺めながら問う北海は、やはり井上や他の大人たちのように、大介の失態をからかうふうではなかった。

「もらった薬も飲んでいるし、朝に開いた売店であんパンと牛乳を買って食べたので、ふらふらするけど大丈夫です」

甲板への階段が開放されたことも大きかった。やはり船室にいるよりは、外気に当たりながら遠くを見ていたほうが調子がいい。大介は持ち手に腕を通してリュックのように背負ったスポーツバッグの位置を、体を動かして整《ととの》えた。

「波も今はうねってないしな」

海は真夏の日差しを受けて、なおかつそれを波で砕《くだ》き、あたかも不規則な形をした光の群れに覆《おお》われているようだ。

「この船は、夕方の六時ごろ着く。東京へは、そこから電車だ」

北海がその場を去ろうとしたので、大介は慌《あわ》てた。

「佐藤北海さんは、どこへ行くんですか？」

「俺か？　俺も東京だよ」

「じゃあ、電車も一緒ですね」

北海がなにをやらかすか、見届けたいのだ。両親のせいで散々な夏休みになるところだったが、このまま北海についていくことが出来れば、一発逆転だ。なにがあっても離れたくなかった。

「まあ……一緒だな」

北海はのろのろと船室に戻っていった。

老人の姿が消えるのを確認して、大介は昨夜一通かすめ取った手紙をポケットから出した。

――俺も東京だよ。

封筒の裏には、池田昭三という名前の横にちゃんと住所が記《しる》されていた。指の先までぴっと伸ばしたような、真面目《まじめ》できっちりとした文字だった。

東京都墨田《すみだ》区石原《いしわら》一丁目。

行を変えて番地もちゃんとある。

東京都のあとはまったく見当がつかないが、佐藤北海の目的地はここだと、大介は確信していた。なにしろこの池田昭三という人からの手紙が、腹巻きの折り返しの中に束《たば》になって詰め込まれていたのだ。しかも、北海にとっては命を繋《つな》ぐ大事な薬と一緒にだ。池田昭三とは何者なのだろう。北海がこうして黒々とした決意をみなぎらせながら訪ねていくのだから、北海にとって良からぬことをした相手には違いない。

手紙は封が切られてあった。読めば二人の関係がわかる。

中身を抜き出そうとした矢先、フェリーが揺らいで、大介の顔に潮臭い滴《しずく》がかかった。先ほどにくらべて、海原全体が動き出した感じだ。こんなとき、下を向いて文字を読むのは得策ではないと大介は判断し、手紙を尻ポケットに戻す。北海の様子から、大介が手紙を一通抜いたことは十中八九《じっちゅうはっく》気づかれていない。気づいていたら返せと怒るに決まっているのだから。

読もうと思えばいつでも読める。

大介は手すりを両手で握《にぎ》って、視線を遠くへやった。


フェリーが大洗港へ着いたのは、午後六時ちょっと前だった。大介はほっとした。もう足元が揺れて、内臓やなにかが体から分離するような感覚に悩まされることはない。

およそ二十時間も船に乗っていた。こんなこと、大介の人生で初めての経験だった。

フェリー客の半分は、大介や北海と同じく東京に向かうようだ。気のいい井上青年も、その口だった。

「良かったな、大介。隣の家のお爺さんが途中まで一緒で」

大介は北海と井上にサンドイッチされる形で、船着き場の建物を出た。はたから見れば、祖父と歳の離れた兄弟、あるいは祖父と従兄弟《いとこ》という感じだろう。

三人は最寄《もよ》りの電車の駅へ向かったが、フェリー乗り場近くの駐車場へ歩を進める人たちもいた。

「お爺さんも良かったですね。本当に昨夜は、大介が薬を見つけてくれて、事なきを得たんですから」

「あんたが薬を口に突っ込んでくれたんだろう?」

「俺はたまたまですよ」

井上が持ち上げてくれるので、大介は内心良い塩梅《あんばい》に進んでいると思った。これなら楽に北海のあとをくっついていけそうだ。

大洗港から水戸《みと》駅まで出て、そこから特急に乗り換える。終着は上野《うえの》駅だ。大介は自分で切符と特急券を買った。

北海はなにか大介に言いたそうだったが、井上の存在を気にしてか、むっつりとして口をきかなかった。途中の停車駅で井上は窓を大きく開けてホームにいた弁当売りを呼び止め、一番安い幕の内弁当と温かいお茶を買った。「おまえも食うか？」と訊《き》かれたので、頷《うなず》いてバッグから財布を取り出す。井上はおごってはくれなかった。別にそれで良かった。フェリーと電車の切符分減りはしたが、十万円を持って家を出たのだ。下手《へた》をすると、井上のほうがお金を持っていないかもしれない。

少し前まで難しい顔をしていた北海は、眠ってしまったのか、眠ったふりなのか、とにかく目をつぶって身動きしなかったので、弁当は二人で食べた。温かいお茶は四角いプラスチックの容器に円《まる》い蓋《ふた》がついているという、そこらの店では見ない形をしていた。口をつけたらとても熱く、おまけにプラスチックの臭《にお》いがした。けれども船から下りて乗り物酔いも治《おさ》まっていた大介は、揚げ物や赤ウィンナーなどが並ぶ弁当を目の前にすると、急に空腹感を覚えて、すぐに全部食べてしまった。井上は食べ終わった弁当箱と空のお茶の容器をまとめて、座席の下に押し込んだ。外はすっかり暗い。

「井上さんは東京のどこへ行くの？」

「俺か？　俺は上野から東京駅に出て、そこからまた乗り換えだ」広島《ひろしま》へ行くのだと井上は言った。「夜行《やこう》寝台は出ちまったから、朝まで駅で雑魚寝だな」

宿を取らないのは、やはり懐《ふところ》具合がさびしいのだろう。とはいえ、井上は貧乏旅行を楽しんでいるようで、大学の夏季休暇中は、毎年ふらりと一人旅をしてきたそうだ。駅で一夜を明かすのも慣れっこだと余裕がある。

「おまえの叔父《おじ》さんは?」井上は、フェリーに乗り込んだ直後の出まかせを覚えていた。

「東京なんだろ?」

困ったなと思いつつ、大介はボックス席の斜め向かいに座る北海に視線を送った。北海はごつごつと突き出た鼻の下の口を少し開き、腕組みをしたまま、目を開けない。胸が規則的に膨《ふく》らんだり萎《しぼ》んだりしている。それに伴《ともな》っていびきも聞こえた。

大介は尻を浮かせながら後ろに手を回し、ポケットの中から、そろそろと封筒を取り出して、差出人の住所を指で指し示した。

「へえ。墨田区か」

もう一度、北海に目をやる。動かない。どうやら本当に眠ってしまったらしい。

「横網《よこあみ》町公園の近くだな。でかい公園あるだろ」

「井上さん、知ってるの?」

「二十歳《はたち》まで東京に住んでたからな」

二人は北海を気遣い、声を低めて話した。井上は一度は受かった東京の大学を中退して、北大に入り直したと話した。歴史地域文化学という大介が聞いたこともない学問の分野の本を読み、非常に興味を引かれ、その著者である北大の教授に師事《しじ》しようと決めての転向だった。

「親に学費は出さんと宣言されたから、カツカツなんだよ」

「勉強って面白い？」大介は思わず訊いてしまった。「僕は嫌いだけど」

井上は朗《ほが》らかに笑った。「自分でやりたいと思ったんだから、面白いに決まってるだろ」

車内アナウンスが、次の停車駅を案内した。終点の上野だった。井上が寝入って首を斜めにしてしまっている北海を、「お爺さん、次だよ、お爺さん」と呼びながら揺さぶった。

東京駅に向かう井上が陽気に手を振って去り、大介は北海と二人きりになった。

上野駅は札幌駅よりもずっと広いが、その広さがよくわからないくらいに、荷物を持った人たちでごった返していた。夜の八時を過ぎていて、気温はさほど高くないはずなのに、むっと息苦しく、湿気がじっとりと肌にまとわりつく。それでも大介は北海のそばにぴたりと寄り添《そ》った。

人ごみの向こうに、パンダの写真があしらわれた大きなポスターがあった。大介の胸が高鳴る。上野といえば動物園だ。パンダがここの近くにいるのだ。

「で？　大介くんは、ここからどこへ行くんだ？」そんな大介に構わず、北海が切り込んできた。「一人で東京のどこに行くつもりだい？」

北海の顔は何番ホームからどこ行きの列車が出るという表示に向けられていたが、目だけは鋭く大介を射《い》ていた。その目を見て、すぐに悟《さと》った。叔父さんのところへ行くなんていう嘘は、井上にはともかく北海には通用しない。だいたい、軽トラックの荷台に忍び込んでいた時点で、北海の旅に同行したいと主張しているようなものなのだ。逃げられない。甲板で突っ込まれなかったのは、ただの温情だったのだ。

大介はスポーツバッグを持たない右手で、前ポケットの中の小さなナイフを握りしめ、答えた。

「佐藤北海さんについていきたいんです」

ここは素直に出たほうが得策だろう。看破《かんぱ》している相手を言いくるめる適当な嘘も思い浮かばない。

「佐藤さんはどこへ行くんですか？　そこに僕も行きたいな」

北海はちっと舌を打った。「大介くんには関係のないところだよ」

「それでいいです。佐藤さんの体調も心配だし」

北海がまた舌打ちした。大介は内心ほくそ笑んだ。体調を案じるふりをすれば、北海は井上の「この子がお爺さんを助けたんですよ」という言葉をおのずと思い出す。フェリーを降りて駅へ向かっていたときも言ってくれた。そうだ、僕は助けてあげたんだ。貸しを一つ作ったんだ。

大介は北海の左手に目を走らせた。噴き出す黒い靄《もや》はここにきて勢いを増していた。自然に漏《も》れ出るのではなく、内側から圧力をかけられて噴出している感じだ。

間違いなく北海は、この東京でなにかをやる。ずっと内に閉じ込めていた情動が沸点《ふってん》に達し、ついにはその蓋を押し上げた。

北海のボストンバッグにはなにが入っているのだろう？　大介は透視をする超能力者さながらに、じっと焦《こ》げ茶《ちゃ》色の外面を見つめた。もしかしたら、ナイフが入っているんじゃないだろうか。僕の手の中にあるものよりも、ずっと鋭くて大きなナイフが――。

いきなり北海が歩き出したので、大介は慌てて後に続いた。北海は迷いなく切符を売る窓口に行った。

北海はボストンバッグから黒革の財布を取り出し、窓口の若い国鉄職員に言った。

「寝台特急はくつるの乗車券と特急券。子ども一枚」

「えっ？」

子ども一枚という言葉につい声をあげたら、北海が険《けわ》しい目つきで睨《にら》んできた。大介は思わず一歩退《ひ》いた。

さっき北海が見ていた列車の発着表示板に、寝台特急はくつるの文字を探す。

行き先は青森だった。

北海は本当に切符を買ってしまい、それを大介の手に押し付けた。

「お父さんとお母さんになにも言わずに出て来たんだろう？　こいつに乗れば、明日の朝に青森に着く。そこから青函連絡船に乗り換えて函館《はこだて》まで行って、今度は札幌までの汽車の切符を買って帰るんだ。青函連絡船と札幌までの切符の買い方くらいはわかるな？　わからなかったら、そこらの大人に訊け」

「えっ、えっ、待って」大介は慌てた。「僕、佐藤さんの命の恩人だよ？　なんで？」

「いいから、帰れったら帰れ」

北海は大介を改札の駅員の前に押し出した。

「はい、切符出してね」

駅員が鋏《はさみ》を入れているちょっとの間に、北海はさっさと人ごみの中に紛《まぎ》れてしまった。

「佐藤北海さん！」

追おうとした大介を、駅員が止めた。「ぼく、違うよ。電車に乗るにはこのまま進んで。はくつるはあの階段を上ったホームに来るからね」

逆流を阻《はば》まれて、いよいよ北海の姿は見えない。

大介は切符を手にしばし呆然《ぼうぜん》とした。

誰かの大荷物が背中に当たって、大介は我に返った。いけない。こんなところでぼうっとしていても、どうにもならない。次の行動を考えないと。

素直にはくつるに乗る気は、さらさらなかった。北海に言われたとおりに家に帰ったら、まるっきり馬鹿だ。両親にただ叱《しか》られ、なにも変わりはしない、つまらない夏休みを消化するだけ。いや、むしろ罰《ばつ》として勉強の教材、ドリルなどが増えて、事あるごとに実りのない家出を蒸《む》し返され、お父さんとお母さんはこんなにすごかったのにおまえはなんだ、不良になるのかと罵《ののし》られる。

このまま帰れない。それだけは嫌だ。

大介は懸命《けんめい》に頭を働かせながら、辺りを見回した。北海は封筒にあった住所の人を訪ねて行くはずだ。もしそこへ先回り出来たら合流が可能だ。合流せずとも、どこかから一部始終を覗《のぞ》き見する手もある。

封筒を取り出し、住所を検める。東京都墨田区。上野駅からどうやって行くのか、どのくらい離れているのかもわからない。

誰かに訊こうか。そこで大介は一人の顔を思い出した。井上だ。あの気のいいリュックの青年なら大丈夫だ。住所の近くに大きな公園があることも知っていた。井上に訊こうと決めて、大介は井上が東京駅へ向かったのと同じホームを目指した。

ホームはそれなりに大人がいた。大介は彼らを検分《けんぶん》した。優しげな、柔らかい薄桃色の気配を持った人を探す。半袖の白いブラウスにグレーのスカートを穿《は》いている、少し太った中年女性に目が留まった。

「すみません」

女性は「はい、なあに?」とすぐさま笑顔で反応した。

「東京駅に行きたいんですけど、どの電車に乗ればいいですか?」

「ぼく、一人なの?」

「東京駅で親戚《しんせき》の叔父さんが待っているんです」

「上野駅まで来てくれたらいいのにね」女性はどこで待てばいいかを教えてくれた。「次に来る電車に乗って四つ目の駅よ」

「ありがとうございます」

電車はほどなくホームに入構してきた。大介は人の流れに身を任《まか》せて乗り込んだ。席には座れなかったが、誰かと押し合いへし合いするほど混んではいなかった。

車窓を流れる夜景は光がいっぱいだった。大介はそれらネオンの類《たぐい》が途切《とぎ》れないことに驚いた。夜の札幌にも明るいところはあるが、限られた範囲だ。小学校近くの雑然とした一帯は、車で通り抜ければものの一分でひっそり閑《かん》となる。そこらよりもっと賑《にぎ》やかで明るいのは、大通《おおどおり》からススキノの辺りまでだろうが、やっぱり過ぎてしまえば明かりはまばらだ。なのに東京は、その大通とススキノの間の明るさが延々と続いている感じなのだ。

車内アナウンスに耳を澄《す》ませていると、女性が言ったとおり四つ目の駅へ向かって走っているところで「次は東京」と流れた。降りる人は多かった。ここでも流れに従《したが》うだけで改札へ進めた。

改札口では数人の駅員が、切符を検めながら受け取っていた。寝台特急の切符を出せば、必ず呼び止められる。大介は無理をせず、一番優しそうな、言うなれば上野駅の中年女性と似《に》た気配の職員に話しかけた。

「切符を無くしたみたいです」

「どこから乗ったの？」

「上野です」

真面目で育ちのいい少年の顔をするのは、大介にとって難しくない。クラスの中での立ち位置もそんなものだ。大人しく目立たないように存在感を消すというプラスアルファはしているが。

「本当は料金を払い直してもらうんだが、いいよ、行きなさい」職員は見逃してくれた。

「次から気をつけるんだよ」

「ありがとうございます。じゃあ、叔父さんが待っているので」

叔父さんって使いやすい言葉だなと、大介は思った。

東京駅も人ばかりで広く、構造がさっぱり掴めなかった。けれども一晩過ごすと言っていたのだから、ベンチや椅子《いす》のあるところが条件となる。大介はとにかく座っている人の顔を見て回った。井上が持っていたリュックや薄緑の気配も併《あわ》せて捜《さが》す。

床にじかに座り込んでいる人もいた。一人や二人ではなかった。そういう人は若くはなく、ある程度歳がいっている男で、近くを通ると必ず饐《す》えた臭いがした。

垢《あか》じみた半袖シャツを着て床に胡坐《あぐら》をかき、頭を下げていた男が、ふいに顔を上げた。どろりと淀《よど》んだ黄色い目が、大介を捉《とら》えた。

大介は駆《か》け出した。何の気なしに手すりに手を置いたら、得体《えたい》のしれない粘《ねば》ついたものが指に触れた、そんな感じがした。なぜだか男が追いかけてくる気もして、大介は息が切れるまで通路を走った。

気づくと大介は、出てきた改札とは違う改札前に来ていた。そこにも椅子とベンチがあった。空気に引っ張られるように顔を向けた先に、ベンチの上に横になっている青年がいた。リュックを枕にしている。フェリーの中で見た恰好《かっこう》、気配。

「井上さん」

井上は何度も瞬《まばた》きをしながら目を開けた。「ああ……？　なんだ、大介じゃないか。おまえ、墨田区の叔父さんはどうした？」

「行き方を教えてよ」

「え、叔父さんが迎えに来るんじゃないのか？」体を起こして井上は腕時計を見た。「もう九時だぞ。電話してみろよ」

「叔父さんの家の電話番号は知らない」

「なんで知らないんだよ。じゃあ、おまえんちは？」

「寝ちゃったみたいで、出ない」大介は必死に頼んだ。今は井上しか頼りにならないのだ。「僕、一人で行けるって言っちゃったんだ。ねえ、どの電車に乗ってどこの駅で降りればいいの？」

「たしか横網町公園の近くだったよな」井上は苦笑いしながら頬《ほ》っぺたを掻《か》いた。「上野から来るとき、秋葉原《あきはばら》という駅があったろ。そこで総武《そうぶ》線に乗り換えて両国《りょうごく》駅で降りるのが、ベストだったな」

「上野に戻る電車に乗って、秋葉原っていうところで降りて、総武線に乗り換えて、両国駅に行くんだね」

復唱する大介の肩を、井上は軽く叩《たた》いた。「いいよ、心配だから送ってやるよ」

井上は両国駅から出て、少し歩いたところまでついてきてくれた。終電までまだ間があるから家の前まで送ってやるという申し出は、ありがたかったけど断った。嘘がばれてしまうからだ。

「ここら辺まできたら、見覚えある。確かに叔父さんの家の近くだよ」

大介の演技は通用したようだ。

「時間も時間だから気をつけろよ。いいか、この道に沿って真っ直《ます》ぐ行くんだ。そこの学校を越えたら公園があって、わりと大きな道にぶつかる。その交差点を右に渡れ。叔父さんの住所はそこの一角だ」

見覚えがあるなら大丈夫だと思うがと、最後にまた世話焼きの一面を見せかけた井上に、「その大きい公園、知ってる。従兄と遊んだ」と胸を張ると、「じゃ、オッケーだな」と頷いてくれた。

「迷ったら無理しないで、そこいらの公衆電話から家に電話しろ。出なくてもずっと鳴らしてりゃ、そのうち起きて出てくれるはずだからな」としつこく念を押した。

井上の親切に感謝し、同時に深くを追及しないのんきさに胸を撫《な》で下ろす。気配の色がわかったり、感じられる鋭敏さが井上にあれば、絶対に大介の言葉を怪《あや》しんだはずだった。万が一叔父さん云々《うんぬん》は信じてくれたとしても、どんなに嫌がられようが家の前まで一緒に行こうとしただろう。親切というよりは、夜に子どもを一人歩きさせた結果なにかが起こったら寝覚《ねざ》めが悪いという、自分自身の保身のために。

――あんたのためを思って言っているんだからね。

大介を苛立《いらだ》たせた母の言葉を思い出した。

大介はスポーツバッグを肩に担《かつ》いで、大股で歩き出した。人影はあまりなかったものの、少し行ったところにある学校には、夏休みだろうに一部電気がついていた。気温はさほど高くはないけれど、気持ちの良い涼《すず》しさではなかった。札幌なら昼間どんなに暑くても、陽《ひ》が落ちてしまえば過ごしやすくひんやりしてくるのだが、そういう涼感がない。アスファルトは濡《ぬ》れていて水溜《みずたま》りもあった。昼間、雨が降っていたようだ。

北海の木の花芽《はなめ》をこっそり削《そ》ぎ落とすときの夜気を思い出す。あの空気とは全然違う。

北海はあれからどうしたのか。大介が東京駅で井上を捜すというタイムロスの間に、池田昭三の家というゴールに着いてしまったか。

大介は足を速めた。

やがて井上の言葉どおりに、左手が公園になった。大介の近所にある児童公園とは違い、それなりに広さがある、緑の匂《にお》いも濃い。交差点も見つけた。目指す先は古い店や住宅が多い地域のようだ。大介は封筒を片手に信号そばの住居表示を確認してから、横断歩道を駆け渡った。どこかで犬が吠《ほ》えた。

信号を渡った先の一ブロックは、まさしく封筒の住所と丁目までが一致していた。あとは番地を見て、家を突き止めるだけである。部屋番号みたいな数字はないので、目指す先は一軒家だという確信が大介にはあった。

まずは横断歩道を渡った先にある、角地の雑居ビルに貼《は》られた住居表示板に目を凝《こ》らした。路地のどの並びにあるのかは見当がつかないから、丁目の次の番号、街区符号が一致する表示板をとにかく探した。見つけたら次は、その建物に面する路地に入り、角地の住居番号から一つ一つ数えていく。また犬が吠えた。路地自体に車は通らなかったが、渡った横断歩道の辺りから走行音は聞こえてきた。

大介は足を止めた。該当の家を見つけたのだ。二階建ての普通の家で、大介の背丈ほどの木の塀《へい》に囲まれ、門扉《もんぴ》は閉ざされていた。背伸びをして中を覗いたが、家の電気はついていなかった。表札も見当たらない。

気を取り直して、路地の端《はし》まで行く。反対側の住居表示板を確認して、今度は逆から数えてみた。答え合わせだ。

やっぱり同じ家が封筒の住所になった。

家から人の気配は漂《ただよ》ってこない。誰もいないようだ。門扉は中につっかえ棒でもかかっているのか、開かない。大介は再度塀に手をかけ、じっくりと観察した。

塀のすぐ向こう、家との間にある小さな庭が、夜目でもわかるほどに荒れていた。とても人が住んでいるとは思えない。そして次に、窓にカーテンがないことに気づく。

空《あ》き家だった。

引っ越したのだ。

大介は肩を落として歩いた。ものすごく疲れていた。家を出てから丸一日以上過ぎた。その分の疲労が一気にのしかかってきた感じだった。

俯《うつむ》き、自分のスニーカーの爪先《つまさき》を見ながら進んだ。ゴムの靴底《くつぞこ》がアスファルトに擦《こす》れた。

駆け渡った横断歩道を、白線を数えながらゆっくり戻る。どこにも行くあてがない。北海の姿も見えない。

大介は公園に入った。

中には建物があった。何の建物かは知るべくもないが、その大きなシルエットは異様で不気味だった。中に幽霊や妖怪が潜《ひそ》んでいるのではないかという子どもじみた恐れが大介に取りつき、目を必死にそむけつつ進んだ。

夏の夜の虫が、木陰《こかげ》や草むらで鳴いていた。

子どもの遊具がある一角を見つけた。ベンチがあった。触るとやはり雨のせいだろう、湿《しめ》っていたので、バッグからタオルを取り出して敷いてから座った。だが、座るだけでは疲れから来る体の重さに耐えられなかったので、誰もいないのをいいことに、靴を履《は》いたまま横になった。

大きな電灯の近くで、大介の周囲は明るい。車窓の夜景も光だらけだった。東京は夜になると地べたから発光するのだ。そのかわり、空の星が全然見えなかった。

北海はあの空き家に行っただろうか？　大介は行っていない気がした。人の気配がまるでなかったからだ。両親が自分のいないところで喧嘩《けんか》しても、空気に名残《なごり》があるように、もし北海が先に辿《たど》り着いていたとしたら、何らかの気配を見つけられたはず。自分なら気づくと、大介は思った。

では、なぜ来ていないのか。ホームズになったつもりで考えると、二つの理由に思い当たった。

一つは北海の生活習慣によるものだ。北海はいつも早寝早起きだ。午後九時半には寝ている。上野駅で別れたとき、既《すで》にいい時間だった。人を訪ねるにしても遅い。どこかで一泊している可能性はある。

二つ目は、大介にとって最悪の展開だった。手紙を取ったとき、大介は選ばなかった。適当に抜いたのだ。手紙は束になっていた。古いものもあれば、抜いた一通より新しいものもあったはずだ。新しい手紙には、引っ越し先の住所がちゃんと記されていたのでは。だとしたら北海は、墨田区には目もくれず、そっちへ行く。

なんだかあっけなさすぎて、大介は失意のため息をついた。夜はひたすら湿気《しけ》っていて生温《なまぬる》かった。寝巻きがわりに持ってきたジャージの上着を着て、大介はベンチで夜明かしすることにした。長袖ならまったく寒くないし、雨は上がったようだし、屋根のあるところ、たとえば駅の入り口あたりまで行く気力と体力は残っていない。公園内の薄気味悪い建物は論外だ。

なにをやってもつまらない。せっかく楽しい夏休みになると思ったのに。野宿はそれなりに冒険だが、大介が期待していたのはもっと派手でわかりやすく、自分の中のどろどろしたなにかを、花火みたいに散らしてくれるものだった。

大介はスポーツバッグを枕に目をつぶった。

「……がいるよ」

子どもの声で大介は目覚《めざ》めた。

「あ、起きた。誰だろう」

声がした方向に目をやると、シェットランドシープドッグを連れた姉弟らしき二人がいた。姉のほうは大介と同じくらい、弟は小学校低学年だろうか。

「あんまり見ちゃ駄目。行くよ」

姉が弟を急《せ》き立てて去って行った。

何時なのかははっきりしない。けれども、そう遅い時間でもなさそうだった。空には雲があったが雨を降らせるものではなかった。寝たときよりも気温は上がっており、早くも蟬《せみ》が鳴き出していた。

大介はジャージをバッグにしまい、どうしようかと考えた。朝ご飯を食べたいが、パンと牛乳を売っているお店なんかはどこにあるのか。

腹の虫が盛大な音を立てた。

腹は空《す》いているものの、寝入りばなの疲弊感は消えていた。朝になってあたりが明るくなったせいか、気分も悪くない。大介は腕を突き上げて伸びをした。

昨夜ベンチに横になったときは、悪いほうの可能性が大きく感じられたが、冷静になれば、まだそうだと決まったわけじゃない。北海は東京が目的地だと言っていた。北海も引っ越したことを知らないのかもしれないし、新しい住所を知っているとしても、同じ都内だ。引っ越し先を突き止めることが出来たら、まだ追いかけられる。

少しでも情報が必要だった。大介は封筒の中身を引っ張り出した。住所をすべての頼りにして、中身はまだ読んでいなかった。フェリーで読もうとしたけれど、揺れ始めたために機を逸《いっ》したのだ。

読めば、なにかわかるかもしれない。もしかしたら次の住所が書いてないとも限らない。大介は便箋を広げた。

『佐藤北海様

ご無沙汰《ぶさた》しております。お元気でしょうか……』

「ここらの子じゃないな」

話しかけられて現実に引き戻された。顔を上げて一瞬ぎょっとなる。

北海かと思ったのだ。

話しかけてきた男は、北海と似ても似つかぬ顔をしていた。えらが張り、団子鼻で額《ひたい》が広い。だが、声が似ていた。年齢も同じくらいだった。なにより、雰囲気がそっくりだった。

どうしてこんなに同質と感じてしまうのか。大介は男が握る杖《つえ》と、隣に腰かける動きを見て察した。右脚《あし》がぎこちない。ズボンを穿いているから確かめられないが、間違いなく義足だ。おそらく、膝《ひざ》から下。雰囲気がうり二つなのは、北海と同じくこの男も欠落しているからなのだ。

男はシャツの胸からハイライトを取り出して、ライターで火をつけた。口から吐き出される白煙が、蒸し暑さの中にとけていく。

先ほどからそう時間は経っていないはずだが、公園には早くも子どもの姿が見えた。小学校低学年から中学年くらいの男の子三人。朝ごはんを食べてすぐに遊びに来た、という感じだ。そのうち、赤い乳母車《うばぐるま》を押した若い女の人も現れた。女の人はとてもゆっくり歩き、ときどき乳母車の中に顔を近づけては、微笑《ほほえ》みながら何事かを中の赤ん坊に話しかけていた。

のどかなものだと大介は少年らや母子を眺めた。手紙を書いた池田昭三も、こんな光景に目を細めただろうか。

「のどかだろう」

大介の心を盗み見たかのように、男が言った。男の目は遊具の周りではしゃぎ声をたてる子どもらに向けられていた。

「知らねえんだ。知らねえからあんな風に遊べる」

「知らないって、なにをですか」

男はたばこをくわえて吸い込んだ。先っぽの小さな炎が、ちりちりと巻き紙の白を侵食して男の口に近づいていく。男は粗暴な仕草《しぐさ》で自分の頭を掻き毟《むし》った。男の指に髪の毛が数本絡《から》んだ。男はそれにたばこの火を近づけた。火に触れた髪の毛は色を失い、縮《ちぢ》れ折れて地面に落ちた。

嗅《か》ぎ慣れない独特の臭いが立ち、たばこの臭いを押しのけて大介の鼻の奥を刺した。顔をしかめた大介に構わず、男は髪の毛を焼き続けた。

「ああ、この臭いだ」男は焼け落ちた髪の毛を左の靴の裏でゆっくりと擦《す》り込んだ。「あっちこっちが赤くて、空まで赤くて、熱い風が吹きすさんで……この臭いで噎《む》せかえるようだった。覚えている。俺は忘れちゃあいねえ。なのに、時間が経っちまえば、あったものもなくなっちまうのかね？」

妙な男に絡まれてしまったと、大介は男から少しでも距離をとるべく、尻をベンチのより端へとずらした。変な人というのはどこにでもいる。ましてや東京なら、人も多い分、変な人も多いはずだ。男は大介の動きには目もくれず、楽しげな子どもたちを眩《まぶ》しそうに見た。

トイレに行くふりをしてベンチを離れようかと腰を上げかけたとき、男が杖で地面をとんと突いた。

「この下には、なにがあると思う?」

「なにって」

普通に考えて下水道だろうか。札幌のオーロラタウンやポールタウンみたいな地下街があったりするのか。大介はどちらか決めかね、「なんですか?」と問い返した。

「死体だよ」男はこともなげに言った。「正確には、人骨だな……時間が経っちまったからな」

はじかれたように大介はベンチを立った。男がたばこを口にしながら、杖先で土をほじくり出した。

「あの子らやおまえさんみたいな年頃の子も、いっぱい死んだんだ。ここで、苦しんで苦しんで……」杖が地面を穿《うが》っていく。「俺の妹も死んだ」土が、乾いた色から少し湿り気のある濃い色に変わる。「本当にあったことなのに、今は嘘みたいになっちまっている」

湿った土の中に、白い欠片《かけら》が見えた気がした。

「それがいいのか悪いのか、わからん」

大介はスポーツバッグを抱《かか》えて、走って逃げた。


気味の悪い男から逃れて着いた先は、昨晩の空き家の前だった。男は追いかけては来なかった。あの杖と脚の動きからして、追いかけられてもすぐに振り切れただろうが、大介は何度も公園のほうを振り向かずにはいられなかった。

——死体だよ。

大介は両目をぎゅっとつぶって、頭をぶんぶんと振った。男のすべてを脳味噌の中から追い払うように。あんなの嘘だと自分に言い聞かせる。公園に死体がいっぱい埋まっているわけがない。お墓じゃないのだ。嫌な感じの建物もあったが、あれは夜に見たから怖《こわ》かっただけだ。

つまり、脅《おど》かされたのだ、怖い話をすればおしっこでも漏らすと思って。何のために？　馬鹿にして笑うためにだ。義春の嘲笑が脳裏をよぎる。あの爺さんは歳をとった義春だ。

大介はジーンズを引き上げた。その手には乗らない。

息が整ってくるにつれ、落ち着きも戻る。杖の男の話は忘れることにして、大介は改めて空き家を眺めた。日中の明るさのもとで見てみると、疑いようもなくもぬけの殻《から》だ。それもいなくなって結構な時間が経っていそうだ。

大介はお腹が空いたなと思いながら、空き家の周りを探った。斜め向かいの家に、気配がした。生《い》け垣《がき》の向こうに誰かがいる。

近づいてみると、中年のおばさんが汗をかきかき、鋏で生け垣を整えているのだった。

「すみません」

声をかけてみる。おばさんからはピリピリした神経質そうな気配はしなかったのだ。案の定おばさんは化粧気のない顔を綻《ほころ》ばせて、「なあに？　ぼく」と応じた。

「あそこのおうち、池田さんの家ですよね？」

「そうだったけど、随分《ずいぶん》前に引っ越しちゃったわよ」

「引っ越し先の住所、知りませんか？」

池田昭三がこのおばさんと親しく近所づきあいしていたならば、引っ越しの挨拶《あいさつ》のときに教えられているかもしれない。だが、大介の期待は裏切られた。

「ごめんね。おばさん詳《くわ》しくは知らないの。奥さんの実家のほうに帰ったとしか」

「実家のほう？」

「前にカステラをいただいたから、長崎《ながさき》だと思うけれど……あら、福岡《ふくおか》だったかしら。それとも佐世保《させぼ》？　とにかく、九州よ」

聞いて、大介の眼前がぱっと晴れた。「そうですか。ありがとうございます」

「ぼく、池田さんと知り合いなの？」

「一年生のときに、お世話になったことがあって」

適当に嘘をついて、さりげなく場を離れた。大介は希望がつながったと思った。北海は目的地を東京としていて、九州のきの字も出さなかった。ということは、引っ越し先は伝わっていない。引っ越してから、あるいは引っ越す前から、手紙は途切れていたのだ。役立たずの古い封筒を携《たずさ》えて、北海もこの空き家を目指してやってくる。たぶん昨日《きのう》どこかで一泊して、今日。

間に合ったのだ。

問題は、いつ来るかだ。大介は手紙を取り出してもう一度読んだ。引っ越し先がわからなければ、旅は終わりだ。でもそんなのはつまらない。もし自分が次の目的地を突き止めることが出来たら、薬のことを足して貸しは二つになる。そうしたら今度こそ、無下《むげ》には出来やしない。

手紙の文面に、大介は気になる箇所を見つけていた。池田という人がどういう考え方をして、どういうふうに暮らしていたのか、ヒントになりそうなところだ。

ホームズばりのこの推理が的《まと》を射ていたら、この近くに『あれ』があるはずだ。そして、そこの人には新住所を伝えているかもしれない。引っ越し先にも同じ考えと習慣を持っていくなら、似た施設を紹介してもらっている公算は小さくない。

大介は中通りから広い通りへ出た。駅の売店に行こうかと考えあぐねているところに、アイスクリームののぼりが立ててある店を見つけた。わりと古くて、昔からこのあたりで商売していたという感じだった。大介はその店に向かった。

クリームパンと牛乳を買うついでに、お店の人に尋《たず》ねてみた。

「この近くに、教会はありませんか？」

店のおじさんは「あるよ」と答え、懇切丁寧《こんせつていねい》に場所を教えてくれた。大介は勇んでそこへ向かった。

教会は池田の家とさほど離れていなかった。住所としては隣の丁目になる。歩いて四、五分ほどの距離だと、大介は計算した。

大介は一度空き家に戻り、北海がまだ着いていないことを確認して教会に行った。ちょっと迷ったが、ぐずぐずしていたら北海と行き違ってしまう。観音開《かんのんびら》きの扉の片方を押すと、あっけないほど簡単に開いた。

教会の中は、意外に涼しかった。

「こんにちは。どうしたの？」

椅子が並ぶ先、一番奥のところに、髪の毛を短く刈った五十代くらいの男性がいて、いきなり入ってきた大介に微笑んだ。「今日は午後からが子どもたちの集まりだよ」

牧師なのだろうその男性があまりに優しい語り口なので、大介は午後の集まりなんかには興味がないし、来る気もないことを知られて彼をがっかりさせるのに、いささかためらいを覚えた。だが、仕方がないこともある。

「あの、違うんです。すみませんが」

「どうしたの？」

「僕、池田昭三さんがどこへ引っ越したのかが知りたいんです。牧師さんなら知ってるんじゃないかと思って」

彼は目を丸くした。「どうして知っていると思ったの？」

「池田さんがここに通っていたから」

これは一つの賭《か》けだった。あいまいな言い方では、さらなる問い、なぜそう思ったのかを追及されるだけだ。

大介は賭けに勝った。牧師は大介に近づいて腰をかがめ、目の高さを同じにした。

「君は、池田さんとどういう関係なのかな？　通っていたことは知っているのに、新しい住所は知らないなんて」

真っ直ぐに見つめてくる牧師の視線を、横を向いて避《さ》けたかった。けれども、それは絶対にしてはいけないことだとも思った。大介は牧師の体全体から、目の前の存在――大介を見極めようとする真剣で嘘を許さない固い意志の気配を見た。夜空のように、黒に近い群青《ぐんじょう》の中に、銀の輝きがはじけている色。

大介は尻ポケットから三つ折りの封筒を取り出し、広げてみせた。

「僕のお祖父《じい》さんがずっと手紙をもらっていたんだけれど、急に来なくなったんです。会いたいと思ってお祖父さんと訪ねてきたけれど、いなくなっていて、困っています」

「お祖父さんって、佐藤北海さんかな？」

大介は息を呑んだ。封筒は池田昭三の名前と住所が書かれてある裏面を見せていた。なのに牧師の口からは、北海の名がすんなり出てきたのだ。だが大介は、驚いたのを悟られてはならないと感じた。だから、内心の動揺を押し殺して頷いた。

「そうです」

「お祖父さんは？」

「手分けして訊いているので、空き家の近所を回っています」

「佐藤さんには、お孫さんが出来ていたんだね……そうか……そうか」牧師は感慨深げに目を閉じた。「なら……教えなきゃいけない」

ちょっと待っていてと牧師は微笑み、いったん奥へ引っ込んだ。数分して戻ってきたとき、彼の手には葉書の半分くらいの大きさのメモがあった。

長崎県から始まる住所が書いてあった。

「池田さんはずっと、佐藤北海さんに会いたがっていた。いいかい、これは本当のことだよ」

早く行ってあげてくださいと、牧師は大介に頭を下げた。その言葉に、大介は混乱した。だがとりあえず情報は得られた。

「ありがとうございます。祖父に渡します」

大介は踵《きびす》を返して教会を出た。

生け垣の手入れをしていた女性は、家の中に引っ込んだようだった。人の目がないのを見極めて、大介はスポーツバッグを敷地に放り、池田が住んでいた空き家の門扉を乗り越えた。着地とともにすぐさま身を低くし、板の門扉に背を預けて座り込む。敷地内はやっぱり雑草で荒れ果《は》てていた。伸び放題の雑草からバッタのような虫が飛び出て、おでこに当たった。大介は店で買ったクリームパンと牛乳を腹に入れながら、北海に大量の手紙を送り続けていた人物を思った。

池田昭三の行動は不可解だった。牧師も言っていたが、手紙を読めば、確かに北海に会いたがっていることは汲《く》みとれた。けれども、ならばどうして引っ越し先の住所を告げなかったのか。空き家の荒れ果て具合からして、一年、いやそれ以上誰も住んでいないようだ。

告げなかった理由はあるのか。会いたくなくなったのか。だとしたらなぜ牧師は新たな住所を教えてくれたのか。

そもそも北海は返事を書いていたのだろうか。

まず間違いなく書いていない。あの手紙の束は、一方通行の便りだ。やりとりがあれば、引っ越し先からも手紙が来ている。北海は池田昭三に対して良い思いを抱いていない。だからこそ返事を書かなかったのだし、何らかの、おそらくは復讐《ふくしゅう》の決意をしてこの旅に出た。

あの、北海が持っていたボストンバッグ。ナイフが入っているのではと思った。入っていれば、それを振りかざされる相手は必ずや手紙の人だ。

命乞《いのちご》いをするだろうか。みっともなく泣いて許しを請《こ》うだろうか。

大介の想像の中で、手紙の差出人池田昭三は、義春の顔にすり替わった。

牧師からもらったメモを見つめる。北海にこれを見せたら——。

そのとき、道を擦るような足音が聞こえた。

「……ああ？」

失望の声とともに、板の門扉が軋《きし》んだ。体を倒すようにして見上げると、指があった。

ごつごつした木の幹《みき》のような指。左手の指だ。三本しかない。

「ああ……もう、いないのか」

その声音《こわね》に、大介は首を傾《かし》げた。安堵《あんど》しているようだったからだ。

失望しながら、どうしてほっとしている？　ここまで来ておきながら、全部が無駄になったというのに。大いなる違和感に答えは出なかったが、とりあえず後回しだと、大介は行動に出た。

「佐藤北海さん」

立ち上がって背伸びすると、北海が目を剝《む》いて一歩後ずさった。「うおっ」

北海が見せたその反応が面白くて、大介は思わず笑ってしまった。

「おまえなんでここにいる？」北海は荒々しく怒鳴《どな》った。「切符を渡しただろう？　なんで帰っていないんだ。父さん母さんが心配しているとは思わないのか」

「言ったでしょう? 僕、佐藤さんと一緒に行きたいって」

「なんでここがわかった?」

「僕、なんでもわかるんだ」大介はバッグを担いで、また門扉を乗り越えた。「だから、佐藤さんがここに来ることも知っていたし、これからどこへ行けばいいかも知ってるよ」

「これから?」

「ここの家に住んでいた人がどこへ引っ越したか、その住所を知ってるんだ」

北海の鋭く気むずかしそうな顔が、唖然《あぜん》としたものに変わる。大介はますます面白くなって、今度は声を出して笑ってしまった。

「佐藤北海さん、取引しませんか? 僕と一緒なら会えるよ。僕を連れていってよ。ここに住んでいた人に会いに来たんでしょう? 僕を連れていってくれるなら、教えてあげるよ」大介はここぞとばかりにたたみかけた。「佐藤さん、会いたいんでしょう? 相手の人も、ずっと会いたがっていたんだって。引っ越し先を教えてくれた人が、そう言って……」

「そったらこと!」言い終わるか終わらぬかのうちに、北海の低い怒声が路地にこだました。「いつ俺が頼んだ……!」

大介はたじろいだ。さっきの怒鳴り声とは質が違った。北海の表情は変貌《へんぼう》していた。老人は鋭い目をアスファルトに落として、まなじりをつり上げ、両手を拳《こぶし》の形にし、肩をいからせた。北海の体全体が枯《か》れ草色の蔓《つる》にがんじがらめになり、紅蓮《ぐれん》に包まれて空高く燃え上がる幻影を、大介は見た。

憎しみと怒り。

自分の言葉のなにが、老人をこれほど刺激したのか。調子に乗って何でもわかると言ったのが気に障《さわ》ったのか。

しかしながら、老人の激情は長くは続かず、間もなくうだる暑さにさらされた朝顔のようにしぼんでいった。まるで抗《あらが》えないなにかを前に、諦《あきら》めたふうに。

「余計なことをしたな、ぼんず」北海は静かに指を解いた。「次の道がわかっちまったのか。なら……なら、仕方がない」

呟《つぶや》いて、北海は大介をじっと見つめた。

「教えてくれ」

大介は恐る恐る尋ねた。「僕を連れていく？」

「借りが二つになっちまったからな」

北海は陽炎《かげろう》が立ちのぼりはじめた路地の小石を、ため息交じりに踏《ふ》んだ。

第三章　同行

「ぼんず」北海が大介へ右手を伸べてきた。「次はどこなんだ。教えてくれ」

住所が書かれたメモをよこせ、と言うように。

だから大介は、首を横に振った。

「メモはあげられないよ」牧師からもらったメモを四つ折りにして、ナイフが入っているポケットに突っ込む。「これは僕が持っている。佐藤北海さんにあげるのはヒントだけだよ」

北海がまた豹変《ひょうへん》したらどうしようかと、大介は内心怯《おび》えていたのだが、言いなりになる一手は考えられなかった。それに何といっても、北海には貸しを二つ作ったのだ。

「次の行き先は長崎県。今はこれだけだよ」大介にとって、ここは当然引けない。「全部教えたら、佐藤さんはまた僕を放っておいて、一人で行ってしまうかもしれない。昨晩《ゆうべ》、実際そうしたんだからね。はくつるに乗せようとしたもの。おかげで僕は、公園で寝たん北海と一緒に旅をするためには、ひいては、北海の禍々しい決意が華々しく昇華する様を見届けるには、今度こそ離れ離れになっては駄目《だめ》なのだ。

「長崎県に着いたら、次は市の名前を教えるよ」

「長崎か……」北海は暑さでぎらつき、油っこく見える夏空を仰《あお》いだ。「そういや、あいつの細君《さいくん》は……」

「さいくん？」

北海はそれには答えず、ボストンバッグ片手に歩き出した。駅の方角だった。

「ぼんず、来ないのか？」

同行を認めた言葉が出た。大介の足はおのずと動き、すぐに走って追いついた。

「来なかったら佐藤さんが困るでしょ？」

井上と乗った電車を、今日は北海と乗る。無論《むろん》、昨日とは逆の進行方向だ。北海の腕時計を見る。午前十時過ぎ。車内はそれほど混み合っておらず、大介と北海は二人とも座れた。

北海は膝《ひざ》の上のボストンバッグから財布をとり出して、中身を検《あらた》めた。

「飛行機は無理だな」意外にもさばさばとした口調だった。「俺はあそこで終わると思ってたから、手持ちにそれほどの余裕はねえ」

「僕、お金貸そうか？」

北海は底光りのする目で大介を睨《にら》んだ。「なま言うんじゃねえ。はんかくさい」

「長崎までは、どうやって行くの？」

訊《き》いておくに越したことはない。北海が気まぐれを起こして、あるいは住所のメモをすりとられて、昨夜のように置いてきぼりを食らう可能性はどうしたって消えないのだ。だとしたら、北海が頭に描いている移動手段を確認するのは、無駄ではない。

「……電車を乗り継《つ》ぐしかねえな」

「新幹線は使う？」

警戒が寸時《すんじ》薄らぎ、大介は思わず身を乗り出した。大介は新幹線に乗ったことがなかったのだ。

「まあ……新幹線で行けるところまで行くっていうのも、ありだろうけどなあ」

切符代を払えるかどうか、自信がないのだろうか。新幹線の切符がどれほどするものか、大介も知らない。でも、悪魔のように高くはないだろう。お盆《ぼん》の帰省ラッシュのニュースは、大介も毎年目にしている。小さな子どもを抱《かか》えた親子連れの姿も多くあった。ものすごく高くて、普通の人には手が出ない金額なら、みんな、あんなふうにぎゅうぎゅう詰《づ》めになってまで乗らないのではないか。

大介にはまだ九万円を超す資金の余裕があった。

「新幹線に乗ってみたいな」

「そうだなあ」

北海の相槌《あいづち》には適当さが感じられた。そのうち老人は大介の隣《となり》でふうと吐息し、ふと目に留《と》まったかのように、自分の不恰好《ぶかっこう》な左手にじっと視線を定めた。

大介の心臓が肥大し、大きく拍動した。昨日あれほど激しく噴出していた黒い決意の気配が、なりを潜《ひそ》めているように見えたのだ。正確には出ていないというのではない。けれども、弱い。萎《しお》れかけている。

「佐藤北海さん」それは、大介の口からとっさに出たものだった。「あの空《あ》き家の人のこと、佐藤さんは嫌いなんですか？」

面白い夏休みにしたいのだ。それには北海の行動が必要不可欠だった。萎《な》えてもらっては困るのだ。大介は北海をあおった。

「僕、なんとなくわかるんだ。佐藤さん、空き家にいた人のこと、嫌いでしょ？　そうですよね？」

あおることで再度復讐《ふくしゅう》の決意をよみがえらせる――望んだのはその一点だった。決意がなければ、人は行動しない。北海は今日で旅が終わると思っていた。気が抜けて、決意自体が薄らいでしまったら、「やっぱり長崎なんか行かないで帰ろう」ということになりかねないのだ。

「どんな知り合いなんですか？」

一通の手紙の内容だけでは、ホームズシリーズを読破した大介と言えど、二人の関係はさっぱりだった。大介の知らない言葉や読めない漢字もたくさんあった。わかったことは、とにかくどうやら池田昭三という人は北海に対して大きな負い目があるらしいことだった。だからこそ復讐への期待も大きくなった。

すると北海は、欠落の左手を握《にぎ》り込んで形の悪い拳《こぶし》にした。大介はその手に全部の注意を向けた。色が見たかったのだ。北海の心を示す色をだ。

黒が濃くなった、そう見て取った次に、大介は目を疑った。北海の気配はあれよあれよという間に様々な色が漏《も》れて混ざり合い、渦《うず》を巻きながら揺《ゆ》らいだ。大介はその色の意味がわからなかった。

「……どんな知り合いだと思う？」北海が逆に尋《たず》ねてきた。「ぼんずはあそこにいた。俺しか知らないはずのあの家に。何でもわかると言った。実際、新しい住所も摑《つか》んでいる」

電車がぐっとカーブする。大介は足に力を入れた。

「何でもわかるのに、なんで訊く?」

大介のスニーカーの爪先《つまさき》に、土とちぎれた草の欠片《かけら》がついていた。池田の家でつけてしまったものだろう。

「なんでって……」

顔を上げると、意外にも北海はにやにや笑っていた。大介はさして好意は感じられないものの、北海が笑っているという事実と、気配を探りながらも「笑いを呼び起こすような感情」に気づかなかったことに驚いた。

「池田昭三は、俺の古い知り合いだよ。本当に昔のな」北海は腕を組み、鋭い目を瞼《まぶた》で隠した。「でもな、池田と俺のことの全部は、ぼんずには絶対にわからんよ」

なんせ、俺にだって全部はわからねえんだ。

北海は唇をわずかに動かし、そんなことを呟《つぶや》いた。

——それがいいのか悪いのか、わからん。

なぜか、公園で出会った気味の悪い男の言葉を思い出した。

北海の動向を注意深く、また出し抜かれてはぐれないように気を回していた大介だったが、上野駅に着くころには警戒しなくともいいのではないか、という気分になっていた。北海は乗り換えの際にも「ぼんず、こっちだぞ」と大介を振り向いては、ついて来ているか確認した。

新しい住所という人質のようなものをとっているせいかもしれないし、あるいは本当に二つの貸しを北海なりに受け入れたのかもしれない。少なくとも今この時点では、同行者としての扱いを受けている。自信を持てたせいか、強張《こわば》っていた大介の肩や背中はゆるやかにほどけた。

上野駅は昨晩とはまた違った混みようだった。大きな荷物を持つ人は減り、そのかわりに子どもの姿が目につく。やたら楽しそうだ。子どもたちのそばには当然親がいて、彼らは一様に一つの出口に向かって進んでいた。

大介の目が、壁に貼《は》られてあるポスターに釘《くぎ》づけになる。

パンダの写真が大きく中央にあるポスター。

全身の毛穴がぶわっと膨《ふく》らんだ感じがした。

「パンダだ」なにも考えないうちに、声が口をついて出た。「上野動物園のだ」

ホアンホアンというメスのパンダが、動物園にはいるのだ。ついこの間カンカンが死んで、一頭だけになってしまったのは残念だが、日本でパンダを見られるところは、とにかくここしかなかった。

　そのとき、見下ろしてきた北海の表情が虚《きょ》を衝《つ》かれたようだったので、大介もあれ、となった。

「ぼんず、おまえパンダが見たいのか？」

　パンダを見たくない人などいるものかと思った大介の横を、子どもがパンダパンダと連呼し、スキップまでしながら通り過ぎた。子どもは大介より低学年だ。大介は急に恥ずかしくなった。北海の表情は、まるでガキじゃないかと呆《あき》れていたのだ。

　子どもだと軽《かろ》んじられるのは、嫌《いや》だった。子どもなんかじゃない。一人で貯金をおろし、北海を追い東京まで来て、いったんは途切《とぎ》れたかに見えた旅の行程のその先を突き止めるなんて、子どもには出来ない。

　大介は慌《あわ》てて、すました顔を作った。

　しかし北海は鼻から息を抜くように笑ったのだった。

「行くか？　動物園」

「僕は別に……」

「パンダが見たいんだろう？　いいぞ、せっかく上野にいるんだ。今日はここらに泊まりゃいい。急ぐ旅じゃねえし、昨夜はぼんず、野宿だったんだろう？」

北海は腹のあたりを軽く手のひらで叩《たた》いて、親子連れの流れに乗った。大介は戸惑いながらも老人の足取りについていく。

駅を出ると、薄曇りで蒸《む》し暑い中に、ほのかな緑の香りを嗅《か》いだ。北海はいつの間にかボストンバッグを持たない左手を、ズボンのポケットに突っ込んでいた。動物園はなにやら巨大な公園の敷地内にあるようで、入り口ゲートまでは、少しだけ歩いた。古めかしい大きな建物に目をやっていたら、北海が「ありゃあ、美術館だったかな」とあいまいに言った。北海もそんなに詳《くわ》しくない様子だ。

入園券を買うところは、落ちた飴《あめ》に蟻《あり》が群《むら》がるように人が固まっていた。大介が財布の用意をすると、北海は「切符くらい買ってやる」と言った。大介はそれを固辞《こじ》した。そこらの子どもなら親に切符代を払ってもらうのが当たり前だろうが、自分は違う。ちゃんと自分のお金も持っている。フェリーや電車代だってそれでまかなってきた。はくつるは北海のお金だったが、大介が望んだものではない。

なにより、入園券代を出してもらうことで、せっかく作った二つの貸しが一つに減るのが嫌だった。

「強情だな、ぼんず」

北海は肩を竦《すく》めて、ポケットの中の左手を引き出し、ボストンバッグから財布を出した。

　半時間ほど並んでようやく入園券を手にすると、子どもっぽくならないように平静を装《よそお》っていた大介の頬《ほお》も、どうにもならず緩《ゆる》んでしまった。自然と足が速まる。しかしそれも仕方がないのだ。親子連れの子どもたちは、一様にそんな具合だった。駆《か》け出して少し先に行っては振り返り、親を「早く、早く」と急《せ》かしている。

　さすがに大介はそこまで出来ない。北海は眉間《みけん》に皺《しわ》を寄せ、目を眇《すが》めた。パンダはみんな好きだろうと決めてかかっていたが、歳《とし》を取ると案外どうでもよくなるのかもしれないと、大介は老人の挙動を見て思う。

　入り口に用意してあったリーフレットに、園内の大まかな地図があった。ただ、それで確認せずとも、黒い人波は定められた水路を行くように、ジャイアントパンダの展示施設のほうへ流れてゆく。

　施設の見学通路は、一部狭《せま》いトンネルのようになっていた。手すりの向こうにガラスで仕切られたパンダの居住区域があった。大介は列の最後尾に並んだ。だが、列はなかなか動かない。大介の見えないところで、子どもたちが声高《こわだか》になにかを言っている。

　じりじりしながら十分ほど待った。その間大介は、人一人か二人分くらいしか前へ進めなかった。しかも四方八方から押され、ときおり抱き上げられた幼児の足が、体に当たったりもした。十分間で、大介の後ろにもみっちりと人だかりが出来た。大介は北海がいないことに気づいた。どこだろうと背伸びをしたものの、大人に阻《はば》まれて見えない。直後、大介の頭にアラートが鳴り響く。まさかとは思うが、動物園は北海の罠《わな》だったのか。パンダの施設がとても混んでいるのを予測して、わざとはぐれるように仕向けたのか。そんな雰囲気じゃなかったと北海の様子を思い返すものの、一度は無理やりに寝台特急券を持たされた悪例がある。

長崎とわかれれば、その先のあてがあったのかもしれない。

疑心暗鬼《ぎしんあんき》にさいなまれ、大介はとうとう列を外《はず》れた。「すみません、すみません」と頭を下げながら、肩から押し入るように人の間を抜ける。

北海は通路のトンネル部分が切れる少し手前で、ボストンバッグを足元に置き、壁に背をもたせて両手をズボンのポケットに突っ込んでいた。

「佐藤北海さん」

呼びかけて駆け寄ると、北海は顔だけをこちらへ向けた。

「どうだ、見たか？」

何でもないように言われて、大介はがっくりと力が抜けた。

「見たか、じゃないよ。佐藤さんがいないから、列を抜けて来たんだよ」

「なんだ、見てないのか」

「全然前に進まないし、押されるし、蹴《け》られるし。周りの人の服だけは見えたよ」

すると北海は思いがけないことに少し顔を上向きにし、かっかっと笑ったのだった。大介の口はあんぐりとなった。北海がそんなふうに笑うとは。思いの外《ほか》楽しそうではないか。

「ぼんず、おまえはじゃあ金を払って、人を見に来たようなもんだな」

「だって」

「仕方ねえな。バッグをそこに置け」

言われたとおりにすると、北海の両手が腋《わき》の下に来た。

「ほらよ」

足が通路を離れ、大介の視界が変わった。大人の背中が下になり、かわりにつむじが見える。帽子をかぶっている人もいる。白髪《しらが》交じりの人も、母のようにふわふわしたパーマをかけている女の人もいる。それらの頭の向こう、ガラスのさらに先に、地べたにでんと寝転《ねころ》がる白黒の動物が見えた。

「いた！」

大介が弾《はず》んだ声を出すと、お尻のあたりから北海の声が返った。

「いたか。良かったな」

「ホアンホアンだ。昼寝しているよ。顔は見えないけど、いるよ」

「なんだい、寝ているのかい」

すると、北海の声が聞こえたかのように、ジャイアントパンダがのそりと起き上がった。客から歓声とどよめきが起こる。

「あっ、動いた。歩いていくよ」

「どっちに向かっている?」

「左のほう!」

北海は大介を抱え上げながら、反時計回りに回ってくれた。ホアンホアンは数メートル進んで座り、笹を器用に食べ始めた。

「ご飯の時間だ。本当に笹を食べるんだね」

「そうか食っているか。良かったなあ」

「すごいよ、本物だ。動いている。テレビでしか見たことなかったのに」

「痛《いて》えな」

興奮した大介の踵《かかと》が、北海の腹を蹴ってしまった。大介は地面に下ろされた。北海は蹴られた腹ではなく、大介を持ち上げた腕を回す動作をした。大介は自分の体格を考えた。義春のように大きくはない。でも、幼稚園児や小学校低学年ほど小さくもない。

北海はひ弱な見かけでは決してないが、持病を抱えた身である。

「佐藤さん、痛い?」

北海はシャツの合わせ目から中に手を入れ、撫《な》でさすっている。腹巻きのあたりである。

「蹴ったのはわざとじゃないんだ。それから、重くなかったですか?」

それに、左の腋の下に残る、いびつな指の感触。口には出せないが、バランスを取るのに普通の人よりも苦労したのではと、ささやかな心配が生まれていた。

しかしながら北海は、ごつごつとした鼻の穴を膨らませ、ふんと息を吐《は》いた。

「俺はこう見えても力持ちだからな」

「そうなの?」

「丈夫なんだよ」

「うちのお父さんより?」

地面に置いていたボストンバッグを、北海は右手で持った。

「瀬川さんがどれほど丈夫なのかはわからんが、俺は丈夫じゃなかったら、ここにはいねえんだ」

北海はパンダの展示施設をあとにして、上体を緩やかに揺らしながら歩き出した。大介も素早くついていく。

「ここにはいないってどういうこと？　じゃあ、丈夫じゃなかったら、どこにいるの？」

答えは無かった。北海は雲間から照《て》りつけてくる真夏の太陽を睨むように見上げ、額《ひたい》の汗を手の甲で拭《ぬぐ》った。「それほど気温は高くねえのになあ」

それから二人で展示施設を回った。途中、トイレに行ったり、売店で記念のコインやキーホルダー、念のため日射病にならないようにパンダのワッペンがついているキャップを買った。大介は近鉄《きんてつ》バファローズのキャップのデザインが一番好きなのだが、かぶってみるとパンダもなかなか悪くなかった。大介は売店のガラスを鏡がわりに、つばをちょっと斜めにしたり、深くかぶってみたりと、いろいろ試した。ベンチで一休みし、アイスクリームを舐《な》めたりもした。

上野動物園を一通り見終わったころには、じきに閉園という時間帯になっていた。

「ぼんず、電話番号を教えろ」

動物園の出入り口ゲートを抜け、上野駅の雑踏が近づいたところで、突然北海は訊いた。北海の目は駅近くの公衆電話に据《す》えられていた。

「僕の家？」

「それ以外になにがある」

「電話するの？」

「当たり前だろう」北海は本当に公衆電話の前に立ってしまった。「もし親御さんが怒っていてすぐ帰って来いと言うようなら、泊まるのは止めて、このまま夜行《やこう》で帰るぞ」

怒っているに決まっている。

「帰るの？　佐藤さんはどうするの？　僕が帰ったら長崎の住所はわからないよ」

「俺も一緒に札幌に帰る。ぼんずには前科があるからな。パンダも見たし、満足だろう？　ほれ、言え」

パンダ舎のところで笑ったのとは打って変わって、北海の口振りには有無《うむ》を言わせぬ頑《がん》固《こ》さがあった。これは大介にとって不意打ちだった。でも北海は、動物園を出たら大介の自宅に電話をかけることを決めていたのかもしれない。夜行で帰ってもいいように、思い出作りで動物園に寄ったのかもしれない。パンダやそのほかの施設が楽しすぎて、北海のその決意に気づけなかったことに、大介は歯《は》嚙《が》みした。

「ほれ、早く」

いっそ適当な番号を教えようかとも思った。しかし、よその家の人が出たり、その番号は使われていないというアナウンスが流れたら、もっと悪いことになるのは明白だった。

メモを人質にするとしても、北海は自分も一緒に帰っていいと言っている。

仕方なかった。大介は運を天に任《まか》せて番号を教えた。北海は市外局番を頭につけて、そのとおりにダイヤルを回した。

「……留守か」

大介は安堵《あんど》で膝から力が抜けた。へたり込んだ大介に、北海は目を丸くした。「どうしたんだ、ぼんず？」

「なにが食べたい？」

ほっとしたせいで、素直にラーメンという言葉が出た。北海は「八月なのにか」とぼやきながらも、上野駅近くのラーメン屋ののれんをくぐってくれた。

そのラーメン屋は店構えが古くさく、中も狭く、あまりきれいな感じではなかった。メニューの貼り紙が陽《ひ》に焼けて茶色かった。出てきたラーメンも、札幌で食べるラーメンとは麺《めん》の太さやスープの色などが違っていた。それでも大介は空腹だったので、シャツを汗びっしょりにしながら平らげた。

「ぼんず、ラーメン好きか？」

大介は頷《うなず》いた。「一週間全部インスタントラーメンでもいいくらいだよ」

「そいつは止めといたほうがいいな」

「なんで？」

「他にもうまいもんがあるからさ」

「たとえば？」

「饅頭《まんじゅう》」

ラーメン代は北海が二人分もった。伝票が一枚しか来なくて、それをあの左手がさっと握ってしまったのだから、どうしようもない。

「佐藤さん、お饅頭好きなんだ」

「甘いものは好きだぞ」

回覧板を持っていったとき、「ちょっと待っていなさいよ」と言って北海は腹巻きや手袋などをくれたが、他にもお赤飯などおこわの類《たぐい》を渡して来ることがあった。北海が作るお赤飯には、甘納豆《あまなつとう》が普通の倍以上入っていた。両親は北海道特有の甘納豆入りお赤飯があまり好きではなく、北海のそれも評判は芳《かんば》しくなかったが、大介は、甘いしもちもちしているし、ごま塩をかけたらそのしょっぱさと上手《うま》く嚙みあって、わりと好きだった。

「今日もそういえば、アイスクリーム食べていたね」

動物園内でアイスクリームを食べようと持ち掛けてきたのは、北海のほうだった。木のへらですくって舐める老人の顔は、確かに穏《おだ》やかだった気がする。

「アイスクリームを初めて食ったときは、世の中にこんなうまいもんがあるのかと驚いたもんだよ」

「そうなの？」

大げさだなと大介は率直に思った。甘くてアイスクリームよりも美味《おい》しいものは、他にもいくらだってある。それとも、北海が初めて食べたアイスクリームというのが、特別製だったのか。

「なんていうアイスクリーム？」

〝レディーボーデン〟や〝宝石箱《ほうせきばこ》〟といった、ＣＭでよく見かけるものを大介は想像した。

北海は「知らん」と一言で片づけてしまった。

ラーメン屋からしばらく歩き、宿に着いた。三階建ての外観は薄汚れていて、いかにも金に余裕のない人間が利用するような安宿だった。北海は引き戸を開けて、薄暗い中へと入っていった。大介も続いた。

テーブルに丸椅子《まるいす》が並ぶ大衆食堂のような空間が、どうやらホテルで言えばロビーらしかった。壁の時計が午後六時を指していた。奥まったところに北海と同じ年代の男が座っていて、「おや」とずり落ちた丸眼鏡《まるめがね》を上げた。

「あんた、今日もかい？」

「ああ。ちょっと予定が狂ってな」

北海は後ろに下がり気味だった大介の背に手を回し、横に立たせた。「今日はこのぼんずも一緒だ」

「お孫さんかい？」

「そんなところだな」

どうやら自分はここで北海の孫という顔をしなければならないらしい。大介はぺこりと頭を下げた。

「こんにちは。お祖父《じい》ちゃんと泊まります」

旅館の主人らしき丸眼鏡は、帳簿とボールペンを北海に差し出した。大介は丸眼鏡の気配を観察した。井上ほど大らかではないが、神経質なふうでもない。手術室の壁に白を混ぜたような平淡な色合いで、それは北海が帳簿に名前を記入している間も変わらなかった。旅館を営《いとな》んでいるというのに、客に興味がなさそうだった。大介は少し視線をずらして、北海の字を見た。北海は右手でボールペンを持っていた。初めて見る北海の字は四角張っていて、筆圧が高そうなわりには、ときおり、たとえばハネやハライの線を引くとき、波打つようによろめいた。

北海は自分の名前を書いた行の次に、『大介』の字を、間違いなく書いた。

「昨日の部屋でいいかい？」

「ああ」

木札のついた鍵を渡されて、丸眼鏡の横にある沓脱《くつぬぎ》でスリッパに履《は》き替えた。続く階段を上る。北海が借りた部屋は二階だった。廊下《ろうか》には奥へ向かって右側に十ほどのドアが並んでいた。木札に書かれた番号を確認しながら北海は中ほどまで進み、中央に鍵穴のある銀色のノブを開錠《かいじょう》して室内に入った。

八畳ほどの和室だった。窓を開けると、外のざわめきや電車の走行音が筒抜けでやかましかった。うっすらトイレの臭《にお》いがして、畳《たたみ》は日焼けしていた。脚《あし》が短く折りたためるテーブルと、小さなテレビ、扇風機が一つずつあった。テレビの横には硬貨を投入する小さな箱がくっついていた。テレビを観《み》るには百円入れなければならないようだ。押し入れを開けると、布団《ふとん》が二組入っていた。

目の端《はし》っこを、なにか黒いものが走って行った気がしたが、そちらを向いてもなにもいなかった。

昨晩も利用している北海は、慣れた様子で部屋の隅《すみ》っこに積まれてある座布団を二つ大介の前へ投げ、残った座布団の横にボストンバッグを置いた。大介は所在《しよざい》無《な》い思いを押し隠して、座布団の一つに正座した。

北海はいったん部屋を出て、湯呑《ゆのみ》を載《の》せた丸盆《まるぼん》とポットを片手に戻ってきた。

「お茶飲むか？」

お茶よりジュースが良かったが、望むべくもない。大介が頷くと、北海はポットのボタンを押した。出てきたのは熱いほうじ茶だった。

「ここ、お風呂ないのかな？」

東京の蒸した空気の中、動物園を歩き回り、ラーメンも食べて汗をかいていた。腕を舌先で舐めたら、しょっぱいほどだ。

「一休みしたら銭湯に連れて行ってやる」

「え、銭湯なの？」

「こんな安宿に温泉があるわけねえだろう」

どうやら宿の主人に頼むと、洗面器を貸してくれるらしい。

「タオルと石鹸《せっけん》はあるか？」

「タオルだけならある」

「なら石鹸は俺のを貸してやる」

「シャンプーは？」

北海はお茶を飲み干した。「俺はそんなもん使わないんだ。ぼんずが必要なら、銭湯で買え」

さて行くかと、北海はさっさと立ち上がった。大介の湯呑は半分くらいほうじ茶が残っていたが、お構いなしだった。

「さっさと行かねえと混むからな」

北海は入り用なものをボストンバッグから取り出して、手に持った。大介もそうしようとしたが、現金のことを考えてスポーツバッグをそのまま抱えた。

丸眼鏡の男から洗面器を一つずつ貸してもらい、宿を出る。北海の足取りはゆっくりだったが迷いはなかった。銭湯の煙突が夕暮れ空に高々と突き出ているのが、歩いていても見えるからだ。

とはいえ、大介は落ち着かなかった。本当なら、家の風呂のように一人で入りたかったのだ。

靴《くつ》を脱いで下足箱《げそくばこ》に突っ込み、男湯ののれんをくぐり、北海に倣《なら》って番台にお金を払う。銭湯に特有のお湯の匂《にお》いと湿度の高い空気が大介を包んだ。混むから早めに来たはずなのに、脱衣場にはもうそれなりに客がいた。北海は脱いだシャツを脱衣籠の中に入れている。大介は番台のおばさんにシャンプーのことを訊いた。小さな容器に入った、大介の家では使ったことのないシャンプーとリンスが買えた。

番台には貼り紙があった。

『貴重品を預かります』

なるほど、コインロッカーがないこの銭湯は、ひとたび浴場のほうへ行ってしまえば、脱衣籠に入れた持ち物はノーガードになる。人の目があるから窃盗《せっとう》などおいそれとは出来なさそうだが、絶対にないとは言えない。財布や大事なものは、番台の人に預かってもらうシステムなのだ。

「ぼんず、まだそのなりか」北海は腰にタオルを巻いただけで、大介はつい目を逸《そ》らした。「番台さん、こいつを預かってくれ」

北海が番台に渡したのは、腹巻きと、それに包まれたなにかだった。たぶん財布と薬と手紙の束《たば》だ。北海はかわりにゴムのついた番号札を受け取った。

番号札のゴムを手首に通して、北海は石鹸が入った洗面器を片手に、「先に入っているからな」と、浴場に行ってしまった。

大介はナイフと手紙、牧師からもらったメモをスポーツバッグに移し、かわりにタオルと替えの下着を取り出して、バッグごと番台に預けた。番号札のゴムを同じように手首にはめて、さてどうしたものかと脱衣籠を前に途方に暮れる。

脱がなくては風呂には入れない。とりあえずTシャツは脱いだが、ジーンズを下げるのにはとてつもなく勇気がいった。

あのときの義春の顔がちらつく。揶揄《やゆ》された声も。周りで男子が笑っている。窓のほうへ顔を逸らしたら国崎さんがいたが、磁石の同じ極が反発し合うように、そっぽを向かれた。

ジーンズの前のボタンだけを外して、大介は俯《うつむ》きながら辺りの気配を探った。大介の隣に来た小太りの中年男が、籠を逆《さか》さにして床に数回叩きつけた。大介は何事かと身を硬《かた》くしたが、誰も、番台でさえも彼の行為を無視した。中年男はさっさとタオルを肩に浴場へ去った。

「おい、なにやってんだ、ぼんず」浴場の引き戸が開く音と共に、北海の呆れ声が響いた。「ちゃっちゃとしろ。石鹸貸せないだろうが」

大介は自分の顔がかあっと紅潮するのを感じた。急き立てられてジーンズを脱ぎながら、泣いてしまいそうになった。北海は容赦《ようしゃ》なく「ほれ、パンツも」と追い打ちをかけた。大介は腰にタオルを巻いて、パンツを脱いだ。

「脱いだら早く来い」

大介は洗面器の中のシャンプーとリンスに目を落としながら、浴場へ入った。一刻も早く隠れたくて浴槽へ足を進めたら、北海の左手に腕を摑まれた。

「掛け湯をしろ。あそこの空いている蛇口からお湯を取って、頭からかぶれ。みんなが入る湯なんだ」北海は言うや、大介をカランの前に引きずった。「ほら、もうタオルなんか取れ」

「止めてって」

大介は右手で腰のタオルを押さえながら、つい大声を出した。剝《は》がされそうだったからだ。

「一人で出来ます」

浴場が一瞬静かになった。大介の声だけが、そこに残響しているようだった。いよいよいたたまれなくて、大介はタオルを外してすぐにしゃがむと、蛇口をひねってお湯を出し、修験者《しゅげんじゃ》のようにかぶりまくった。

「……ふうん」

北海はタオルを頭の上に載せて離れていった。大介はちょっとだけ振り返り、さっきは目を逸らしてしまった老人の裸体を見てみた。丸裸の老人の体は、若い男のようにとまではいかないものの、想像していたよりもずっと筋肉質で逞《たくま》しかった。尻は丸いというより四角っぽかった。だがその体には、湯気でよくは見えないが、いくらか傷痕《きずあと》があるようだった。

指が無いのだから、他の部位にも怪我《けが》の痕があったっておかしくはない——大介は声をあげそうになり、口を手で押さえた。見つけてしまった。裸足《はだし》になった北海は、左右の足の指もごっそりなかった。残っているのは親指と人差し指くらいだ。北海は足までいびつだった。

北海は、しかしそれを隠すでもなく、もちろん前のほうもそのままに、堂々と湯船に足を入れて身を沈ませた。

いつの間にか、浴場の中には水音やざわめき、笑い声が復活していた。隣のカランを使っていた初老の男が、「小僧、なにがそんなに恥ずかしいんだ？」と黄色い歯を見せた。

お風呂に入って体と髪の毛も洗い、さっぱりとはしたが、北海と二人の帰り道はなんだか落ち着かず、パンツを穿《は》いていないような心もとなさがあった。大介は洗面器とスポーツバッグを小脇に抱えては、何度もジーンズをずり上げ、ポケットに戻したナイフ、手紙、メモをそれぞれまさぐってありかを確認した。

北海はそんな大介に「いったいどうした」と不審なふるまいの理由を尋ねはしなかった。ただ、

「ジュースでも買って帰るか？」

と、通りかかった商店の中にある冷蔵庫を、顎《あご》でしゃくった。

北海は大介に瓶《びん》のスプライトを買ってくれた。喉《のど》が渇《かわ》いていたので、早速、栓《せん》を抜き、そのままラッパ飲みした。甘酸《あまず》っぱい炭酸水が、口や喉の中で弾《はじ》けながら胃の腑《ふ》に落ちていった。瓶はたちまち空《から》になった。大介は満足の息をついた。

「ぼんず、あれで家に連絡しろ」商店のはす向かいに公衆電話ボックスがあるのだった。北海は十円玉を六枚よこした。「最初にそいつを使え。間に合わない分はぼんずが出せ」

北海の命令で、満足感はどこかへ行った。北海は鋭い視線で促《うなが》してきた。困っていることを悟《さと》られぬように、そちらへ行きかけたら、北海が番兵のように背後を取った。

「ついてくるの？」

「ついてこられたらまずいのか？」

大介がボックスに入ると、北海は扉を手で押さえてそのまま監視した。上野駅で難所は乗り切ったと思ったのに——大介は頭を働かせた。ここで大真面目《まじめ》に居所《いどころ》を告げ、長崎まで旅をするなどと言って、納得する両親ではないのだ。すぐに飛んでくる。そうなって

は、おじゃんだ。でも、電話をかけないわけにもいかない。かけたふりをしても、硬貨が落ちなかったり、あるいは落ちる速度が遅ければ、札幌にはかけていないとすぐばれる。十円玉を六枚くれたのは、それを見極めるためだ。違う番号をダイヤルするにも、北海にはさっき番号を教えている。

大介はダイヤルの0のところに指を入れた。市外局番の最初だ。

市外局番の三桁《けた》は、素直に回した。

しかし次の7を回すとき、大介はちょっとだけ細工をした。北海にぎりぎりわからないように、全部を回さず、一ダイヤル分だけ余らせて止めたのだ。これはホームズのシリーズに傾倒したあとに読んだ、推理クイズの本で得たテクニックだった。

ダイヤル信号は6になったはずだ。

電話口から聞こえてきたのは老女の声だった。大介は構わず、親と話をしているふりをした。硬貨は結構なスピードで電話機の中に落ち、大介は自分の百円を投入した。老女は困惑していたが、知ったことではない。

北海は納得したらしく、離れていった。上手くいったようだ。大介も電話を切った。

商店に戻った大介は、そこで歯磨き粉と歯ブラシを買い、北海とともに店を出た。ごまかせたことで気を良くした大介は、「そういえば」と銭湯で目にした中年男の行為を北海に話した。「籠で床を叩くなんて、なんだろうね。籠が壊れるかもしれないし、床にも傷がつくかもしれないのに、誰も注意しなかったよ」

「そりゃあ、シラミを落としてんだな」北海はあっさり答えを教えてくれた。「そのおっさんはガキのころ、シラミに苦労したんだろうよ。癖《くせ》になってんだな。でもあの当時子どもだった連中には、特別珍しいことでもない。銭湯で籠を裏っかえしてトントンやるやつは今でもたまに見る」

「シラミなんて嫌だなあ。不潔だよ」

「まあ、昔の話だ。三十四、五年くらい前かな」

大介は三十五年前になにがあったかを考えてみた。昭和二十年、戦争が終わった年だ。なら、物にも不自由していたし不衛生でもあったろう。そんな時代に生まれなくて良かったと、大介は内心胸を撫で下ろした。

「そんなに嫌か、ぼんず？」北海が唇を横に引いてちゅっと口を鳴らした。「俺は昔、自分にシラミがいると安心したもんだぞ」

「えっ、なんで？」

北海はそれには答えてくれなかった。

日がすっかり暮れても、思ったほど涼《すず》しくならないのは昨夜と同じだった。窓を開けっぱなしにしているため、安宿の中には外の音が入り込んできた。外の賑《にぎ》やかな明るさとは裏腹に、室内は電灯をつけても薄暗かった。大介と北海の部屋には、裸電球が一つぶら下がっているきりだった。廊下はさらに暗かった。

トイレは廊下の突き当たりにある。

靴下を脱いだ北海の足を見る。湯気の中での見間違えではなかった。左右の足両方とも中指から小指がなかった。

足を地面に擦《す》り、上体を左右に揺らす歩き方は、足の指の一部がないせいだったのだ。だが、なぜないのだろう？　左手もそうだが随分《ずいぶん》と指をなくしすぎではないか。と疑問には思うものの、どうして手と足の指がないのかなどとは訊けない。

北海は左肘《ひじ》を畳について頭を支えつつ寝そべり、扇風機のぬるい風を浴びながら、百円玉で稼働させたテレビで時代劇を眺《なが》めていた。室内アンテナに銭湯のコインランドリーで洗った下着類を無理やり引っ掛けているせいか、いささか映《うつ》りの悪いブラウン管の中では、像がぶれるせいでときどき分身の術を使っているかのようになる落ち武者たちが、刀を振り回して戦っていた。

落ち武者の一人が、なんとなく北海に似《に》ていた。

それから、今朝《けさ》がた公園で会った変な男にも。

あの男のことを考えると、尿意がつのる。大介はちょっとした危機にあった。スプライトを一気に飲んだためか、用を足したくなっていたのだ。しかし、薄暗い廊下とその先の見知らぬトイレが、どことなく怖《こわ》かった。

北海が「この映画、観たな」と呟いた。そうしてこちらを向いて、値踏《ねぶ》みするように眉《まゆ》根《ね》を寄せた。

「ぼんず、どうした?」

「えっ、どうしたって、なにが?」

「なんで爪先をもじもじさせてんだ?」

尿意をごまかそうと無意識にしていた動きだった。北海はあっさりとテレビを消して起き上がり、座布団の上に胡坐《あぐら》をかいた。

「便所か?」

いきなり痛いところを突かれて、大介は体育座りの膝をぴたりと合わせた。

「薄暗そうな便所が怖いか?」

「そんなことないよ」

北海は聞いちゃいなかった。「俺がついていかなきゃ駄目か?」

「だから怖くないって」

「ふうん……そうかい？」

「そうだよ。僕は臆病じゃないし。今朝だって」少々むきになってしまった大介は、あの男との出来事を武勇伝に変えてしまうことにした。「僕、空き家の近くの公園で変なお爺《じい》さんから変な話を聞かされたけど、怖くなかったもん」

「近くの公園で？　そりゃ、どんな話だ？」

「ベンチに座っていたら訊かれたんだ、この下にはなにがあると思うって。つまり、公園の土の下に」

北海が腕組みをする。「それで？」

「その人は、死体がいっぱいあるって言ったんだ。正確には、もう時間が経《た》っているから骨になっているって。しかも頭から抜けた毛を焼いて嫌な臭いをさせながらだよ。僕はすぐ嘘《うそ》だ、嫌な気分にさせたいだけだってわかった。だから、僕を脅《おど》かしても無駄だよって、逆に言い返してやったんだ」

大介はそこで、あれ、と不思議に思った。北海は大介に感心するでも、反対に言い返せずに逃げたんじゃないのかと見破るでもなく、腕組みをした体勢のまま、難しい顔になったのだ。

「どうしたの、佐藤さん？」

北海は腹巻きのところで組んだ腕に目を落とした。北海の腕は左が上に来ていた。左手が右腕の肘の内側に当てられていた。

「あそこらへんにも落とされたんだったか……？」

「え、なに？」

「ぼんず」目線が下に向いたままで、北海は念を押してきた。「本当に怖くないんだな？」

そう言われては引けない大介である。「ないよ」

「なら、俺も一つ聞いた話をしよう。ぼんずの話で思い出した」

昔の話だと北海は言った。そして、遠いところの話だと。

「難しい病気で女の子が死んだんだ。まだ子ども……ぼんずと同じくらいだった。可愛《かわい》い子だ。お下げの」

お下げと聞いて、大介の頭の中に国崎さんの笑顔がよぎる。

「通夜《つや》と葬式が済《す》んで、棺《ひつぎ》は焼き場に行った。ぼんず、焼き場には行ったことがあるか？　棺を入れる細長い穴倉みたいなところがあってな、人間死んだらそこで焼かれて骨になる」

「棺桶《かんおけ》ごと？」

「棺桶ごとだ。そんなもん、棺桶だけ残ったってしょうがないだろう。家に持って帰ったところでなにに使うんだ」

大介は火葬場にはまだ行ったことがなかった。だが、父はまれに仕事の関係なのか黒い服を着て出かけ、帰ってきたら玄関の外で母に塩をかけてもらっている。

「焼いている間は焼き場の待合室みたいなところで待つ。二時間くらいかね。女の子のお父さんやお母さん、親戚《しんせき》なんかが、そうしてじっと待っていた。他には焼き場の人しかいなかった。いなかったはずなんだが」北海が顔を上げて大介に目を合わせてきた。「いつの間にか、小さな女の子が紛《まぎ》れ込んでいた。白い半袖《はんそで》ブラウスにスカート姿で、髪はおかっぱだったそうだ。そこにいる人間は、誰もその子を知らなかった。近所の子かとも思ったそうだが、焼き場に好き好んで遊びに入る女の子なんているもんかね……でもその子は、お骨を拾《ひろ》うところまで引っついてきた」

大介はごくりと唾《つば》を飲み込んだ。

「焼き場の人間はなにも言わない。出て行けとも。骨を箸《はし》で拾い上げながら、みんなこの子は誰だ……？　そう思ったとき、女の子は言った。たった一言だけ」北海の鋭い目が大介を見据《みす》える。「いいなあ、焼いてもらえて……ってな」

大介はびっくり箱の中身のように、とっさに立ち上がった。大した話じゃないし、なにやら訳がわからない部分もあると思うのに、北海の声と語り口、眼光が加わると、とんでもない話を聞いてしまった気がして、途端《とたん》に背筋に怖気《おぞけ》が走った。尿意が膀胱《ぼうこう》の中で破裂せんばかりに膨れ、もう四の五の言っていられなくなった。フェリーのときもトイレに間に合わなくて吐いてしまったのだ。大介は逃げるように廊下に出た。トイレの電気も、泣きたくなるほど暗かった。下手《へた》に薄ぼんやり見える分、真っ暗なほうがまだましなような気もした。小用の便器に急いで放尿《し》し、洗面台の鏡を見ないようにしながら手を洗った。

部屋に駆け戻ると、布団が二組敷き終えられていた。北海の目は息せき切った大介に投げられた。老人の一瞥《いちべつ》には、思いがけなく可愛らしいものを見るような優しさがあった。

「怖かったか？」

大介は意地でかぶりを振った。

「全然怖くない」

「そうかい」北海はちょっとだけ笑った。「まあ、怖い話じゃない」

「え？」

「布団、どっちで寝る？　ぼんずが好きなほうを選べ」

大介はドアに近いほうにした。特に理由はなかったが、そうした。北海はさっさとシャツとズボンを脱ぎ、肌着に腹巻き、ステテコという姿になった。

「じゃあ俺も便所に行ってくる」

「ええ？」

「なんだ？」

一人にされたくなくて、不満の声をあげてしまったと悟られるわけにはいかない。「なんでもない。行ってらっしゃい」

北海が廊下に消えると、大介は昼間見たパンダのことをことさらに思い出す努力をしながら、寝巻きがわりのジャージに着替えた。長袖長ズボンは暑かったが、予備のTシャツもそんなにないので、袖と裾《すそ》をまくりあげた。

それから、ジーンズのポケットの中身を思った。

ナイフと住所が書かれたメモは、このまま自分が持っているべきものだ。けれど、手紙はどうしようか。隙《すき》を見計らって返しておいたほうが、あとあと怒られずに済みそうだ。

とはいえ、北海は腹巻きを外さない。チャンスはそれこそ銭湯を利用しているときくらいだ。そのときでさえも番台の人に預けてしまう。

束で持っていたのだから、一通くらいなくともすぐにはわからないだろうと、大介は楽観的に構えることにした。

北海は静かに部屋に戻ってきた。

電気のスイッチを消して布団に潜《もぐ》り込んだ。扇風機は止めず、首振りにセットして、大介と北海の足もとに風を送るようにした。

「佐藤さん」

「なんだ？」

「扇風機を回したまま寝ると死ぬって、本当？」

そういう話を、クラスの誰かが言っていたのだ。誰かは忘れたが、義春の一派ではないことだけは確かだった。だから、それなりに信憑性《しんぴょうせい》がある。

「死なねえよ」

北海はあっさり否定した。

「本当？」

「人間はそんなことじゃ死なねえ」

「証明出来る？」

「俺は何度も扇風機をつけたまま寝ている」

けど、生きているだろう？　北海の声は低く落ち着いていた。大介はそれにいくばくかの安堵感を覚えた。すると、急に瞼が重くなってきた。

「ぼんず」目を閉じたとき、北海が訊いてきた。「おまえ、本当にこんな爺さんと一緒に行きたいのか？」

一度上下がくっついた瞼は、どう頑張《がんば》っても離れなかった。大介は胸の中の空気を全部吐き出しながら、「うん」とだけ答えた。

覚えているのはそこまでだった。次に気がついたときには、もう朝だった。

宿は朝ご飯がつかなかった。トイレと歯磨き、洗顔と着替えを終えたら、すぐに出発だった。北海の腕時計を覗《のぞ》き見したら、七時半過ぎだった。大介は上野動物園で買ったキャップをかぶり、ちょっとつばを斜めにしてみた。

「今日はどうするの？」

北海は上野駅に向かっているようだ。

「長崎なんだろう？」朝早くとも、安宿近くの小さな店や民家がひしめき合う界隈《かいわい》は、札幌の同時刻とは比べ物にならないほどの人の密度だった。彼らが進む方角も、おおむね駅だ。

「東京駅から新幹線に乗って、大阪《おおさか》まで行く」

「新幹線？」

大介は歩きながら思わず小さく跳《は》ねた。一瞬だけスキップしたみたいに。昨日のパンダといい、初めてづくしだ。

「すごく速いんだよね。びゅーって行くんだよね。こだま？　ひかり？」

「俺も名前はよくわからんな」

まあ、駅に行きゃあなんとかなると言った北海は、売店で小さなサイズの時刻表と缶《かん》コーヒーを買った。大介も自分の財布からお金を出して、ジャムパンと牛乳を買った。それらはすぐには食べず、バッグの中に入れて、まずは東京駅まで移動した。大介はふと、井上は予定通りに広島へ行けたのだろうかと思った。

随分助けてもらった。単純で気のいい、優しい人だった。大介の言うことを疑いもせず、両国駅まで送ってくれた。

そういった人を見極めた自分自身の洞察力に、内心鼻を高くしながらも、もしもう一度会うことがあったら、お礼を言おうと大介は考えた。瀬戸内海《せとないかい》のほうから行くのであれば、広島は途中で通るのだから、可能性がまったくないわけではない。そう、次に会ったら言えばいい。

東京駅のいくつかある待合場所の一つに、二人は腰を落ち着けた。ジャムパンをほおばる大介の横で、北海はしばし時刻表とにらめっこした末に、

「ひかり、だな」

と言った。

「あと小一時間で出発するやつがある。これに乗るぞ」

北海はようやく自分の缶コーヒーを開けて一気に飲んだ。ちょっとばかり恰好をつけてかぶった大介のキャップには、「なかなか男前だ」とにやりとした。


ひかりの自由席に、二人とも座ることが出来た。北海は進行方向に向いている座席を回して、向かい合わせの一角を作った。前方を見る席は、北海が「ぼんずはこっちに座れ」と譲ってくれた。座席は八割方埋まろうとしていた。

新幹線が動き出すと、大介は帽子のつばを後ろにし、近づいては飛ぶように過ぎ去っていく車窓の風景を、窓ガラスに張りついて見つめた。線路に沿って並ぶ電柱と電柱の間の電線が、滑《なめ》らかに下がっては浮き上がり、また沈んではのぼるという繰《く》り返しが、今までに乗ったどんな乗り物よりも速いテンポで繰り返された。東京の中心部を少し離れて平屋の住宅が多い地区に差し掛かると、大介は一つのことに気づいた。

「ねえ、北海さん。黒っぽいね」

「ああ？　北海さん？」

新幹線にはしゃいで、つい気安い感じに呼んでしまった。大介は謝《あやま》った。

「ごめんなさい……嫌だった？」

「別に好きに呼びゃいい。で、なにが黒いんだ？」

「屋根だよ。屋根がみんな黒いんだ」

札幌の住宅の屋根の色は、もっとカラフルだ。青かったり緑だったりする。もちろん黒っぽい屋根もあるけれど、全部ではない。しかし車窓から見る本州の住宅の屋根は、目につくほとんどが黒か焦《こ》げ茶《ちゃ》色だった。

「ああ、そりゃあ瓦《かわら》だからだ」北海は顎のあたりを左手でさすった。「札幌とは屋根の材質が違うんだ。こっちはそんなに雪が降らねえからな。屋根に積もる雪を心配しなくていいんだ」

「瓦屋根かあ」

言葉として知っていても、実際に目にしたことはなかった。本州の家の屋根は黒っぽいのだと、大介は頭に刻《きざ》み込んだ。

大介にとって物珍しいものはもう一つあった。竹林である。それなりの太さがあって節がしっかりある、時代劇などで侍が刀ですぱっとやるような竹も、本州に来て初めて見た。大介にとってはとても珍しい植物なのに、当たり前の顔をしてそこいらに群生《ぐんせい》していて、しかもそれに誰も注目していないのが、いかにも遠くへ来ているという気分にさせ、いやがうえにも興奮した。

新幹線はいくつかの駅に停車し、人を降ろし、乗せ、西へと向かった。富士山《ふじさん》も見た。富士山は青くしゅっとして、まさに霊峰《れいほう》といった感だった。北海道にも羊蹄山《ようていざん》という山があり、その形から蝦夷《えぞ》富士と呼ばれているが、本物ほど端整《たんせい》な形はしておらず、なにより大きさが圧倒的に違った。富士山が大体真横に来たあたりで、大介は北海と席を替わった。遠ざかっていく日本一の山を最後の最後まで見たかったのだ。

そんなこんなで、大介はしばらく景色に夢中になっていたのだが、北海と入れ替わって進行方向と逆向きの席にしばらく座っているうちに、おかしなことになってきた。目の奥が引っ張られるようで、なおかつ左の側頭部がズキズキしてきたのだ。そのうち良くなるだろうと高をくくったが、一向に痛みは和《やわ》らぐ気配がなく、逆に増していく。体を少し動かすだけでも、脈拍と同じリズムで痛みが暴れる。目の奥は、いっそ眼球を抉《えぐ》り出してしまいたくなるほどだ。顔から血の気が引いていくのがわかった。

「ぼんず、どうした?」北海が気づいて声をかけてきた。「顔色が真っ青だぞ」

「頭が痛いんだ」

なんとなく具合も悪くなってきていて、大介はあまり口を動かさずに異常を訴えた。

「乗り物に弱いんだな。新幹線にも酔《よ》うのか」

フェリーのときの具合の悪さとは違う感じだが、新幹線に乗って体調を崩《くず》したのは事実だ。反論するにも吐き気が強くなりそうで、あまりしゃべりたくない。

北海は少し考えた。さりげなく周りにも目を配った様子だ。

「ぼんず。次の名古屋《なごや》で降りるぞ」

「え……と、途中で？」

切符は大阪まで買っていた。

「無理して進んだっていいことはねえ。海の上じゃないんだ」

気分が良くなる気配が見えなかった大介は、残念に思う以上にほっとした。それから自分の体質を呪《のろ》った。なんだって乗り物が駄目なんだろう？　船やバスならともかく、新幹線に酔う人なんて聞いたことがない。

北海もフェリーの中で世話になった男と同じく、仁丹を持っていた。それを一粒ずつ嚙んで気を紛らわせる。

ひかりが名古屋のホームに滑《すべ》り込んで停車すると、北海は大介をゆっくりと立ち上がらせ、「そんなに急がなくても大丈夫だ」と言いながら、ホームへと降車させた。

名古屋は曇天だったが、降り立った途端、圧迫感のある熱気が大介を抱きしめた。大介はホームのベンチに座って目をつぶった。北海は売店で冷凍みかんを買ってきてくれた。冷凍みかんは給食でもたまに出る、大介の好物だ。網から出して、中の一つを大介の手に握らせる。きんとした冷たさが心地よかった。凍《こお》ったみかんをこめかみや瞼《まぶた》に押し当てると、痛みが少し薄らいだ。大介はひとしきりいろんなところに冷たいみかんをくっつけた。

「食えるか?」

頷いて、皮をむく。みかんは冷たくシャリシャリしていて、口の中がすっきりした。本当に新幹線に酔っていたのだろう、ホームのベンチに腰を落ち着けてからは、具合の悪さは潮《しお》が引くように治《おさ》まっていった。

三、四十分もそうしていたら、体調はすっかり元に戻った。北海が大介の顔色を確認して、

「行くか」

と呟き、左手で軽く一度きり、キャップをかぶった頭をぽんと叩いた。

仁丹とみかん、途中下車の判断のお礼を言ったほうがいいのかもしれない。自分が酔ったせいで旅程が狂ったことに対する謝罪も。大介は前を行く北海の背を見つめた。

迷っているうちに改札を抜け、駅の外まで出てしまった。駅舎の外は、蒸し焼き機の中

にいるようにいっそう暑かった。北海はいつの間にか名古屋の無料マップを手にしていた。観光客用のものだ。

「さて、どうするかね」

さっきはありがとう。予定を変えさせてしまってごめんなさい。

口にしたいが、なかなかうまくいかない。大介は北海の左手を見る。欠落した部分から何色が出ているのか——目がちかちかして、よくわからなかった。ただ、怒っている雰囲気ではなさそうだ。

じゃあ、また今度でいいのではないか。お礼を言ったり謝ったりすると、貸しが一つ減ってしまう感じがする。そういえば、抱き上げてパンダを見せてくれたときも、お礼を言っていなかったかもしれない。

あとで機会が来たら、まとめて言おう。

そう大介が思い巡《めぐ》らせていると、北海がマップに目を落としたまま、急に尋ねてきた。

「どうした？　なにか言いたいことがあるのか？」

大介は首を横に振った。「ううん、なんでもない」

「そうか、ならいい。でもな、ぼんず」北海はついて来いというように顎をしゃくって歩き出した。「もし、なにか言いたい大事なことがあるなら、あとで言おうなんて考えたら駄目だ」

「なんで？」

「あとでなんて無いかもしれんからだ」

さりげない口調ながら、不思議な重苦しさで、北海の声は大介の鼓膜《こまく》を震《ふる》わせた。

第四章　対価

北海はマップを睨《にら》んでから、駅の西口方面をちょっと見やった。北海が観光目的で地図を開いているのではないことを、大介は悟《さと》った。おそらく急な予定変更で生じた名古屋での一泊をどこに定めるか、思案しているのだ。

一番具合の悪いときは過ぎ去ったから、名古屋観光をしよう、名古屋城のしゃちほこを見ようとは、さすがに言い出しづらかった。北海が真《ま》っ直《す》ぐ宿へ向かおうとしているのも、大介を休ませるために違いない。実際、北海は西口へと歩き出した。

名古屋は大きな都市なので、駅の近辺は都会的なビル群がひしめきあうように建っているのだろうと大介は勝手に思っていたが、北海が向かった区画はそうでもなかった。食堂、うどん屋等々が軒《のき》を連《つら》ね、都会的な印象はあまりない。古びた看板を出している安宿もいくつか目についた。北海はその中の一つを選び、中へ入った。

その宿は、玄関が共同のアパートみたいな感じだった。大介の家の近所にもそういうアパートがある。玄関にはそれぞれの部屋の靴箱《くつばこ》と郵便受けがあり、その横に管理人室の小窓が穿《うが》たれ、廊下《ろうか》にドアが並んで、一番奥にトイレがある造りというやつだ。北海が選んだ安宿は、その手のアパートと比べて、玄関の郵便受けがあるかないかの違いくらいしかなかった。

小窓が開き、中年の女の人が顔を突き出した。

「こんにちは」

「部屋は空《あ》いているかい？」

「空いていますよ。六畳と八畳の部屋があるけれど」

「二人だから八畳だな」

「一泊？」

「ああ」

「じゃあ二千円ね」

食事の有無《うむ》は訊《き》かれなかった。上野の宿と同じで、素泊まりしかないのだ。

「ここは風呂がないのよ」

これも同じだった。銭湯に行くときは洗面器を貸すというシステムも。大介の脳裏に昨日《きのう》の銭湯での一件が像を結び、今日は濡《ぬ》れたタオルで体を拭《ふ》くだけでいいと思った。

板張りの暗い階段を上って通された八畳の和室は、やはり古くさく薄汚れていた。室内の備品も昨晩の部屋とほぼ同じだった。探せば札幌にもこのような宿があるのだろうかと、大介は駅前近辺の様子を思い出してみた。札幌駅の北側にそんな旅館があったかもしれないが、定かではない。

昨日と違うところは、中年女性が二人に冷たい麦茶を持ってきてくれたことだった。大介が帽子を脱いでそれを飲んでいると、北海は部屋の隅《すみ》に積まれている布団《ふとん》の一つをさっと敷《し》いた。

「ぼんず、具合はどうだ。ちょっと寝るか?」

普段通りの夏休みなら、図書館に行っているか、母に尻を叩《たた》かれながら宿題をしている頃合いだった。つまり、活動する時間帯だ。

けれども、自分のために途中下車し、冷凍みかんを買ってくれ、早めに宿も取り、布団まで敷いてくれた北海の気遣《きづか》いが、ほんのり嬉《うれ》しくて、大介は頷《うなず》いた。

「じゃあ僕、ちょっと昼寝します」

「そうか。それがいい」

大介はジーンズのポケットに手を入れた。新しい住所のメモ、ナイフは右前のポケット、折った手紙は右側の尻ポケット。所定のところに全部ある。大介はすぐに目をつぶった。

寝ている間に取られるかもという危惧《きぐ》は、なかった。北海がメモのありかを把握《はあく》していたなら、疲れてすぐに寝入ってしまった昨晩、いくらでもやれたはずだ。自分が昼寝している間にどこかへ行ってしまわないで、と釘《くぎ》を刺す必要性も感じなかった。

なぜか。

自問した大介の頭の中に、名古屋駅のホームで食べた冷凍みかんがぽかりと浮かんだ。きんと冷たい感触、シャリシャリとした歯触り、甘酸《あまず》っぱい味。目の奥の痛みと気分の悪さがほろほろと崩《くず》れ、春の雪のように消えていったのだった。

あのとき北海は、大介に構わず新幹線に乗り続けることも出来たし、ホームでも、なにもせずに放っておくことも出来た。けれども、そうはしなかった。北海は自分の孫にそうするように、大介の世話をした。

大介の祖父は父方母方ともに早くに死別していて、お祖父《じい》さんという存在の具体像は、実はわからない。ただ、もしもお祖父さんがいるとしたら、あのときの北海みたいな感じなのではないか。そんな気がした。

続いて、もう一つ気づく。北海への信頼の根拠を、『気配の色』にしなかったことに。

自分を出し抜くかどうか、そんな兆《きざ》しがいびつな左手からあふれていないか、大介は見なかった。見ようとも思わずに、布団に入った。

大介は布団の中でもぞもぞと体勢を変えながら、なんだか調子が出ないなと思った。北海が扇風機のスイッチを入れた。扇風機が首を振るごとに、ぬるい風が大介の髪の毛をそっと撫《な》でた。

新幹線の座席で、車窓を流れる景色を見る以外はなにもしていなかったはずなのに、酔《よ》いというのは体力を存外消耗《しょうもう》させるものなのかもしれない。さして眠気を感じていなかったにもかかわらず、大介はころりと寝入ってしまった。

目覚《めざ》めると窓の外は夕暮れの気配だった。

北海は座布団を壁際に寄せ、背を薄壁にもたせ掛けて、胸の前で腕を組む姿勢で瞼《まぶた》を閉じていた。その顔は単にうたた寝をしているようにも、座禅《ざぜん》を組んだ僧侶のようにも見えた。

「……佐藤北海さん」

北海の眼球を覆《おお》う薄い瞼が開かれた。

「ぼんず、具合はどうだ？」

また北海の喉《のど》ががらがらしている。

「もう、すっかりいいよ」

「そうか」

北海は声を割る喉の異物を吐《は》き出すようにかーっと声を出し、口にティッシュを当てて痰《たん》を吐いた。

「晩飯食いに行くか」北海は膝《ひざ》に手を当てて立ち上がった。「なに食いたい？」

「ラーメン」

「またか」老人はあからさまに渋《しぶ》い顔になった。「暑いだろ」

「じゃあ、佐藤さんが食べたいものでいいよ」

「ガキが気を遣うんじゃねえ」

宿を出て駅から離れるように歩いた。うら寂《さび》れた飲み屋街といった区域が続いた。人通りはあまりなかった。ひょんなところにまだネオンが灯《とも》っていない、灯ればおそらくいかがわしさを振りまく色の看板を、大介はいくつか見かけた。北海はというと、それらの看板を眺《なが》めてはにぃと口の端《はし》を上げるのだった。

「ぼんず、ストリップって知っているか」

ふいに北海がそんなことを訊いてきたので、大介は猛然とかぶりを振った。本当は女の人が裸になるところだとなんとなく知っていたが、知っているのがいけないことのような気がしたからだ。北海は胸を反《そ》らして短い笑い声をたてた。

「ガキには早いか」

「子どもじゃないよ」

「そうか、そうだな。子どもじゃないな。動物園は楽しかったか？」

口を尖《とが》らせた大介の帽子の上に、北海は左手を置いた。いびつで大きなその手の温かみが、帽子を通して頭に感じられた。

「それ、佐藤さんは好きなの？」

「ストリップか？」北海は看板を振り返った。「嫌いじゃあねえな」

大介は見たことのないストリップ劇場を想像した。人の前で裸になる。恥ずかしくないのだろうか。義春の下卑《げび》た笑い声が思い出された。大介はポケットの中の小さなナイフをぎゅっと握《にぎ》った。

十分ほど歩いて、北海は目についたラーメン屋に入ってくれた。場末の臭《にお》いがぷんぷん漂《ただよ》う店で、どういうわけかのれんには『札幌ラーメン』の文字があった。

客は誰もいなかった。脂《あぶら》が染《し》みたようなメニューの貼《は》り紙を眺めて、大介は醬油《しょうゆ》ラーメンを注文した。北海は味噌《みそ》ラーメンだった。

「愛知《あいち》といやあ、味噌だからな」

「学校で工業が盛んな地域だとは教わったよ」

「八丁《はっちょう》味噌は教えないのか。駄目《だめ》な学校だな」

名古屋で食べる札幌ラーメンに、大介は興味と期待が入り混じった心持ちでいた。ここの店主はどうして名古屋にいるのに札幌ラーメンを出しているのだろう？　運ばれてくる前から大介は割り箸《わばし》を割り、じりじりと待ち構えた。

やがて大介の前に醤油ラーメンが置かれた。

一目見ただけで、普段地元で食べるラーメンと趣《おもむき》が違うのがわかった。

濃いめのスープの色はいいとして、麺《めん》が冷麦《ひやむぎ》とうどんの間を取ったみたいな太さで白っぽく、縮《ちぢ》れていなくて、スタンダードなるとやメンマといった具のかわりに、玉ねぎとひき肉の炒め物が丼の中央にてんこ盛りになっていた。

コショウをかけて食べてみた。正直、あまり美味《おい》しくなかった。

北海のほうを見やると、老人も味噌ラーメンを前に怪訝《けげん》な表情である。

「ぼんず、札幌ラーメンって書いてあったな」

「あったよ。でも違うね」

「違うなあ」北海はいつまでたっても他の客が入ってこない店内を素早く見回し、ふいに苦笑した。「こりゃあ滅多《めった》に食えんもんだぞ」

俺たちは札幌から来たのにこれはなんだ、などという馬鹿げた文句をふっかけず、北海はいかつい顔で笑ったのだった。

大介もつられた。

二人は笑いながら麵とスープをすすった。最初は美味しくないと思った大介だったが、汗をかき、洟《はな》をかみながら食べているうちに、なぜか不思議と美味しく感じられてきた。駅のホームで齧《かじ》った冷凍みかんにも負けないくらいに。

「あのさ」

――あとでなんて無いかもしれんからだ。

「今日はありがとう」

北海が箸を動かす手を止めて、大介を見つめた。

「ありがとう……北海さん」

北海はなにも言わなかった。でも、ほんのわずか、笑った。

大介は丼に目を落とし、勢い込んで麵をすすった。

少しあって、大介の向かいでもラーメンをすする音がまた響き出した。

そうして二人は結局、一風変わった名古屋の札幌ラーメンをすっかり平らげたのだった。

宿への帰り道、今日は風呂に行かずに体を拭くだけにすると告げると、北海は「そうか」と一言で済《す》ませて、無理強《むりじ》いはしなかった。

北海は安宿の女将《おかみ》に洗面器を借りて、風呂へ出かけた。

その間大介は、宿の八畳間で留守番をした。

北海が置いていったボストンバッグを見やった。こうして残していったのなら、あの中に探られて困るものは入っていない。いや、入っているのかもしれないが、信用されているのか。

なんとなく後者であってほしいと、大介は思う。

ともあれ、薬と手紙の束《たば》の隠し場所は、折り返して二重にした腹巻きの中のままのはずだ。

大介は自分が抜いた一通を手に取った。

『佐藤北海様

ご無沙汰《ぶさた》しております。お元気でしょうか。

細々とした暮らしは相変わらずですが、私と妻は、おかげさまで息災《そくさい》です。

私のようなものがこうしてつつがなく日々生きていけるのも、たった一匹の迷い羊にも手を差し伸べる神のご加護があるからでしょうか。本当ならば私は……』

小一時間で戻ると踏《ふ》んでいた北海の帰りは、予想に反して遅かった。もうかれこれ三時間は経《た》っている。大介はというと、濡らしたタオルで体を拭き、ジャージに着替え、歯も磨いてしまい、もうやることがなかった。暇《ひま》を持て余した挙句《あげく》に北海の分の布団も敷き終えてしまった。大介はすっかり暗くなった八畳間の天井から下がっている裸電球をつけた。裸電球の光は弱く、部屋の隅は黒い靄《もや》がうずくまっているようにも見えた。

大介は網戸を開け放して窓から体を乗り出し、前の通りを見てみた。北海の姿はない。まさか銭湯で倒れたのでは。フェリーの中や、あの痩《や》せた庭木の前でそうなったように。老人の持病に思い至ると、大介は途端《とたん》に落ち着かなくなった。北海があなったときは、腹巻きの中にある薬が必要なのだ。舌の下に押し込まねばならない。銭湯で倒れたとして、他の客はそんなことわからない。

一緒に行けばよかった。

大介の胸の中が後悔《こうかい》で埋め尽くされ、息苦しさを覚えた。北海がこんなところでへたってしまったら、この先の旅はどうなるのか。手紙の送り主の池田昭三とやらに大介一人が会いに行ったところで、期待しているようなことはなにも起こりはしない。

いや、そんなことよりやっぱり北海だ。体は大丈夫なのか。死んでしまっているのではないのか。

安宿の女将に近くの銭湯の場所を訊いて、行ってみようか。

そう思った矢先、独特の足音が聞こえた。

窓の桟《さん》に手をかけ、音のしたほうに目を凝《こ》らすと、のんびりと、体をゆらゆら揺《ゆ》らしながら歩いてくるのは、紛《まぎ》れもなく北海であった。

「北海さん！」

呼びかけると、老人はいささか驚いたふうだ。「なんだあ、おまえ。落っこちるぞ」

「遅いよ、どうしたの？」

「どうしたもなんもねえよ」

倒れてどこかで休んでいたわけではなさそうだった。北海は宿へ入ってきた。ほどなく部屋のドアが開いた。

北海は少し酒臭《さけくさ》かった。

「お酒を飲んでいたんだね」

「いいだろう、おまえは飲めねえんだからよ。おう布団を敷いてくれたのか。ありがとうな」

　タオルを首振り扇風機の上に引っ掛け、石鹸《せっけん》をボストンバッグにしまってから、北海は
「ああ、そうだ」とズボンの尻ポケットをまさぐり、小さな箱を大介に放った。

　酔い止め薬だった。

「ぼんず、明日の朝はそれを飲め」北海は服を脱いで肌着姿になった。「明日は早く出るから、もう寝るぞ」

「早くってどれくらい？」

「ここを五時半ってところだな」

　耳を疑った。五時半に出るなら、身支度《みじたく》のことを考えれば遅くとも五時までには起きなくてはならないではないか。学校があるときだって、そんなに早く目覚ましはセットしていない。

　北海はそんな大介を横目に、「気のいいあんちゃんと飲み屋で知り合ってな」と、腹巻きの上から腹を撫でた。

「ただで大阪まで乗っけてくれることになったんだよ」

　ただだぞ、ただ、とほろ酔いの北海は繰《く》り返した。大介はそれで文句を言う気が失《う》せた。新大阪まで新幹線の切符を買ったのに、名古屋までにしてしまったのは、大介のせい

だからだ。前にも北海の懐《ふところ》のことを考えた。十万円を貯金からおろした大介よりも余裕がない可能性はゼロとは言えないのだ。泊まる宿も素寒貧《すかんぴん》がようやく居つけるような安宿ばかりである。

大介は急いでトイレに行ってきて、布団に入った。北海の不恰好《ぶかっこう》な左手が、裸電球を消した。

大阪まで乗っけてくれるあんちゃんとは何者なのか、なにに乗っけてくれるのか。あんちゃんの心一つで乗っけてくれるというのだから、自家用車あたりだろうが、きっちり尋《たず》ねる暇もなかった。

北海に叩き起こされたのは、やはり午前五時だった。とはいえ、薄いカーテンを開けてみるまでもなく、外はもう夜ではない。

「飯は食う暇がねえ。移動中にどっかのドライブインに寄るだろう」

北海は顔を洗ったついでに水をコップに汲《く》んできてくれた。「ゲーゲーやられるとあんちゃんに悪いからな。薬だけはしっかり飲め」

一錠《じょう》飲み、残りはスポーツバッグに入れ、なにも入っていない前側の左ポケットにいざというときのビニール袋をねじ込んで、五時半前に北海のあとをついて出た。驚いたことに安宿の中年女将はもう起きていて、宿の前を箒《ほうき》で掃《は》いていた。

北海は駅の方角へ向かった。空は今日も薄曇りだった。小鳥のさえずりが聞こえた。人気《ひとけ》はほとんどなかった。大介は気に入りのキャップの角度を整《ととの》えた。

「酔っぱらってたからな、俺とぼんずは祖父さんと孫ってことにしちまった。だから、あんちゃんの前ではお祖父さんと呼べ」

大介は練習で「お祖父さん」と口にしてみた。北海は「それでいい」と言った。

駅まで行く中途で、片側二車線の通りにぶつかった。そこに、トラックが停車していた。北海が苫小牧港の駐車場に置いてきている車両より、はるかに大きい。

菅原文太《すがわらぶんた》がトラック運転手を演じる映画が、大介がうろつく繁華街の映画館にもかかったことがあった。大介は車に詳《くわ》しくないが、トラックの積載量は、その看板に描かれていたくらいありそうだった。違うのは、映画に出てくるようにきらびやかなトラックではないことだった。運転席の部分、コンテナ部分、ともに何の絵も装飾もなかった。

運転席に若い男が座っているのが見えた。男もこちらに気づいたようだ。開けている窓にかけてあった腕を軽く挙げ、「おはよう」と笑った。

日焼けした顔の中で、白い大きな歯がひときわ目立った。男の顔は長く、顎《あご》と頭のはちが張った、食パンを縦《たて》に伸ばしたような輪郭をしていた。鼻は大きくて高く、目は一重《ひとえ》だが細くはない。いつでも元気で細かいことは気にしなさそうな雰囲気だ。

――将来は工場のねじまきかトラック運転手になるしかないぞ。

父の暴言が思い出された。そのトラック運転手を職業とする人に、大介は初めて出会った。

「まあ乗ってくれよ。俺の横、二人座れるからさ」

若い男は運転席から降りてきて、助手席側のドアを開けてくれた。Tシャツ越しにも筋肉量の多さが窺《うかが》える頑健《がんけん》な体つきで、背も高かった。

車高があるトラックに乗り込むのはなかなか難しく、大介は男と北海の後押しでようやく転《ころ》がり込めた。ドア側には北海が座った。

運転席と助手席のシートの間から後方を見てみる。そこにもスペースはあったが、若い男のものなのだろう、荷物や雑多な物品が置かれていて、座るのには具合が悪そうだった。端から端へ斜めに渡すように釣竿《つりざお》まである。

「後ろは止めておけ」北海が言った。「まっすぐ前を見ていたほうが酔いにくいぞ」

大介はぴたりと顔を前方へ向けて固定した。乗り物酔いはもうごめんだった。

運転席に座った男は、大介に高村誠《たかむらまこと》と名乗り、「おまえ、いい帽子かぶってんな」と軽くつばを摑《つか》んだ。

大介は高村の気配の色を見ようとした。昨日は酔いのせいか調子がおかしかったが、今日はしっかりしなくては。北海は「気のいいあんちゃん」と言っていたが、その見立ては当たっているのか。確かに陽気そうではある。高村は口笛を吹きながらトラックをスタートさせた。そのハンドルを握る手に視線の先を据《す》えつける。何色が出ているのか。

なんとなく、黄色みが濃い若葉色が捉《とら》えられた気がした。のんびりしていて大らかで、少し注意力が足りない人が出す色だ。物事を深く考えず、その場その場で楽しいことに流れていくような。大介のクラスにも、似《に》たような色を持った子がいる。信念や目標を持たない、あまり頭もよくない、体が丈夫なだけが取り柄で、ただ仲の良い誰かとへらへらしている。

大介は頭の中で高村を小学生にし、その級友の面影と重ねた。

高村は機嫌よくハイライトをふかしている。窓を開けているからそれほど気にはならないが、シートにはたばこの臭いが染みついていた。にもかかわらず、運転席前方の灰皿には吸殻《すいがら》が一本しかなかった。後部座席はともかく、助手席周りには目に付くところにゴミがなく、人を乗せるためにそれなりに片づけたことがわかる。

大きなトラックに乗るのが初めての大介は、高い視点からのフロントビューが気に入った。車高が高いと揺れも大きくなるはずだが、酔い止め薬を最初から飲んだせいか、それとも高村の運転がうまいのか、気分が悪くなる予兆はなかった。トラックの中はラジオの音声が流れていた。AM放送のようだった。もちろん番組は知らない。東海《とうかい》地方で放送しているものなのだ。男の人と女の人二人でパーソナリティーを務めるスタイルで、聴取者からの投稿をときどき読み、合間に歌謡曲と天気予報、道路交通情報が入る。歌謡曲は大介があまり興味のない演歌が多い気がした。

《……それでは、えーこれは〝柿の種〟さんのリクエストですね。石川《いしかわ》さゆりで『津軽海《つがるかい》峡《きよう》・冬景色《ふゆげしき》』です》

高村は演歌に合わせて裏声で歌い出した。

トラックは高速に入った。名神《めいしん》という名称が標識にあった。

大介は物珍しく思った。早朝の高速道路には、父が運転するセダンのような普通の車が少ないのだ。これは新幹線から見た瓦《かわら》屋根や竹林と同じく、小さな発見だった。上りも下りも、多く行きかっているのはトラックだった。みんななにを運んでいるのだろうと、頭の中で様々な物を想像していたら、高村に話しかけられた。

「よう、大介。クイズだ。このトラックになにを積んでいるかわかるか？」

積荷するところを見てもいないのに、わかるわけがない。そして、わからなくても恥ずかしいことではない。大介は素直に首を横に振った。

高村はうなぎだと言った。

「養殖《ようしょく》うなぎだ」

「土用《どよう》の丑《うし》の日は終わったよね?」

「土用の丑の日にしかうなぎを食わないんじゃあ、うなぎ屋が困るだろ?」

言われてみれば確かにそうだ。うなぎ屋は年がら年中開いている。北のススキノと呼ばれる界隈《かいわい》の中にも、うなぎ屋はあって、夏の一時期以外ものれんは出ていた。

「他のトラックもうなぎ？」

「まさか。いろいろさ」

「朝が早いと、いつもこんな感じなの？　トラックばかりだけど」

「深夜から午前三時、四時くらいのほうがトラックは多いよ。今日はゆっくりの出発さ」

北海が大介越しに高村と話を始める。

「あんちゃん、どうもな。乗っけてくれて助かるよ」

「なあに、席は空いてんだ。構わないさ。俺だって、一人で行くよりかは誰かと一緒のほうがよっぽどいいや」

「あんちゃんはあれかい、名古屋の夜はいつもあそこで飲んでんのかい？」

「あそこ、安くて美味《うま》いからね。まあ朝が早いから、あんまり長居は出来ないんだけどさ」

高村は北海にハイライトを勧《すす》めた。北海はそれを受けて、左手で一本取った。高村が追って差し出したライターでたばこの先に火をつけ、北海はうまそうに紫煙《しえん》を吐いた。

「北海さ……」

呼びかけて、しまったと青ざめる。今はお祖父さんと孫という設定なのだ。

「北海お祖父さん」

高村が横目でこちらを見た。「自分の祖父さんに名前を付けて呼ぶのか」

「うん。だってお祖父さんは二人いるから。ええと、お父さんのほうとお母さんのほう。北海お祖父さんは、お母さんのほうだよ」

「ああ、そうか」

高村はあっさり納得してくれた。大介は内心胸を撫で下ろして、一度は飲み込んだ問いを北海に投げかける。

「北海お祖父さんってたばこ吸うの？」

指の欠落した左手にハイライトを持ったまま、北海は体を大介の向きにねじるようにして灰皿に灰を落とした。

「おまえ、俺が吸っているのを見たことなかったか」

「なかった」

「そうか。若いころは吸ってたんだよ」

「今はやめたの？」

大介の父はたばこを吸わない。大介がまだ幼い時分は吸っていたのだが、一度ひどい風《か》邪《ぜ》を引いて咳《せき》が止まらなくなったのを機に、あっさりやめた。

「そうだな、やめていたな」

「なんでやめたの？」

北海は体が悪い。父と同じような理由だろうかと考えていたところに、違う答えがさらりと横切る。

「手に入らなきゃ吸えねえからな」

北海は遠い目でトラックの進む先を眺めていた。

高村はというと、いささか頓狂《とんきょう》な声で北海に謝《あやま》った。

「あ、勧めちゃったの、まずかったかい？　じいさんすまないね」

「いや、あんちゃん。たまに吸うとうまいよ」

「そうか、良かった。もしまた吸いたくなったら言ってくれよな」

高速を一時間ほど走って、トラックはいったんサービスエリアに入った。大介たちはそこで朝食とトイレを済ませた。三人がトラックへ戻りかけたとき、北海だけがいったん離れて売店に寄った。大介がトラックの中から見ていると、北海はどうやら新聞を買ったようだ。

でも少し読んだだけで、なぜかすぐに丸めて捨ててしまった。

北海は捨てたゴミ箱のところから、大介を見た。そして、その目を外《はず》さず、大股でこちらへとやってきた。

トラックに乗り込んできた北海は、形の悪い左手で大介の帽子のつばを摑み、最大限に深くかぶらせた。

「痛いよ、なにするの」

「いいからそうしとけ」

「ん？　どうした？　じいさんと孫で喧嘩《けんか》か？」

三人は再び出発した。

高村はまたラジオの『与作《よさく》』と合わせてこぶしを回している。北海は上野駅の売店で買った時刻表を取り出して、横でパラパラとめくりはじめた。大介がそんなことをしたら、酔い止め薬の効果もどこかへ飛んでいって、きっと胸がむかむかする。

「北海お祖父さんは乗り物に強いんだね」

前方に視線を固定したままでそう言った。北海の教えを守っているのだ。

「おまえよりは強いな」

どこかしら不機嫌そうな声だった。つい顔を見ようとしたら、「前を向いていろ」と言われた。内心首を傾《かし》げたが、気分を害するようなことをした覚えはない。大介は乗り物酔いに話題を戻した。

「昔からそうだったの？　僕くらいの歳《とし》のころから？」

「大介。大人になったら酔わなくなるっていう人もいっぱいいるぞ」高村がそう励《はげ》ましてくれた。「俺もガキのころはそんなに強くなかった」

高村はサービスエリアでハイライトを一カートン買ってきていた。彼のたばこを吸うスピードは速かった。たばこを吸わないときは、ラジオと一緒に歌を口ずさんでいる。高村はいろんな歌を知っているようだ。

ハンドルを軽くさばきながら、彼は楽しそうに見えた。

楽しいのだろうか。大介は父の言葉を頭の中で反芻《はんすう》して、考え込む。父の主張が正しいならば、高村は今こうしてトラックを運転している現状を、好ましいものではないと捉えていなくてはいけない。なのに、全然そういう感じではない。

ふうと吐いたたばこの煙が、窓の外の風にまぎれてたなびいていく。

「高村さん」

「おう、なんだ？」

「高村さんは、子どものころからトラックの運転手になりたかったの？」

「いや、特になんとも思ってなかったなあ」

「じゃあ、なんでなったの？」

大介の左横で北海が鼻から息を抜く。「そうだな、おまえはこの間も怒られていたもんなあ」

あの父のかみなりが、隣家の北海にも聞こえていたのだ。夏場で窓を開けていたせいだ。

高村が「大介が怒られたのと俺がトラック運転しているのが、なんか関係あるのか？」

と訊いた。

大介は口をつぐんだ。関係を説明するには、父がどんなことを言って怒ったのかを話さなければいけない。高村が聞けば気を悪くするだろう。

けれども高村は陽気に、「なんだよ、言えよ。教えてくれよ」と大介をせっついた。

困った、どうすればいいだろう。

助けを求めるように左横に目を動かしても、北海は反応してくれない。しつこい高村に根負けして、大介は腹を決めた。

「僕の成績が悪いと、お父さんは怒るんだけれど、怒り方がいつも同じで、言うことも一緒なんだ」

「親は怒るよなあ。俺も良くなかったから覚えがあるぜ。で?」

「こんなんじゃ、いい大学に行っていい会社に入れない。おまえは将来工場のねじまきや……」大介はポケットに手を入れて、中のナイフに触れる。「トラック運転手になりたいのか、って」

ああ、やっぱり言わなければよかった。怒りにまかせて、高村の右足が急にアクセルをベタ踏みしたらどうしようか。運転が荒くなったら、きっと酔ってしまう。そればかりか事故になったら。大介はやっぱり何と言われても黙っておくべきだったと、激しく後悔しながらハンドルを握る右手を見た。

池田昭三の空き家の前で北海を取り囲んだのと同じ紅蓮《ぐれん》が、高村の指から迸《ほとばし》り出た――大介は見た、確かに一瞬その色を。

なのに高村は、まるで気にする様子もなく笑い飛ばしたのだった。

「そうか、大介の父ちゃんはそんなことを言うのか」

笑い声が、目にしたはずの紅蓮を幻にする。大介は混乱した。高村は短くなったハイライトを灰皿で潰《つぶ》し、片手でハンドルを操作しながらもう一本に火をつけた。

「父ちゃん、なにしてんだ？」

なにしてんだは、この場合、仕事のことに違いない。大介は混乱から来る動揺を自らの意思で鎮《しず》めようと試《こころ》みながら、父が勤める保険会社の名前を言った。

「おー、すげえでかい会社だなあ。そりゃあ周りからはいい会社に勤めてるなって言われるし、給料もいっぱいもらえんだろう、俺よりは」

父の給料がどれくらいなのか、大介には見当もつかなかったが、少なくはないはずだった。お小遣いやお年玉の額は、漏《も》れ聞こえてくる級友たちのものより多かった。父も工場の作業員や運転手より聞こえが良く、稼《かせ》いでいる自信があるから、侮蔑《ぶべつ》的なことも平気で口にするのだ。

改めてそんな父に反発を覚えていたら、高村がハイライトの煙とともに言葉を吐き出した。

「でも俺は、こいつで走るんでいいなあ。もしよ、おまえの父ちゃんの会社に入れてくれるって言われても、断っちゃうな」

ラジオから流れてくる楽しげな流行歌を、共に口ずさむように。

「性《しょう》に合わねえってやつかな。小難しいことはわかんねえけどさ」

顎をしゃくるようにして、高村はフロントに置いてあるハイライトの一箱を示してみせた。

「大介、おまえ、このたばこ一つ、いくらするか知ってるか？」

大介は近所のたばこ屋の店先を、記憶の海から引き揚げる。あそこに値段は書いてあったか？　あるいは自動販売機の表示は。

「百円くらい？」

「今年の四月に百五十円になったよ。三十円値上げしやがった」

「三十円なら大したことないね」

遠足のおやつを買うとき、きっちり上限の三百円まで使い切るには、ある種の工夫が必要だ。食べたいおやつだけでは、どうしてもちょうどにはならない。そんなとき、五円や十円の小さなチョコレートやキャンディ、ガムを見繕《みつくろ》う。大介にとって三十円とは、メインのおやつとおやつの隙間《すきま》を、そういった駄菓子で埋める金額だ。

しかし高村は、「大介は三十円稼いだことがあるか？」とにやりとした。

「二千円くらい入っていた財布を拾《ひろ》って届けて、半年後に僕のものになったことならある」

「拾うんじゃなくてよ、自分の体使って、汗水たらして三十円稼いだことはあるかって」

あるわけがない。小学生なのだ。

とはいえ、「小学生だからそんな経験はない」と言い返すのは、ためらわれた。自ら「僕は子どもです」と主張しているようだからだ。

高村だってそれをわかって訊いている。その証拠に、口を閉ざした大介を見てさらに満面の笑みを浮かべ、ハイライトをいったん灰皿に置くと、大きな手で帽子ごと大介の頭を乱暴に撫でた。

「じゃあよ、おまえちょっと仕事してみろ」

大介は目を見開いた。

「仕事？　なんの？」

助け舟が出ないかと北海に目で訴えるも、北海も先ほどの不機嫌そうな様子はどこへやら、高村と一緒になってにやにやしている。

「俺、一応大介たちが座るところとかをよ、今日出発する前にきれいにしたんだ。でもすごくぴかぴかってわけじゃねえだろ。だからよ、そこの物入れに布きれあるからよ、それで前のほうとか拭いてくれねえかな。あと、灰皿にも吸殻がたまってきているだろ。きちんと火が消えて冷たくなってるか確認してから、ビニール袋にあけて、俺とじいさんが気持ちよく使えるようにしてくれねえかな」

言ったそばから高村は、吸っていたたばこを灰皿に押しつけて中身を増やした。

「じいさん、一本どうぞ」

「おう、いただくよ」

「後ろはよ、俺の釣竿あるから、そのままでいいからさ。前な、前の、大介とじいさんが座ってる周り」

そうして大介の両隣《りょうどなり》で二人ともまた吸いはじめる。明らかに灰皿を満杯にしてやろうという魂胆《こんたん》だ。大介は文句を言いたくなったが、悔《くや》しいことに北海はたばこを吸っているから高村の味方だ。仕方なく言われた物入れを開けて、薄いタオルのような布を取り出した。それを折りたたみ、面を替えながら、手の届く範囲をごしごしと拭く。席に座ったままでは無理だったので、大介は腰を浮かせた。トラックはほとんど揺れず、滑《なめ》らかに走行したので、よろけることはなかった。北海も大介のジーンズの腰を、ぎゅっと摑んでいてくれた。

おおむね片づけられているように見えた助手席近辺だが、いざ拭いてみると布はみるみる黒ずんだ。シートの陰《かげ》にたばこを包装していたビニールが落ちていたりもした。

「窓を開けるし、たばこも吸うから、どうしても汚れるのさ」

高村は横で忙《せわ》しく動く大介を上手《うま》く避《よ》けつつ運転しながら、悪びれずにそんな言い訳をする。

高村が三本、北海が二本ハイライトを短くする間、大介は酔うかもしれないということすら忘れ、かわりになんでこんなことをさせられているんだろうという不条理感を抱きながら、気のいいはずの人使いの荒いあんちゃんの言うとおりにした。

最後にたまった吸殻の一つ一つにちゃんと触れ、火はもちろん、熱も冷めていることを確認してから、ビニール袋に灰皿の中身を移した。袋のほうはきっちりと口を結び、空《から》になった灰皿を元あったところに収めた。

「終わったよ」

「おう、ご苦労さん。その吸殻が入った袋、こっちによこせ」

高村はシートの下からパイナップルの缶《かん》を取り出した。缶は空のようだった。ビニール袋は缶の中に押し込まれた。

「じゃあ、給料だ」

高村は握った左手を押し付けてきた。思わず両手で受け止める恰好を取ると、彼の手は開かれた。

十円玉が三枚、大介の手の中に落ちてきた。

「きれいに掃除《そうじ》してくれてありがとうな」

いろいろな人間の手を経てきたのだろう、くすんだ茶色の硬貨をどう取り扱うべきか、大介は少し困った。たった三十円、特段嬉しくはない。一方でこんなお金はいらないと突っ返す気にもならない。

「どうして金がもらえたかわかるか？」

北海だった。大介は老人と目を合わせた。彼は時刻表のとあるページを開いたまま膝の上に伏せ、左腕を開け放した窓にかけて頰杖《ほおづえ》をつきながら、右の人差し指で硬貨を一つずつ突いた。

「こいつの分、あんちゃんの役に立ったからだよ」

北海は高村にバトンを渡す。「なあ、あんちゃん」

「そうだ。大介は俺の役に立った。だからありがとうな、で三十円だ」高村はまた、大介の頭に左手をやった。「俺はおまえの父ちゃんほど頭も稼ぎもよくねえけどよ。これだけはわかるぜ。もし俺がここでトラック放り出して、あれだ、後ろの釣竿持って海にでも行ったらよ、大阪で積荷のうなぎを待ってる誰かが困るんだ」

「困る？」

「そうだよ。仕事ってのはそういうもんだと俺は思ってるぜ。大きな会社ですげえ仕事をしているおまえの父ちゃんも、おまえの父ちゃんからしたら小馬鹿にしたくなるような俺も、今ここらをきれいにした大介も、根っこは同じだ。おまえ、犬のクソをくれたやつにありがとうって金を払うか？」

「払わない」

「だろ？ 仕事はその逆さ。仕事はよ、どんなにつまんなく見えても、どっかで誰かの役に立っているのさ。ありがとうって思われている。だから金がもらえるんだ」

手のひらの三十円が、少し重さを増したように感じられ、大介はそれをじっと見つめた。

「次のサービスエリアでも、大阪に着いてからでもいいさ。大介おまえ、その三十円でなんか買ってみろよ。三十円で買えるもんなら、買えるはずだ」

「小さなチョコとか、ガムとか？」

「そうさ。そいつは三十円。誰が持っていようと、三十円の価値がある」

大介は顔を上げ高村を見た。高村はまだ続けた。

「大きい保険会社で働いてもらう大介の父ちゃんの一万円札とよ、トラックを運転してもらう俺の一万円札をよ、比べてみろよ。俺が持っているからって半額にはならねえし、おまえの父ちゃんが持っているからって十万円に増えるわけもねえ」高村は新しく火をつけたハイライトを、うまそうに吸う。「真っ当に働いて稼いだ金なら、誰が持っていようが価値は平等だと俺は思うよ。だから、なにがいいも悪いもねえよ」

少ししゃべりすぎたなあと照《て》れくさそうにする高村の横顔を見つめながら、大介は彼が言った言葉すべてを頭に刻《きざ》もうとした。この旅が終わって家に戻り、怒られる場面になって、父がまたあの決まり文句を投げかけてきたら、高村が言ったとおりのことを返してみたいと思った。

それに対する父の反応も知りたい、とも。

大介は手の中の三十円を、力を込めて握りしめた。手が臭くなるなんてことはどうでも良かった。

この世の中には大勢の人がいろんなことをしてお金を稼いでいる。仕事をしている。

誰かに求められて、誰かの役に立っている。

いつもよりずっと早起きをして乗せてもらったこのトラックを、高村は「今日はゆっくりの出発さ」と言った。深夜から午前三時、四時のほうがトラックは多いと。普段なら大介はもちろん大介の父も、まだ眠っている時間だ。その時間に、トラックの運転手は働いていた。

働いているすべての人が、大介には手の届かない大人に思えた。そして生まれてから今までの十二年間で一番身に染みて、自分は子どもだと痛感した。

高村は次のサービスエリアに寄ってくれた。大介は売店で小さなチョコレートと飴玉《あめだま》を三十円分買った。それらは全部食べてしまったが、包装紙は捨てられなかった。大介はそれを大事に財布の中の一万円札と一緒にした。

高村は北海と一緒に、トイレ近くの自動販売機で缶コーヒーを飲んでいた。大介は出会った直後にやったように、高村の気配の色を見た。高村はちょうど切れた雲の隙間から降り注ぐ真夏の陽光を浴びて、気持ち良さ気《げ》だ。そんな彼を取り巻くのは、もう黄色みが濃い若葉色などではなかった。しっかりとした意思を持ち、強く厳《きび》しく、かつ優しいイメージを与える白銀だった。

どうして色が変わったのか理由がわからず、大介は戸惑った。誰かに訊こうにも、気配の色が見えることから説明しなくてはならない。答えが導き出せないまま、大介はただ高村を見つめた。

再びトラックに乗り込んですぐ、大介は眠くなってしまった。

早起きしたことに加え、サービスエリアで酔い止めの錠剤を、半分に割って追加で飲んだせいだった。薬の箱の裏に書かれてある注意書きによれば、本当はあと一時間以上間を置かなくてはいけなかったが、乗り物酔いでもう迷惑はかけたくなかったので、独断でそうした。

しまったなあと半《なか》ば後悔しつつ、かといって眠気には抗《あらが》えずに目を閉じてうつらうつらしてしまう。

眠いなら寝ていいと、大人二人は許してくれた。

北海は高村と話し始めた。二人の会話は遠くに聞こえたが、北海が声を出すときだけ微《かす》かな振動をこめかみに感じた。頭を支えていられなくて、北海の右肩にもたせてしまっているのだ。

二人のたばこの煙は臭いけれど、そんなことはどうでもよくなるほど、シャツ越しに伝わってくる体温は心地いい。

とても瞼は開けられなかった。

それでも、エンジン音や振動が完全に眠りへ落ちるのをぎりぎりで妨げ、大介はラジオの音声と二人の声を、聞くともなしに聞いている。

《……この季節になると、大陸から引き揚げてきた当時を思い出します》

——じいさんはいつこっちに帰ったんだい？

こっちとは大阪のことだろうか。でも、帰るというのは？　夢うつつで大介は音を聞く。

《娘と一緒に港について、汽車を待つ間、食堂のラジオでかかっていた曲をリクエストします……『蘇州夜曲《そしゅうやきょく》』》

――俺が三十二の秋だから、昭和二十三年か。

――シベリアからだったね。どこに入港したの？

――舞鶴《まいづる》だよ。満州《まんしゅう》にいた家族が乗った船も、舞鶴だった。

――俺の親父は十九で徴兵されてさ。でも、松戸《まつど》の工兵学校で訓練を受けてる最中に終戦になったって言ってたな。

徴兵、工兵、終戦。戦争のことを話しているのか？

シベリア、舞鶴、松戸というのは地名だろうか。大介にはいずれもなじみのないものばかりだ。

ラジオからはきれいなソプラノの女性の歌が静かに流れてきていた。大介の知らない、古い感じの歌だった。高村はちょっと黙って聴き入る気配になったが、一緒には歌わなかった。

――舞鶴には行ったことないな。海の幸が美味いらしいね。いっぺんでいいから、カニを嫌《いや》っていうほど食ってみたいよ……じいさんたちは長崎に行くんだったね。大阪より先、足はどうすんの？

——電車だろうな。

——でも、いいね。じいさん。お孫さんと一緒の旅なんてさ。大陸や南方に行って帰って来られなかった人もいるんだろ。孫がいるなんていいよ。生きて繋《つな》がったんだ。

北海の肩に力が入った気がした。

自分は嘘《うそ》の孫だ。本当は北海には誰もいない。大介は北海の顔が見たくなった。くっついて離れたくないと訴える上瞼と下瞼を、必死の思いで引きはがそうとする。

「おっと」高村が珍しく急ブレーキを踏んだ。「路肩になんかいたよ。タヌキだな」

反動で大介の体が前にのめり、目が開けられた。

「悪かったな、おまえ寝てたのに。でもそろそろ高速を降りるから」

高村は新大阪駅の付近まで乗せていってくれると言う。

大介は黙って肩を貸してくれていた北海に横目をやった。

老人はいかめしいような、思い詰《つ》めたような表情で、時刻表のページを睨んでいた。

大介が前方に視線を戻しても、ページをめくる音はしばらくしなかった。高村がインターチェンジを抜けるころ、ようやく小さく紙を折る音が鼓膜《こまく》に届いた。さりげなく眼球だけを動かすと、北海はページの上部端を、三角に折り曲げていた。

折ったところを確かめるように何度か撫でて、北海は時刻表を閉じた。

二人を新大阪駅近くで降ろした高村のトラックが、一度クラクションを鳴らして走り去っていく。

遠ざかる大きな車体を、大介は見えなくなるまで見つめ、四時間も一緒にいなかった青年のことを、きっと忘れないと心に決めた。

「ぼんず、おまえ……」

高村のトラックが視界から消えると、北海がそう言いかけた。北海の目つきは、旅に出る前に女子たちが怖《こわ》がっていた鋭さを帯びていた。大介は生唾《なまつば》を飲んだ。たるんで皺《しわ》が寄った老人の下瞼が、ぎゅっとせり上がった。目はさらに細く、きつくなった。

「おまえ、あのとき上野で」

ふいに急ぎ足の大人の男の人が、北海の後方からやってきて、左手に持っていたボストンバッグを足で蹴《け》った。バッグは地面に落ちた。わざとではなかったらしく、その人は「すいません」と謝って、足早に立ち去った。

「北海さん、どうしたの？」

大介は北海のバッグを拾って、はいと差し出した。北海は数秒それに目を注いでから、盛大に吐息した。指が欠けた手が持ち手を握った。

北海は気が削《そ》がれたというような顔になっていた。

「……これも綾《あや》か」北海が大介の帽子のつばを下ろし、目深《まぶか》にした。「ぼんず、腹は減っているか？」

まだ昼には遠かったが、朝が早かったせいで空腹感はあった。そのとおりに答える。北海は腕時計を見た。

「どこかの店に入るか。食って一休みしてから出発しよう」

大介は社会科の授業で習った日本の地理を頭の中でおさらいした。九州、長崎へ陸路で行くのだったら、まずは山口《やまぐち》県下関《しものせき》を目指すのが普通だ。それには瀬戸内海側を行ったほうが距離的に短い。

北海はそうするつもりだろうと決めてかかっていたら、「ああ、ぼんず。ちょっと寄り道するぞ」と言われた。

「どこに？」

「まず汽車で京都《きようと》まで行って……」

「京都? だったら金閣寺《きんかくじ》に行くの?」

せっかく西日本の中核地域に来ているのだ。北海も観光したい場所があっても不思議ではない。金閣寺が真っ先に連想されたのは、アニメの『一休《いっきゅう》さん』でよく金閣寺の絵が出てくるからだ。

「ぼんず、悪いな」しかし、北海は首を横に振った。「舞鶴に行きたくなった」

舞鶴。

眠りと覚醒《かくせい》の間をゆらゆらしていたとき、聞こえた響きだ。高村が、そこで嫌というほど食べてみたいと言っていたものを、まさかそんなわけはないだろうと思いながらも尋ねてみた。

「北海さん、カニが食べたいの?」

北海は「カニか」と呟《つぶや》いた。

「今は時季じゃねえな」

「じゃあ、どうして?」

そもそも舞鶴というところがどこにあるのかすら、大介には知識がない。

北海は大介に舞鶴行きの理由を説明しなかった。ただ京都で電車を乗り換え、海に出る、舞鶴は京都府の日本海側にある都市だと言った。

遠回りを選んだのだ。あえて長崎への最短距離を外れる道を行こうとする。必ずやわけがあるはずなのに、北海は京都行きの電車の中で弁当を食べている間、ずっと黙ったままでいた。

第五章　矜持《きょうじ》

東舞鶴《ひがしまいづる》駅は、上野や名古屋、新大阪駅に比べたら、小さな駅だった。人もそう多くない。たとえば、上野駅では掃《は》いて捨てるほど見かけた親子連れは、目につかなかった。普通の働いていそうな大人がほとんどだった。

太陽はまだ高い。でも、日暮れの準備は始めている。

改札を抜けるときと、待合室でいったん立ち止まったとき、北海はまた大介の帽子のつばを目深《まぶか》に下げさせた。どうして北海はこういうことをやり出したのか。確か、高速のサービスエリアからだ。そのたびに大介の頭の毛が前のほうへ引っ張られて、額《ひたい》の生《は》え際《ぎわ》も痛いのだが、面と向かって文句を言う気にはなぜかならなかった。

「ぼんず、ちょっと待ってろ」

言い残して、北海は駅の窓口に歩んでいき、中の職員としばらくなにかを話した。

やがて戻ってきた北海は、「面倒だからタクシーに乗るぞ」と宣言した。

タクシーを使うなんて、お金は大丈夫なのかと、大介はここでも同じ心配をせずにはいられなかった。ただ、もちろん口には出さない。

駅前のタクシー乗り場でドアを開けて待っていた先頭の一台に、北海は乗り込んだ。大介も仔犬《こいぬ》のように続いた。

「港のほうへやってくれ」

北海の注文に、初老の運転手が「西と東、どっちです?」と確認してきた。

「平桟橋《たいらさんばし》があったほうだ」

北海の答えで、運転手はウィンカーを出して車を出発させた。

「お客さん、引き揚げてきた方ですか?」

運転手が一時停止で振り向いて、そう訊《き》いた。今晩なにを食べますか、というような、なんでもない口調だった。

「そうだよ」

北海も運転手の口調を真似《まね》るようになんなく答えた。にもかかわらず、大介は隣《となり》の北海の様子を、新しい場所に連れてこられた猫のように神経を尖《とが》らせて気にした。引き揚げ。この響きは聞いたことがあった。ややあって、思い出す。高村のトラックのラジオから聞こえてきたのだ。放送局に投稿した人が、そんな単語とともに歌をリクエストしていた。あのときはうつらうつらとしていて、はっきりと聞こえたわけではなかったが、それでも間違いないという確信を、大介は持った。

さらには、その投稿が読まれたのをきっかけに、北海と高村はよくわからない話をし出したのだ。

いつこっちへ帰ったのか、とか。

そうして、いくつかの地名が出た。

その中に、舞鶴もあった。

——でも、いいね。じいさん。お孫さんと一緒の旅なんてさ。大陸や南方に行って帰ってこられなかった人もいるんだろ。孫がいるなんていいよ。生きて繋《つな》がったんだ。

あのときの、北海の肩の強張《こわば》り。

「……ねえ、北海、お祖父《じい》さん」運転手がいるから、高村のときに倣《なら》ってお祖父さんをつけるべきと大介は判断し、小声で質問をする。「引き揚げってなに？」

自分に向けられた視線の思いがけない鋭さに、大介はいくらかたじろいだ。同級生の女子たちやその親、大介の母も厭《いと》い、陰口《かげぐち》のもとになっている、睨《にら》むような気難しい目だった。

女子たちなら怖《こわ》がったに違いないその目を、大介は見つめ返した。

するると、皺《しわ》だらけの皮膚の中に埋め込まれている北海の眼球が、人を撥《は》ねつけるだけの色合いをしていないことに気づいた。

そんな質問に、わざわざ答えたくなどないというのではない。気安く訊いてくるなというのでもない。

いや、多少はそういう気持ちもあるだろう。けれども別の感情もほの見える。

大介はそれを端的《たんてき》に表現することが出来ないが、しいてどんな感じが当てはまるかといえば、両親に猛烈に怒られているときの自分だった。

怒られる理由はあるが、自分のほうにも言い分はある。でも、その言い分をどう説明していいのかわからない。言い分に至る経緯がありすぎてごちゃごちゃしている。わかってもらいたいことは山ほどあるのに、言って伝わるかどうかははなはだ疑問だ。事はそう単純じゃない。

そんな思いが、北海の胸にもある気がした。

「引き揚げっていうのはなあ……」北海は高村からもらったのだろうフィルムがはずれているたばこの一箱を振り、一本飛び出したのを口にくわえた。「昔、大陸に行っていた日本人が、日本に帰ってくることだ」

「大陸って、どこの大陸？」

北アメリカ、南アメリカ、オーストラリア、ユーラシア、アフリカ、南極。授業で教わった単語が頭を駆《か》け巡《めぐ》る。この中で一番恰好《かっこう》良いのはどこか。南極やアフリカは気候が大変そうだから、北アメリカか。

「中国やソビエトのほうだ」

大介はいささか拍子《ひょうし》抜《ぬ》けした。あまり恰好良いイメージではなかったのだ。地理的にも近い。日本海を挟《はさ》んでいるだけだ。

「なんだ、そこなの？」

「どこだったら良かったんだ」

北海はこれも高村から譲り受けたのかもしれない、液体ガスが半分以上無くなっている安いライターで、ハイライトに火をつけた。

「ぼく、この街の港はとても大きいんだよ」運転手はおしゃべり好きのようだ。二人の会話を聞き取って、割って入ってきた。「昔は中国のほうにも日本人が住んでいた。戦争が終わって日本に戻る人を乗せた多くの船は、この街の港に入ってきたんだ」

ということは、北海は中国に住んでいたのだろうか。大介は北海の顔をちらちら見やった。老人の皺だらけの顔、表情に、さほどの変化はなかった。

「たまに乗せるんですよ。お客さんみたいに、当時を懐《なつ》かしんで港に行く人をね」

大介は右手の指先を口元にやって、前歯で軽く爪《つめ》を噛《か》んだ。北海は後部座席で、開け放した窓から吹き込む風に目を細めながら、過ぎゆく街の景色を眺《なが》めていた。その表情に、大介は郷愁のようなものを見つけようとしたが、上手《うま》くはいかなかった。

タクシーは札幌に比べて驚くほど狭《せま》い道幅の道路を、すいすいと走ってゆく。

それにしても、港へ行ってどうするのか。港なら、いろいろな船が接岸しているに違いない。船に関わる人たちはそこで働いているのだから、札幌からやってきたお爺《じい》さんと子どもがうろついていたら、仕事の邪魔になるのではと、大介は考えた。

タクシーの運転手は、そのことについて気を回してくれた。

「いい穴場がありますんで、そこに車をやりましょう。港を眺めたいと言う大抵のお客さんが、喜んでくれるところです。でも、お客さん、ついていますよ。昼過ぎまでこっち、曇ってましたんでね」

タクシーが停車したのは、港を見下ろすことが出来そうな高台だった。

降車時に北海が料金を払おうとすると、運転手は待っていますよ、と白い手袋の手を軽く振った。

「帰りの足も必要でしょう。メーター止めてますんで。これからいい時間帯ですよ。どうぞごゆっくり」

なるほど、空車でここから駅近くへ帰るより、二人を乗せたほうが効率的だ。大介らも助かる。

開いた後部ドアから降りるとき、振り返ると、運転手は助手席に放ってあったらしい、水着の女性が表紙になっている週刊誌を広げていた。

高台には特になにもなかった。潮臭《しおくさ》い風が海のほうから吹いてきて、背があまり高くない雑草をなびかせているだけだった。北海は高台の突端のほうへと歩を進めた。大介はその隣をくっついて歩いた。

突端近くまでいくと、確かにいい眺めだった。湾を構成している突き出た半島が水平線を隠し、目に映《うつ》る海は湖のように穏《おだ》やかだ。二人はしばらく潮風に吹かれながら景色を眺めた。徐々に落ちてゆく陽《ひ》に伴《ともな》い、西空には暖かみのある色が広がっていく。カモメやウミネコが、船や埠頭《ふとう》、桟橋の上を、海を渡る風に乗って、気持ちよさそうに行き来した。湾の入り口のほうから、大きな船首が覗《のぞ》いた。

半島はいよいよ沈みゆく太陽を背に隠そうとしている。

ふいに、燃え盛る炎の色をした光が、半島の外縁を走った。同時に、半島が切り絵のようなシルエットになった。大介は黒い地と黄昏《たそがれ》の空が、まばゆい金の光で区切られるのを見た。はっとなった次に、きれいだと思った。輝くものだけではなく、漆黒《しっこく》の影もきれいだと。その感情は、大介の中のなにもないところから唐突に生まれ、いっとき大介のすべてを満たした。

大介は当惑した。なにかを見て胸を打たれることなど、今までなかったからだ。つい、隣の北海へ目を上げた。北海も今、半島をとりまいた輝きと、それが浮き上がらせた影の黒さを見ただろうか。美しいと思ったか？

「北海さん」

なにを考えているのか、北海はただ黙って、海の彼方《かなた》を見やっていた。大介は今きれいに光ったねと言いたかったが、どこか気恥ずかしくて、もう一度海に目を戻した。すると、先ほど姿を見せた船首が、大きな護衛艦のものだということに気づいた。

「あれ、すごいかっこいい。ね、そう思わない？」

人差し指を向けて、声を弾《はず》ませた。実際それは、大介にとっては胸躍る光景だった。小さいころにアニメで観《み》た『宇宙戦艦ヤマト』を彷彿《ほうふつ》とさせた。

しかし北海はなにも答えなかった。しばらく待ってもむっつりと黙っていた。

沈黙が嫌《いや》で、大介はおずおずと話題を変えた。

「北海さんは昔、ユーラシア大陸にいたの？」

北海は大介にそっぽを向くようにして、唾《つば》を吐《は》いた。

「ユーラシア大陸ってのはあれか？　中国やソ連のある、一番でかいやつか？」

「うん」

「なら、そうだな」

「中国に住んでいたの？」

北海はまた唾を吐いた。「ぼんず。満州って知っているか」

大介は北海の様子を見ながら、首を縦《たて》に振った。「よくは知らないけれど、初耳じゃないよ。トラックの中で、高村さんと北海さんが話しているときに、聞こえた」

あのとき北海は、満州にいた家族、と言っていた。北海には家族がいたのだ。

「満州ってのは、簡単に言やあ、今の中国のいっとう東で北のほうだな」

「北海さんはそこで生まれたの？」

「いや。生まれは名寄《なよろ》だ」

大介が「その街知らないな」と素直に言うと、北海は「旭川《あさひかわ》よりもうちょっと北にある街だ」と教えてくれた。

「ぼんず。昔、北海道を開拓するのに、本州から大勢人が入ったのは習ったろう？」

「それは習った。屯田兵《とんでんへい》とか」

「満州にもな、この日本が開拓する人間を募《つの》って、移住させていた時期があるんだ。満蒙《まんもう》開拓団っていってな」

「昔？」

「昔だな」

「どれくらい？」

「俺が満州に渡ったのは二十のときだった。昭和で言えば十一年だ」

大介には、当時の世相や状況がさっぱりわからない。両親とも日本の昔の話はしたことがなかった。両親が話す過去は、自分たちの成績は良かった、ということくらいなのだ。ついでに、北海の若かりしころというのも、想像出来なかった。

「家族みんなで満州に行ったの？　北海さんのお父さんやお母さんも？」

黄昏空を横切る海鳥のように、口うるさい両親の顔が大介の頭の端《はし》を掠《かす》めた。北海はふんと鼻を鳴らした。

「家族っちゃあ、そうだな。でも親は関係ねえ。俺はもう結婚していたからな。今とは違うんだ。女房を連れて行ったんだよ」

「結婚してるの？」

大介は素直に驚いた。この北海に奥さんがいたとは。だって北海は、大介の知る限りずっと一人暮らしだ。それらしき人が訪ねてきたという話も聞かない。北海に奥さんがいるなら、大人たちはもっと違った噂《うわさ》を立てるだろうが、彼らが眉《まゆ》をひそめ、こそこそと耳打ちし合うのは、『独り者で偏屈《へんくつ》な爺さん』のことだ。

結婚しているなら、どうして一人でいるのか。

若いころ、なにをしていたのか。

尋《たず》ねかけたものの、結局大介は唇をぎゅっと結んだ。気づけばさっきから北海になにかを訊いてばかりいる。旅に同行する以前も、北海のことをよく知っているとはとても言えなかったが、改めてなにも知らないと自覚させられた。かといって、頭に浮かんだ疑問を矢継《やつ》ぎ早に尋ねていくというのも、どうかと思うのだ。北海は自分からは話さなかった。今だって、訊かれたから答えているだけだ。つまり、少なくともこの場では、北海は積極的に理解してほしい、知ってほしいと望んではいないのだ。

自分に照《て》らして考えれば、わかりやすい。大介にも、北海に言っていない秘密がある。

上から押さえるように布越しにナイフの感触を確かめてから、ジーンズの腰をたくし上げた。

上野の銭湯で、北海はなかなかパンツを脱がない大介に対して、なにか気づいたかもしれない。あるいは「なんでそんなに恥ずかしがるんだ」と訊きたかったかもしれない。実際、隣のカランを使っていた初老の男は訊いてきたのだ。だが北海はそうしなかった。追及されたら嫌だと思ったはずだ、なんとか話をはぐらかして答えなかったはずだと、大介はあのときを振り返る。

そこまで考えたら、もう北海に対して質問出来なくなってしまった。

大介が口を閉ざすと、北海もまた景色を眺めるだけになった。大介は北海の左手に目を落とした。やっぱりいびつな形をしていた。

安い宿に泊まりたいと北海が言うと、タクシーの運転手は開けたところから少しばかり外《はず》れた古い旅館の前で車を停《と》めた。タクシー代は北海が出した。大介は北海の懐《ふところ》具合がどうしても気になった。

旅館は二階建てだった。一応旅館と看板が出ているものの、外観から旅館らしいところを探すとすれば、そこしかなかった。

旅館に入るとき、北海はまたぐいと大介の帽子のつばを下げさせた。

旅館の主人は、北海よりもさらに歳《とし》をとった男だった。小さくて背が曲がっており、頭にはほとんど毛がなく、残っている髪も全部真っ白だった。

宿帳を渡された北海は、ほんの一瞬、たぶん気をつけてボールペンの先を見ていた大介にしかわからないくらいの短い間、ペン先をノートに下ろすのを迷った。

北海はそこに『池田昭三』という名前と、東京都墨田区の住所を書いた。横で見ていた大介は、あっと思ったが、声はかろうじて飲み込んだ。北海にはなにか考えがあるに違いないからだ。

続いて書かれた大介の名前は、宿帳上では『清《きよし》』となった。

どうして『清』なのかも、もちろんわからない。

部屋に案内されても、くつろぐ気分にはならなかった。薄っぺらい座布団《ざぶとん》の上に座り、ボストンバッグから石鹸《せっけん》やタオルを取り出す北海をじっと眺めた。北海は偽名《ぎめい》を使ったことに対して、説明も言い訳もしなかった。

「ぼんず、今日は銭湯に行くか？」

さすがにこの日は大介も頷《うなず》いた。スポーツバッグを抱《かか》え、洗面器を借りて、北海と旅館を出る。

「飯はまたラーメンがいいのか？」

ラーメンでももちろんいいが、それだと三日連続で大介の要望が通ることになる。もしも北海がラーメンをそれほど好物にしていなかったら、少し悪いなと大介は思い巡らし、こう言ってみた。

「北海さんは甘いものが好きなんだよね」

北海は目を眇《すが》めた。「それがどうした?」

「じゃあ、今日は甘いものを食べようよ」

「なら、甘いものは飯にならんだろうが」

「甘いもの以外で好きなものはなに?」

北海の視線が斜め右上に向いた。ごく微《かす》かな残光を受けて茜《あかね》に縁《ふち》どられた一片の雲が、そこに浮かんでいた。

「おこわは好きだな」

そういえば北海は、回覧板を回した帰りに、赤飯をくれることがあった。

「僕、北海さんが作ってくれる甘いお赤飯、結構好きだよ」

上唇をめくれ上がらせるようにして、北海は笑った。「そうか、そりゃあ、ありがとうな」

大介が住む近所の、いささかいかがわしい界隈《かいわい》のスケールをやや小さくしたような区域を歩いていたら、灯《とも》り始めたネオンの間に、なんでもありそうな食堂を見つけた。

「ここにしようよ、北海さん」安そうな食堂という店構えも、大介を後押しした。「きっと僕が食べたいのも北海さんが食べたいのも、あるよ」

北海は険《けわ》しく見える目を細めて、「じゃあ、ぼんずおすすめの店に入るか」とのれんをくぐった。

北海はトイレに近い奥まった席を選んだ。大介が帽子を脱ごうとしたら「かぶっとけ」と制した。

そこで北海は焼き魚の定食を食べた。おこわではなく、普通の白飯だった。大介はカツ丼を食べながら、白飯を残念に思って眺めた。

「なにしょぼくれた顔をしてるんだ」

「だって、北海さんのそれ、おこわじゃないし」

「俺は白飯だって好きだぞ」

北海の言葉を聞いて、大介はふと国語の教科書に載《の》っていた物語のいくつかを思い出した。

小学三年生あたりからか、国語の教科書には戦争をしていたころの話が入るようになった。たいていはご飯がなくてお腹を減らしている描写が出てくる。そういった物語を勉強しているとき、先生は必ずと言っていいほど「だから給食は残してはいけない」とみんなを戒《いまし》める。

北海もご飯がなくて困った時期があったから、白いご飯が好きだと言うのかもしれない。

そんなふうに、理由を想像したものの、ご飯がなくて困るということ自体よくわからない大介は、気楽に質《ただ》すのも気が引けて、カツ丼の残りを一気にかき込んだ。

銭湯に行き、大介はものすごく恥ずかしいと思いつつシャツとジーンズ、パンツを脱いだ。脱衣場に客は五、六人しかいなかったが、みんなが自分を見ている気がした。とはいえ、ぐずぐずしていたら上野の二の舞になる。貴重品を番台に預け、大介は腰にきっちりとタオルを巻いて浴場に行った。

北海は既《すで》に湯船につかっている。もわもわとした白い靄《もや》の向こうに、座禅《ざぜん》を組んでいるかのような顔つきの北海が見えた。

大介は教えられたとおりにまずカランのところで体の汚れを流した。それから、やや前かがみの体勢でちょこちょこと歩き、湯船にそっと足を入れた。

湯船の底にしゃがむように身を沈め、大介は顎《あご》まで湯の中に隠れた。頭の上にタオルを載せた北海が、にやりと笑った。

北海は銭湯での大介の挙動について、やっぱり話題にしなかった。

銭湯を出て、ほんの少しだけ涼《すず》しくなった夜気の中を、二人で並んで歩いた。濡《ぬ》れた髪が熱を奪いながら乾いていくのが、気持ちよかった。通りのそこここから、食べ物の匂《にお》いがした。

お酒を飲ませる店もあった。北海がそういう看板や提灯《ちょうちん》を横目で見るたび、大介はお酒が飲みたいのかと推《お》し量《はか》った。

派手なパーマをかけて、太腿《ふともも》を丸出しにした短いスカートの女の人が、高い声をあげながら大人の男の人にしなだれかかっている。

そんなネオンとネオンのちょっとした暗がりから、

「どうですか、旦那」

ふいに声をかけられた。「これからあと十分でショーなんですよ。安くしておきますよ。どうです？」

見た目は五十前後の痩《や》せた男がそこにいた。白いシャツに黒のズボンを穿《は》いた男は、へつらいの笑みを浮かべて、彼の背にあるさほど大きくない建物へといざなうように、体を斜めにし、左手を入り口へと向けた。

よく見ると、男の背後には四足の脚立《きゃたつ》そっくりの形をした立て看板があった。

半裸の女の人の写真が、看板に印刷されていた。

『ストリップ』の文字が読めた。

大介はとっさにスニーカーの爪先《つまさき》に目を落とした。見続けていたら、なんだか体がむずむずして、困ったことになりそうだった。そして、この男が自分と北海に声をかけてきたことを、恨《うら》みがましく思った。寂《さび》れた感じが建物や看板、男そのものからも漂《ただよ》っているから、人気のある店でないのは明白だった。誰も客が入らなくて困っているから、銭湯帰りの、しかも傍目《はため》には老人とその孫というとりあわせにまで、声をかけたのだ。

北海はどうするだろう？　名古屋で北海はストリップを「嫌いじゃあねえな」と言っていた。宿に先に帰っていろと取り残され、北海だけが男に誘われるまま、建物の中に入ってしまうなんてことはあるのか。

「いや、ほら。孫を連れているから」

北海がそう言ってくれたので、大介は安堵《あんど》したが、客引きの男はへこたれなかった。

「お孫さんは、控室のほうで預かりますよ。ジュース飲んで待っていようか」

ジュースからのくだりは、はっきりと大介に向けられた言葉だった。大介は顔を上げなかった。男は北海をまた口説《くど》き始めた。

「大まけにまけますよ。千円。千円でどうです？　踊り子も可愛《かわい》いですよ。浅草《あさくさ》にも負けません。アキホちゃん、ユリコちゃん、キヨミちゃん、みんなボインボインですよ」

つむじがチリチリ疼《うず》いて、顔を上げたら北海と目が合った。北海は大介の表情を見て、どうしたことか難しく引き結ばれた唇を、からかうように横に伸ばした。

「おまえ、見てみるか？」

大介はぶんぶんと首を横に振った。「僕は嫌だよ、そんなの」

「よしわかった」北海は左手全体で帽子の上から頭を摑《つか》んだ。「じゃあ、おまえはジュースを飲んでいろ」

「ええ？」

不満と非難を込めた大介の声を、客引きがかき消す。

「ありがとうございます！　ささ、どうぞ。こちらです」

「帰ろうよ。僕、嫌だよ」

「お姉ちゃんがすっぽんぽんになってくれるんだぞ。ボインボインなんだぞ。ありがたいじゃねえか」

「そうですよ。ありがたい、ありがたい。うちはキレイで可愛いお姉ちゃんぞろいですよ」

入り口すぐ脇に、入場料を払う小さなカウンターがあった。

「この旦那、千円でお願いね」

客引きがカウンター内のお婆《ばあ》さんに指示をした。女性は北海と同じくらいの年齢に見えた。襟《えり》ぐりがゆるく伸びたクリーム色のサマーセーターの中で、昔は大きく前方に張り出していたのだろうおっぱいが、力なく垂《た》れ下がっている。セーターがぴっちりしているせいで、それがわかった。

「そっちの子どもは？」

「この子にはちょっと刺激があれだから、控室で待っていてもらいますよ」

「そう」お婆さんは大介に対して、カウンターのすぐ横にある古くさいソファを指さした。「じゃあ、ステージが始まるまで、あんたはそこに座ってな」

北海は客引きに案内されて、ソファのある廊《ろう》下《か》に面した黒い扉の中に消えてしまった。壁には安っぽい印刷のポスターが貼《は》られていた。けばけばしい女の人が三人、そろって唇を少し開いた官能的な表情をして写っていた。

埃《ほこり》と化粧と香水とワックス、それからなにかの店屋物《てんやもの》、様々な匂いが入り混じってなにがなにやらわからない空気の中で、閉じられた黒い扉を睨んでいると、しばらくして中から音楽が漏《も》れ聞こえてきた。それを聞いて大介は、両親の機嫌がいいときだけ見ることが出来る、ザ・ドリフターズの番組『8時《じ》だョ！　全員集合《ぜんいんしゅうごう》』を連想した。加藤茶《かとうちゃ》がコントの中でしどけなく片足を上げて「ちょっとだけよ」とやるときにかかるそれに、音質やメロディが似《に》ている気がしたのだ。

でも、中で足を上げているのは加藤茶じゃない。ポスターの女の人の誰かだろう。そしてそれを、北海はどんな顔で見ているのか。

大介はついついため息をついてしまった。

「ぼく」カウンターで受付をしていたお婆さんが出てきた。「こっちへおいで」

控室とやらへ連れて行かれるのだろう。大介は大人しく彼女に従《したが》った。

「一時間くらいで終わるからね」

廊下はトイレに突き当たり、そこから左に折れていた。折れた先に『関係者以外立ち入り禁止』の立て看板でガードされた二階への階段があった。女性はそこをすたすた上った。

二階はさらに化粧と香水の匂いが充満していた。女性は二つある扉のうちの一つを開け、「入んなさいな」と大介を促《うなが》した。

そこは八畳ほどの大きさの部屋で、向かって左側の壁際にはロッカーが、右側には化粧台とでもいうのだろうか、上半身が楽に映る鏡が三つ並んでいた。中央にはテーブルが一つ、椅子《いす》は背もたれのない四足の丸椅子がいくつか、床には小さなスピーカーがあった。

そこからは黒い扉の前で聞いた、いやらしい感じのする音楽が小さく流れてきていた。

部屋の鏡の前では、一人の女性が化粧の真っ最中だった。大介は口を半開きにしてつけまつげをつけている彼女の風体《ふうてい》を、しげしげと眺めた。ポスターの中の女性の誰かに似ているかもしれないが、そっくりとまでは言いがたかった。女性はあまり若そうではなかった。

「キヨミ、ショーが終わるまで、この子ここで待たせるから。連れの爺さんが見てんのよ」

キヨミと呼ばれた女は、どぎつい赤を塗《ぬ》った爪でつけまつげを押さえながら、鏡越しにこちらに目を向けた。鏡に映る彼女の瞼《まぶた》は台風一過《たいふういっか》の空のように青く、眉は細く三日月みたいな弧を描いている。髪の毛は栗色だが、ところどころに栗色を通り越して薄い金色の毛があった。それらの金髪が、元は白髪《しらが》であったことに、大介は少しして気づいた。

キヨミは顔の皮膚ごと上に引っ張るように、横の髪をまとめて頭頂部近くで結《ゆ》わえた髪型をしている。結ぶのに使っているラメ入りリボンも、彼女の唇も、爪と同じ赤で、大介はそんななりをした女の人にどう接していいか狼狽《ろうばい》した。

彼女はリボンと同じ色の口紅を塗っていた。

「適当に座んなさいよ」

はすっぱな口調のキヨミに言われるがまま、大介は大人しくテーブル周りの一脚に腰を下ろした。

大介はなんとなくキヨミの指先を見た。気配の色のことがふっと頭をよぎり、目の周りの筋肉に力を込めた。猥雑《わいざつ》なネオンサインみたいなピンク色が浮かび上がった。見覚えのある色だった。大介はすぐに、いつどこでそれを見たかを思い出した。去年の秋の授業参観だ。夜にお酒を飲ませる店で働いているクラスメイトのお母さんが、そんな色をしていた——。

大介の頭の中に、高村の姿がふいに浮かんだ。高村の色は途中で変わったのだった。あれはなんだったのだろう？　答えはまだ弾《はじ》き出せていない。

キヨミのピンクも、もしや変化するのか。するとしたら、なぜ？

「ショーが終わったら呼びに来るから、待っていてね」お婆さんはキヨミにも一声かけた。「本番前に悪いけれど、よろしく頼むわね」

お婆さんが出ていくと、つけまつげの装着を終えたキヨミは、部屋の隅《すみ》にある小さな冷蔵庫からコーラの缶《かん》を取り出し、大介の前に置いた。

「あんた、どこの子？　東京？」

「北海道です。札幌から来ました。あの、お祖父さんと」

「へえ、北海道？」キヨミは真っ赤な唇で微笑した。「奇遇《きぐう》だねえ」

「奇遇？」

「あたしの両親も北海道生まれらしいよ」

「キヨミさんは違うの？」

「あたしは満州ってところ。知ってる？　満州」

大介は勇んで首を縦に振った。北海との会話がこんなところで役に立つとは。「今の中国の北東の端っこだよね。じゃあ、キヨミさんも引き揚げてきた人なの？」

「あんた、勉強出来るんだね」

キヨミはまた笑い、鏡の前に戻った。

大介はキヨミをちらちらと見た。彼女は赤くて厚みのない、光沢のある素材のガウンを羽織《はお》っていた。ガウンの前を留《と》めていないので、中の衣装の胸元が鏡に映っていた。鳥の羽根の飾りがついた黒い下着の上に、派手な柄《がら》の着物を肩にかけているようだった。

キヨミのおっぱいは大きかった。確かにボインボインだ。けれども、受付のお婆さんほどではないにせよ、少し重力に負けている感があった。彼女は椅子を立ち、一、二歩下がった。上半身しか映していなかった鏡に、キヨミの膝下までが映り込んだ。

一度ガウンを脱ぎ、着物も取り払って下着姿になったとき、大介は目のやり場に困ったあげく、逆にキヨミの姿を凝視してしまった。キヨミは下着の羽根飾りやレースを整《ととの》えつつ、腰を回して体をねじったり、脚《あし》を開き気味にしたりしながら、真剣な眼差《まなざ》しで自分の肉体を点検した。キヨミが腰をひねると、少し緩《ゆる》めのウエストの肉に、大きな皺が寄った。彼女はそこを睨み、真っ赤なマニキュアが塗られた指先で軽くさすった。さらに太腿の横の小さな痣《あざ》に目を丸め、すぐさま顔に塗るファンデーションでそれを隠した。

スピーカーの音楽がいったん止み、男の声で「続いての踊り子は、東京出身八頭身のユリコちゃんです」とのアナウンスが割って入った。

「さて、あたしも準備しておかなくちゃ」

キヨミは着物とガウンを引っ掛け、大介を振り向いた。大介はずっとキヨミの挙動に見入っていたので、思いきり目が合ってしまった。キヨミの瞳《ひとみ》は大きく、濃い化粧とつけまつげも相まって、きつい印象だった。大介はそのきつさ、強さが、誰かに似ていると思った。

「あんたは見ないの?」キヨミは率直だった。「見ればいいじゃない。そういうの、もう興味がある年頃でしょ?」

大介はへどもどしてしまった。確かに興味がないというわけではない。国崎さんがテニスコートで短いスカートを穿いている姿を目にしたことがあるが、ものすごくどきどきした。夏、国崎さんの服が薄手に替わると、つい背中を見てしまう。下着の線が目に留まったりすると、下腹がもぞもぞして、どうしようかと困る。

「でも僕、お金払っていないし」

「見たいなら見りゃいいわよ。あたしが良いって言やあ、大丈夫よ。見たいならだけどね」

大介はまだ開けていないコーラの缶のリングを爪の先で弾きながら、視線をテーブルに落とした。見たい気もするし、見たくないとも思う。見たら北海はからかうだろうか。見たくないと突っぱねたら、キヨミさんは嫌な気分になるのか。

悩んでいるところに、ひどく甘ったるい香りとともに、別の女の人が一人やってきた。

「ああ、喉《のど》が渇《かわ》いた。あらキヨミさん。その子、誰？　隠し子？」

彼女の姿を目にして、大介はぎょっとなった。キヨミと同じようなガウンの下は、素っ裸だったのだ。下着らしいものは手に持っているが、大介を見ても恥ずかしがるでもなく、すぐに身につけようとするそぶりはない。

彼女はキヨミよりも干支《えと》が二回《ふたまわ》りくらい若そうだ。

「お疲れ、アキホ。この子は客の連れよ」

「客？　ああ、じゃあああのジイサンね」

どうやらアキホはすぐに北海の連れだとわかったようだ。なぜだろう、もしかして北海しか客はいないのか。

アキホは冷蔵庫から麦茶を出し、紙コップに注いで飲んだ。

「あれ、あんたのお祖父さん？　なんだか気難しそうな顔してて、踊りづらかったわよ」

下着をテーブルの上へ放り、アキホは椅子に座って足を組んだ。

「疲れた。あらやだ、爪が割れてる。不恰好になっちゃうわ」アキホはぶつぶつ愚痴《ぐち》をこぼし、亀裂が入ったらしい右手の中指の爪をいじった。「あーあ。踊るならもっといいところで踊りたいわ。東京や大阪とかさ。キヨミ姉さんは律儀《りちぎ》よねえ。こんな場末の劇場に何十年いるんだったっけ？」

キヨミはそれには答えず「じゃあ、行くわ」とロッカーから取り出したポーチを手に、ハイヒールの踵《かかと》を鳴らしながら控室を出ていこうとした。アキホはその後ろ姿をちらりと見やり、一瞬笑った。

アキホの笑みは蔑《さげす》みのそれだった。

アキホがキヨミのなにを侮蔑《ぶべつ》しているのか、大介には想像の外だったが、強い嫌悪感は抱いた。キヨミは背に投げかけられたアキホの笑みに気づかなかったのか、そのまま控室を去った。大介はアキホと二人で部屋に残された。とても気詰《きづ》まりだった。今、ステージで踊っている人がさっさと戻って来てくれないかと念じていたら、アキホが紙コップをぐしゃりと握《にぎ》りしめて言った。

「今のキヨミ姉さん、もう四十代なのよ。四十二だったかな。今年、三になるのかしら。あんな中年になっても、こんな小さなボロストリップ小屋で股おっぴろげているなんてね」

アキホは握り潰《つぶ》した紙コップを、部屋の隅のゴミ箱に放った。入らなかった。でもアキホはそれをそのままにした。

「ああはなりたくないわ。惨《みじ》めすぎるし、プライドが許さないでしょ、普通。ここの女主人に恩義があるんだかなんだか知らないけれど、ふん、笑っちゃうわ」

実際アキホは鼻で笑った。アキホのつけている甘ったるい香水が、大介の頭をガンガンとさせた。

「……でも、キヨミさんもお姉さんも、ここでお仕事をしてお金をもらっているんでしょう?」

「はした金だけどね」

「誰かの役に立って喜ばれるから、仕事はお金をもらえるって聞いたよ」

高村の受け売りを口にすると、アキホはまた爪をいじり始めた。

「私、男の子が恥ずかしがっているところが見たいわ。喜ばせてよ。パンツ脱いだら一万円あげるから……って言ったら、あんた、脱ぐ？」

大介が厳重に錠《じょう》をかけておいたはずの記憶の蓋《ふた》がアキホの一言で外れ、あの日の出来事の一部始終が、今そこに起こっているかのように押し寄せた。よってたかって、無理やりみっともない姿にさせられた自分。それを見て嗤《わら》う義春たち。女子は見て見ぬふりをしていた。国崎さんもだ。

黙りこくった大介に鼻を鳴らし、アキホは「冗談よ」と左手で頬杖《ほおづえ》をついた。

「私はね、とにかく、どうせ脱いで稼《かせ》ぐなら一流と言われるところでやりたいの。こんな小さな小屋で歳を取っていくなんてまっぴら。有名どころなら出演料だってきっと桁違《けたちが》いよ。それには若いうちが勝負。うまくいったら金持ち捕まえて結婚出来るかもしれないし。だからね、さっきのキヨミさんみたいになったら、もうおしまい。年増のストリッパーなんて、目が腐《くさ》るって後ろ指さされるだけよ。私だったらとうに辞《や》めてるわ。いい笑いものだもの。もの好きが常連でついているけどさ……あんなの金づるにならないしね」

大介は椅子を立った。なぜだかアキホの言うキヨミの悪口を聞きたくなかった。部屋を出ていく大介を、アキホは止めなかった。

キヨミはどこへ行ったのか。ステージのバックヤードにスタンバイの場所があるだろうから、そこなのか。

階段を降り切ったところで、トイレから出てきたキヨミに出くわした。

「どうしたの、あんた。トイレ？」

別にしたくもなかったが、時間つぶしに籠《こも》っているのもいいかもしれないと頷きかけた矢先、キヨミは小さく手を打ち鳴らした。

「あんた、やっぱりあたしのショー、思い切って見てみなさい。クラスの子に自慢出来るわよ」

大介が返事に窮《きゅう》している間に、キヨミさんは受付の老婆に話を通してしまった。

「前の娘《こ》が終わってあたしの番になったら、そこの扉から中へ入っておいで。男の人がなんとか言っている間にだよ。席は幾つも空《あ》いているから、すぐに適当なところに座っておしまい」

はたして漏れ聞こえてくる音楽が止み、まばらな拍手のあとでキヨミを紹介する男性の声が黒い扉のわずかな隙間をすり抜けてきた。受付の老婆に視線をやると、行けというように小さく首を縦に振ったので、大介はそっと中へ忍び込んだ。

中は思ったほど広くなく、教室を二倍にしたよりもやや小ぢんまりしていた。客席は暗く、反対に男性がマイクを持つステージは明るい。ステージは変な形をしていた。客席よりも一メートル程度高さのあるそれは、真ん中がぐっと客席に突き出して来る形状だった。その突き出しに向かうように、横の椅子は斜めに配置されていた。客は二人しかいなかった。そのうちの一人は北海だ。北海はステージのでっぱりのすぐ正面に座っていた。

大介は真ん中一番後ろの席に腰かけた。

「トリを飾るのはキヨミちゃん。この道二十ウン年のベテランダンサー。舞鶴のストリッパーと言ったらキヨミちゃん。キヨミちゃんの踊る姿を見ずしてストリップは語れません！」

男性が下手《しもて》へ引っ込むと、ステージは暗転して、音楽が鳴り出した。また加藤茶がふざけてしなを作るときにかかる音楽かと思いきや、演歌だった。古い曲で、大介は曲名がわからなかった。ただ、まったく聞いたことがないとも断言できないあいまいさがあった。

あの赤いガウンを羽織って、下手からキヨミがステージに出てきた。と同時に、でっぱりの左側に座っていた薄毛の男が「キヨミちゃん！」と叫んで立ち上がった。大介は唖然《あぜん》となった。

——赤く咲くのは　けしの花　白く咲くのは　百合《ゆり》の花

キヨミは両手に赤と白の花を持っていた。本物か造花かは、大介のいる場所からは判別出来ない。彼女は歌に合わせてそれを客席に撒《ま》いた。薄毛の男が手を伸ばしてそれらを一所懸命《けんめい》受け取ろうとしている。キヨミは心なしかその男に向かって多くを投げた。

――十五、十六、十七と　私の人生　暗かった
キヨミはその場で一回りしながら、ガウンをするりと脱いだ。すると、まるで血だまりの上に立っているようになった。彼女の目はいっそう鋭くなった。

歌に合わせて着物をずりおろし、肩をはだけさせる。国崎さんが夏に袖《そで》のない服でテニスをしていたのを思い出す。国崎さんの肩とキヨミの肩は色も肉付きも全然違う。それでも大介の膝は自然と擦《こす》り合わせるように動いてしまう。

薄毛の男が「キヨミちゃん、キヨミちゃんイイよっ！」と大声を出した。キヨミは男に嫣然《えんぜん》と笑いかけ、外したブラジャーを彼に投げた。男は感極まったように、キャッチしたそれを鼻に押し当てた。

キヨミは曲が終わるころにはすっかり裸になっていた。彼女の体を隠すものはなにもなかった。普通に立っていたら見えないような場所まで、彼女は躊躇《ちゅうちょ》なく客席にさらけ出した。大介は女の人のそういうところを見たことがなかったので、激しく驚き、動揺した。

続いて、義春らに受けた仕打ちも思い出してしまった。

あのとき大介は、嘲《あざけ》り笑う声に囲まれながらジーンズを必死でずり上げつつ、いっそこのままとけて崩《くず》れて床に吸い込まれて消えてしまいたいとまで思った。あまりの恥ずか

しさに気が狂いそうだった。

なのに、キヨミは恥ずかしくないのか？　曲が替わり、さらに踊るステージの上の彼女は、堂々と大きく開脚して、これっぽっちも恥じているようには見えない。

大介の興味は、いつしか女性の体のことから、キヨミの態度のほうに移っていった。どうしてだろう。自分はあんなにいたたまれなかったのに。消えてしまいたかったのに。

北海は身じろぎせずにいる。

薄毛の男だけが、最後まで彼女に声をかけ続けた。すべて踊り終わったとき、男はキヨミから投げてもらった黒い下着を胸元で握りしめ、感極まったように震《ふる》えていた。

キヨミが引っ込んで客席が明るくなると、北海はつと立ち上がって、床のなにかを拾《ひろ》った。

最初にばら撒いた白い花びらだった。

見つめていると、視線に気づいた北海が振り向いた。老人は不意を突かれた顔になった。

「おまえ、見てたのか」

「キヨミさんのだけ見た」

「そうか」

北海の手にしている花びらは、生花のものだった。大介はその形をどこかで目にしたと思った。北海はそれをズボンのポケットに突っ込み、ふいに調子を変えて、「どうだった、女のあそこは？」と、からかった。

大介は「僕、キヨミさんにお礼をしてくる。ただで入れてもらったから」とまくして、客席を出た。北海も「なんだあ？」と言いつつ、保護者のつもりなのかついてきた。受付の老婆は、二人を制止しなかった。

実は、ただで入れてもらったお礼よりも、尋ねてみたいことがあった。大介はポケットの中に手を入れ、冷たいナイフを握った。

控室にはキヨミも戻っており、踊り子は三人そろっていた。三人は思い思いのほうを向いて座り、おしゃべりはしていなかった。アキホはカップラーメンをすすり、おそらくユリコというのだろう、アキホよりも少し年上らしい女は、女性雑誌を手に、大介と北海に怪訝《けげん》な目を向けた。キヨミは素っ裸の上にガウンだけを身につけ、つけまつげを気にしながらたばこをふかしていた。

なんとなく気圧《けお》される感覚に、大介が口を開けずにいたら、北海がそっと後ろから左肩をこつりと小突いた。そのさりげない『こつり』は、大介の気持ちを応援し、背をとんと押した。

大介は結局プルタブを開けなかったコーラと入場させてもらったお礼をキヨミに告げた。彼女は、「そんなことを言いにわざわざ来たの」と、くすくす笑った。大介は鼻から息を吸い込んだ。

「本当は、キヨミさんに訊きたいことがあるんだ」

「へえ、なに？」

大介はアキホとユリコの様子を窺《うかが》った。キヨミの踊りを見て芽生《めば》えた疑問だ。出来れば二人にはいてほしくなかった。キヨミに対するアキホの態度もあまり愉快なものではなかった。自分の疑問への答えが、アキホのさらなるキヨミへの蔑みの餌《えさ》になるのは嫌だった。

もじもじしていたら、北海が喉のいがいがをすっきりさせるような咳《せき》ばらいをした。アキホとユリコはそれぞれ非難めいた眼差しでこちらを見たが、当の北海は平気の平左《へいざ》だった。大介は「だから……訊きたいことが」ともう一度言った。

キヨミはふっと笑って、指に挟んだたばこを灰皿に押し潰し、「次のショーまでに軽くご飯を食べに行くの。一緒に来る？」と、酌《く》んでくれた。

どぎつい化粧はそのままに、開襟《かいきん》のブラウスとスカートを身につけているから、キヨミはストリップ小屋の向かいにある大衆食堂でやたらと浮いた。だが、店の主人も数人の客も、キヨミに奇異の視線を向けない。

キヨミは「いつものをお願い」と注文した。北海はビールを、大介はオレンジジュースを頼んだ。

「で、あんた。訊きたいことってなんなのよ?」

注文したものはすぐに運ばれてきた。キヨミの前に置かれたのは、ネギしか上にない素《す》うどんだった。

大介は北海を見、辺りも見回し、声を低めて尋ねた。

「キヨミさんは人の前で裸になるの、恥ずかしくないの?」

その問いを口にしている間にも、大介の頭にはあのときの記憶が鮮明に浮かんだ。四年生の夏休み前、昼休みだった。給食時間が終わり、担任の先生は職員室へ戻っていた。そこを義春たちに狙《ねら》われた。当時の大介は、自分の存在を消すことをしていなかった。ありのままにふるまい、会話をした。父の仕事のことも、月のお小遣いも、お年玉の額も、話題になれば隠さなかった。

——お坊ちゃまは良いパンツ穿いてんだろう？

多勢に無勢だった。大介は教壇に引っ立てられ、ズボンを脱がされた。パンツも少しの間だが下ろされた。

——チンコだ、チンコ。チンコ見えた。

必死に屈《かが》み、パンツとズボンを上げて、ふと窓際に目をやると、国崎さんと視線がぶつかった。国崎さんはすぐに窓の外へ目を逸《そ》らした。

義春たちは懸命にズボンを押さえる大介を、足を踏《ふ》み鳴らして嘲り笑った。あまりのことに、涙も出なかった。泣くことが出来たのは、家の自分の部屋に戻ってからだった。

「あんたはなんで恥ずかしいと思うの？　あんたも、人前で裸になったことでもあるの？」

素うどんをすすりながらキヨミが名探偵のようにズバリと核心を突いたので、大介の目は泳いでしまった。キヨミはそれでおおむねの事情を察したようだ。

「子どもはチンコやウンコが好きだよね……ま、仮に恥ずかしくてもなんでも、これがあたしの仕事。脱がなきゃ、このうどんも食べられやしない」

キヨミはテーブルの上の七味唐辛子をうどんに振りかけた。

「あたしはさ、言ったとおり満州から引き揚げて来たんだけどね」

北海が傾けていたビールのコップを、つと止めて、口から離した。キヨミは続けた。

「当時は十歳にもなってなかった。父親はさ、戦地に行ったきり帰って来なくて、母と二人でどうにか船に乗った。船に乗るまでは、言葉では言い表せないくらい大変だった。でも引き揚げ船っていうのも同じくらいひどいもんでね。母は船の中で病気になって死んじゃった」

キヨミは一緒にいた自分も病気になったと言った。伝染《うつ》ったのか別の病気かわからなかったが、日本に着くころは意識がなかったと。

隣で硬《かた》いものが叩《たた》きつけられる音がした。北海がコップを強めに置いたのだ。コップの中には半分くらいビールが残っていて、衝撃で時化《しけ》のように揺《ゆ》れていた。

「どうしたの、お爺さん」

「いや、なんでもない」

「そう」キヨミはそれ以上、北海には構わなかった。「でね、気づいたら、トシヨさんのところにいたの。トシヨさんは、ストリップ小屋の入り口にいた女の人。あたしはそのままトシヨさんの娘になった」

誰が死んで誰が帰国したのかもわからなくなるほど、混乱していた時期だった、自分は母と一緒に引き揚げ船の中で病死したことになっていたと、キヨミは淡々と語った。まだ子どもでどうしていいかわからなかった、父の行方も知れない、たぶん戦地で死んだんだろう、誰かが自分を引き取りに来てくれるあてはなかったから、そのままトシヨさんに世話になるしかなかった、十七歳で初舞台に立った、以来ずっとあそこで踊り続けている……。

「トシヨさんには育ててもらった義理がある。あんたはもう必要ないと言われるまで、舞台には立つよ。恥ずかしいなんて感情は、当たり前すぎてくだらないね」丼を持ち上げて、キヨミは素うどんの汁を飲んだ。「若い娘が陰であたしを馬鹿にしてるのも知ってる。年増がみっともない、プライドないのかってね……それでも恥ずかしくなんかないよ」

大介は小声で訊いた。「どうして？」

「あんた、プライドだけでご飯食べられると思うの？」うどんを全部腹に収めて、キヨミはふーっと息を吐いた。「あたしはこの体で生きてるんだ。それのどこが悪いのよ？　だから堂々と脚だって広げるし、おっぱいだって見せる。あのね、あんた」

つけまつげの派手な瞳が、大介の顔にぐっと近づいた。

「恥ずかしいっていう感情は、不思議なのよ。恥ずかしいって思うと、必ずそれは周りにわかる。伝染するの。病気みたいにね。お客の前で恥ずかしがりながら裸になる子は、どんなに若くて美人でスタイルが良くても、あたしに言わせりゃ三流。ああ、この子恥ずかしいのか、って、余計なことを考えさせちゃうからね。心の底から楽しんでもらうことを放棄してるみたいなもんよ」

「恥ずかしいって、人にわかるものなんだ」

「そうよ。ストリップじゃなくても同じ。たとえばあんたが誰かに意地悪されて、恥をかかされたとするでしょ？」

義春の顔を思い出して、大介は下唇を嚙んだ。自然に顔が下を向く。と、北海の肘《ひじ》が左腕に当たった。それはこの食堂に来る前、控室の前での『こつり』に似ていた。大介はキヨミと真っ直《ます》ぐ目を合わせた。キヨミは人差し指をつんと上にあげた。

「そのときあんたがバカ正直におたおた顔を赤くしたら、誰かは絶対に面白がる。賭《か》けてもいいわ。それはね、誰かがあんたを恥ずかしがらせようとして、上手くいったことがわかるからよ」

キヨミは賭けに勝った。確かにあのとき、義春は面白がってゲラゲラ下品に笑い声をたてた。

義春は大介のパンツやそれを下ろした中身が愉快なものだったから嗤ったのではない。そうされて慌《あわ》てふためき、動揺して縮《ちぢ》こまる大介を嗤ったのだ。

北海が頷いたようだ。目にはしなかったが、そんな気配だった。一度は置かれたコップが持ち上げられ、美味《うま》そうに喉が鳴る音が聞こえた。

「生まれたときは誰だって裸よ。普段は服を着ているから、恥ずかしいものだと思い込んでいるだけ。恥ずかしいっていうのは、もっと違うの。さっきのたとえ話で言えば、誰かを辱《はずかし》めてそれを嘲る、そういうのが、本当に恥ずかしいことなの。あんたを裸に剝《む》いておちんちんを嗤ったやつがいたら、そいつのほうが恥ずかしがるべきなの。あたしはそう思うわよ」

後ろ暗いことをしていないなら、いつだって胸を張っていなさい——キヨミは優しく大介の頰を叩いた。

キヨミのそれも、北海の『こつり』とそっくりだった。

頰から離れていくキヨミの指先を、大介は見つめた。高村のときと同じだった。ピンク色なんてもうどこにもなくて、冬の朝日に照らされる新雪みたいな輝きが、指の動きに合わせて細く尾を引いた気がしただけだった。

自分に備わっていると信じていた力が揺らいでいるのか、それとも、もっと根本的になにか間違っているのか。わからなくて、大介はキヨミの指が触れた自分の頰に手を当てた。

「キヨミさん」

北海がふいに口を開いた。とっさに隣を見ると、ビールを飲み干した老人は、少しだけ目の端を赤くし、いつもよりも穏やかな表情でいた。

「あんたは、いいストリッパーだよ」

キヨミが引き絞《しぼ》った弓のような眉を、ちょっと上げた。

「その証拠に、あんたのステージを楽しみにしている人がいる。一人でもいる。中途半端なストリッパーじゃ、人の心は動かない」

北海は指の一部が欠損した左手を、握ったり開いたりした。キヨミはそれを黙って見ていた。

「この子にもちゃんと答えてくれた」北海はズボンのポケットから拾った白い花びらを取り出した。「あんた、いい女だ」北海の言葉は、大事なものを一つ一つ心を込めて渡すようだった。「俺はあんたに会えて良かったよ」

「あら、お爺さん。ありがとうね」

キヨミは満足した猫のように目を細め、いい気分になったからここは自分が出すと立ち上がった。

次のステージのために、キヨミはストリップ小屋へ戻っていった。大介は北海と一緒に、洗面器とスポーツバッグを抱えて宿への道を歩いた。

「俺には女房と一人娘がいた」

北海がすっかり暗くなった夜の中に、言葉を溶《と》け込ませるように呟《つぶや》いた。

「俺は二人を満州に残して、兵隊になった。別になりたかなかったけどな」

いびつな左手が、洗面器の縁を鷲摑《わしづか》みにする。

「戦争が終わって帰って来て、二人が死んだことを知らされた。満州からの引き揚げ船の中で、病気になったそうだ」

洗面器と指が擦れて、きゅっという音が鳴った。

「娘の名前は、清子《きよこ》だ」

大介はキヨミの身の上を考えずにはいられなかった。キヨミは両親を北海道出身だと言っていた。それを教えて北海の腕を摑み、「ねえ、じゃあもしかして」と見上げると、北海はビールの匂いがするげっぷをした。

「ぼんずは将来詐欺《さぎ》に遭《あ》いそうだな」

「どういうこと？」

「そんな都合のいい偶然があるわけねえだろ。顔も似てねえよ。引き揚げ船に向かう道中や船の中で死んじまうやつは、珍しくなかった。よくある話なんだよ」

北海は洗面器を持たないほうの手で白い花びらをポケットから出し、鼻先につけて香りを吸い込むようにした。

「俺には家族はいない」

家族。

大介は高台でも一瞬思い描いた両親の顔を、脳裏に浮かべた。

「……僕にはいる」

きっと心配している。上野で電話をかけろと言われて、かけなかった。今どうしているのか？　舞鶴にいるなんて、考えつくはずがない。

仕事に出た父や買い物に行った母が、次の日も、また次の日も帰って来なかったら、自分はどんな気分になるかと、大介は自問自答する。うるさくて自分を叱《しか》ってばかりの二人だ。だけれども。

「里心がついたか？」

帰りたいともしも答えたら、北海は迷わず札幌に戻る。戻るだろう、ではなく、大介にとってそれは疑いようもない事実だった。

大介は北海の手と老人の指につままれた花びらを見つめた。

「ぼんずの好きにしていいぞ」

北海がその言葉を本気で口にしていることが、大介にはわかった。

大介は笑い顔を作った。

「なに言ってるの？　僕は北海さんと一緒に長崎まで行きたい」

花びらを道の脇に放ろうとしかけ、北海は舌を打った。老人は思い直したようにそれをポケットにまた入れた。

キヨミは別れ際、ストリップ小屋の裏手に咲いているという、その花の名を教えてくれた。いつもの年ならもう時季外れなのに、どういうことか今年に限ってまだ一つ二つ咲いている。この辺ではとりたてて珍しくもない花だけど、あんたたちには違うかもしれない。なぜなら、寒いところでは咲かないらしいから、と。

――クチナシっていうんだよ。

第六章　反発

安宿の薄っぺらい布団《ふとん》の中で、大介は考えていた。

気配の色を手掛かりに、どんな人なのか、なにを内に秘めているのか、看破《かんぱ》してきたつもりだった。でも高村もキヨミも、ともに時間を過ごし、正直に自分の話をし、また彼らの話を聞いた後では、すっかり色が変わってしまったのだ。

こんなんじゃ、ぜんぜんあてにならない。大介は枕《まくら》にため息を吸わせてから、もう一つ気になったことに思考のフォーカスをずらした。

キヨミの境遇と北海の家族の話は、どこかしら重なるところがあって、大介は二人が親子ではないかと勘繰《かんぐ》らずにはいられなかった。

これが二時間のドラマだったら、きっとそうなるのだ。二人は運命の再会に驚き、抱き合い、涙する。けれども北海は、俺には家族はいないと言い切った。

隣《となり》の布団から、北海の軽いいびきが聞こえる。上顎《うわあご》の奥を震《ふる》わせ、共鳴させるような音が、規則正しく続いている。

去年のキャンプでは両親ともいびきをかいていたなと、大介の思いは自然と口うるさいばかりの二人にスライドした。家を飛び出して五回目の夜だ。両親があんな仕打ちに出なければ自分は家出などせず、屈斜路湖でのキャンプを満喫《まんきつ》したはずだった。キャンプだから湖畔《こはん》にテントを張って、三人で小さなピラミッドの中に川の字になる。いびきをかく二人にうるさいと顔をしかめて、寝袋越しに軽く足を蹴《け》ったかもしれない。それとも、湖での遊泳やクッシー探し、ほとりの砂に穴を掘っての温泉——屈斜路湖は火山活動で出来た湖で、水際近くの砂を掘ると温水が涌《わ》き出るらしいのだ——で疲れはてて、瞼《まぶた》を閉じた瞬間に、誰より早く眠ったろうか?

北海のあとを追いかけてきて初めて、大介はじっくりと自分が飛び出した後の我が家を思った。

こっぴどく怒られたいきさつがある。キャンプの楽しみを奪われたのも許せなかった。言い過ぎた、やり過ぎた、自分たちが間違えていたと、両親には後悔《こうかい》をしてほしかった。せいぜい、心配すればいいと思った。

父と母が屈斜路湖でのキャンプという最大の楽しみを無くしたのだから、家出の決心をし、訳ありらしい北海に目をつけた。北海がクッシーのかわりに、日常とは違うなにかを見せてはくれないかと。

ただこの旅は、思いもよらない方向に進んでしまっている。北海も東京から続きがあるとは思っていなかった。

誰が今、自分と北海が舞鶴にいると想像するだろう？　ということは、両親にわかるわけがないのだ。

家出して、悪い人に捕《つか》まって殺されているのではないかと気を揉《も》んでいそうだ。大介は小さなころから「知らない人に声をかけられても絶対についていってはいけません」と言い含められていた。「誘拐《ゆうかい》されてしまうからね」と。

上野で電話ボックスに入ったとき、別の番号にかけてごまかしたのが悔《く》やまれた。父にあれこれ言いつけた母や、その度《たび》に拳骨《げんこつ》を食わせた父のことは、今でも思い出せば頭にくるが、家の中が自分の想定以上の事態になっている可能性は否《いな》めない。

もう布団に入ってしまったから無理だが、明日の朝、電話をしよう。元気でいる、悪い人にも捕まっていないと言おう。

誰といるのと訊《き》かれたら、ちゃんと北海といると教えるのだ。母は北海のことが好きではないが、見知らぬ人と一緒だとか、一人でいると答えるよりは、はるかにマシである。

いつ帰ってくるのか追及されたら、そこだけはなんとかごまかそう。

大介は手を伸ばし、枕元にたたんであるジーンズのポケットそれぞれに指先を入れる。手紙とメモはちゃんとある。手紙の差出人である池田昭三の字体が、まならうに浮かぶ。

北海は若くして満州に行った。

家族と離れて兵隊になった。

大陸から引き揚げてきたと言った。

鋭い目つきの偏屈爺《へんくつじい》さんで通っている北海には、自分の知らない秘密の過去がある。そして、その過去はおそらく池田昭三と密に繋《つな》がるのだ。

北海自身は積極的に話そうとしないが、大介はいつしか老人の過去そのものに興味を抱いていた。

だが、ともあれ明日だ。明日家に電話をして、心配ないことをちゃんと伝えたら、長崎まで存分に北海と旅が出来る。

大介は目をつぶり、枕の上で頷《うなず》いた。

素泊まりの安宿にも、十円玉を入れる赤い公衆電話はあったが、北海が早くに出発したがっている雰囲気だったので、ちょっと待ってくれとは言えなかった。

北海は大介の帽子のつばに手を伸ばしかけ、なにもせずにひっ込めた。また目深《まぶか》にされるのかと思った大介は拍子抜《ひょうしぬ》けした。自分で気に入りの角度に整《ととの》える。

安宿を出るとき、北海の財布を横目で見た。あまり一万円札は入っていないようだった。

空は少し雲がかかっていたが、晴れと表現出来る空で、やはり気温は高かった。どこからか蟬《せみ》の鳴き声がする。近くに川が流れていて、水っぽい匂《にお》いもした。

「また京都まで電車で戻るの？」

電話ボックスを探しながら、最寄《もよ》り駅の方角へ歩く北海に問いかける。北海はシャツの上から、腹巻きをしているお腹に手をあてがった。

「そうだなあ……まあ、それが一番……」

「あっ、ちょっと待って」

交差点があり、渡った角が小さな児童公園だった。遊具やベンチ、まばらな木々に水飲み場、公衆便所がある。電話ボックスも見えた。遊具のある一角から少し離れた道の脇だ。

大介は信号が青になるや駆《か》け出した。

「ぼんず？」

「北海さんは、座って待ってて」

走りながら振り向き、ベンチを指さす。北海はなにやら口を動かしたが、なにを言ったかはもちろんわからなかった。ただ、笑ってはいなかった。「おう、行ってこい」という顔ではなかった。

しかし、そんなことに構ってはいられない。

公園沿いの道路の路肩に、大きな白いバンが停車していた。大介はキャンピングカーを連想した。キャンピングカーと違うのは承知の上だが、後部座席のさらに後ろにあれほどの余裕があれば、眠れるなと思ったのだ。

ちらりと覗《のぞ》いた車内には、誰もいなかった。

車の横を行き過ぎ、公衆便所も過ぎて、大介は電話ボックスに着いた。すぐさまボックス内部に入り込む。大介はボックスの側面に寄り掛かりながら、片足立ちをして、軽く上げたほうの腿《もも》の上にスポーツバッグを載《の》せ、中から財布を取り出した。そうして、あるだけの十円玉と百円玉を出し、黄色の電話の上に、その硬貨を置いた。

とりあえず百円玉を一つ入れ、011から始まる札幌の番号をプッシュする。

朝はまだ早かった。旅館を出たとき、午前六時前だった。だが、母はそろそろ起床しているはずだ。大介は呼び出し音を聞きながら、透明なボックス越しに北海の姿を捜《さが》した。

北海は子どもの遊具があるスペースに近い、たぶん小さな子を連れてきて遊ばせている間、親が座ったりするのであろうベンチに腰を下ろしていた。

「はい、瀬川です」

コール音は三回目が始まってすぐに途切《とぎ》れ、母の声が取って代わった。母の声色は緊迫し、急《せ》いているように聞こえた。

「もしもし、お母さん？」

言うやすぐさま、「大介？　大介なの？」と悲鳴とも叫び声ともつかぬ声が、受話器から迸《ほとばし》り出た。

そうだよ、と答える声も母の言葉がかき消す。

「あんた、どこにいるの？　なにしているの？」

お父さん、お父さんと母は言葉を切った少しの間で父を呼び、さらに続ける。

「どこなの、元気なの？」

あまりの声の大きさに、大介は顔をしかめて耳から受話器を少し離した。送話口側だけを口に近づけ、

「元気だよ」

とこちらも怒鳴《どな》った。

「どこにいるの、どこに。誰かそばにいるの？」

「うん」

隣の佐藤北海さんと一緒なんだ。

そう言おうとして、もう一度北海が座っていたベンチを見やり、仰天《ぎょうてん》した。

北海がベンチの前につんのめるように倒れている。

「うわっ」

大介は「だっ、大丈夫？」と叫びながら乱暴に受話器を下ろし、電話ボックスを飛び出た。硬貨が床に散った。

きっとあれだ。大介には思い当たる節があった。弱々しい庭木のところで、さらに苫小牧からのフェリーの中で見た。発作的に胸が苦しくなる病を、北海は患《わずら》っている。

腹巻きの折り返しの中に、薬が突っ込まれているはずだ。大介は必死に走り寄りながら、フェリーの中で井上がやっていた行動を記憶から引っ張り出した。あの薬を口の中に入れるのだ、舌の下に。

「北海さん、北海さん」

危《あや》うく転《ころ》びそうになりながら、大介が北海の右側にしゃがみ込むのと同時に、北海の体を隔《へだ》てた反対側にも人の気配を感じた。

「お爺さん？」

その人は穏《おだ》やかな口調で話しかけた。父よりも少し落ち着いて低い、いい声だった。ただ、大介はその人にかかずらっている暇《ひま》はないのだった。北海はやはり欠落した指の手で胸元を押さえ、脂汗《あぶらあせ》を顔面に滲《にじ》ませている。大介は「ちょっとごめん」と老人のシャツの中に手を突っ込んで、腹巻きの中をまさぐった。北海は隠し場所を変えてはいなかった。手紙の束《たば》と少し重なるように、その袋は大介の指先に触れた。

薬が入った紙袋を抜き出し、中の一錠《じょう》を北海の口に押し込む。北海は苦しいのか、磨《す》り減らんばかりに歯を食いしばっていたので、大介に話しかけてきた男の人が口を開けさせてくれた。

薬を無事に舌の下へ押し込むことに成功した大介は、ほっとして一気に体の力が抜けた。これでなんとかなるはずだった。北海は少し震える右手を、感謝するように大介の肩に置いた。

「大丈夫？　北海さん」

北海がゆっくりと頷いた。

いっとき聞こえていなかった蟬の声が、また降り始めた。大介は公園の緑を仰《あお》ぎながら、帽子をとった。安堵《あんど》がそうさせたのだ。北海の異変は、対処法がわかっていたとはいえ、大介を焦《あせ》らせ、変な汗をかかせた。頭にもだ。だから、帽子を取ると熱くこもっていた不安や心配が夏の朝の空気に紛《まぎ》れていくようで、気持ちが良かった。

「大丈夫そうだね」

一緒に北海を心配して、薬を飲ませる手伝いをしてくれた誰かが言った。

「ありがとうございました」

大介は礼を言い、誰かを見た。

五十歳を越えたか越えないかくらいのその男性も、大介を見ていたので、二人はがっちりと目が合った。視線がぶつかったとき、男性は意外な人に出会ったというように、太い眉《まゆ》をピクリと上げ、黒目の上の白目を晒《さら》した。大介はその反応を目の当たりにして、もしかしてどこかで会ったことがあるのかといぶかった。フェリーの中、電車の中、新幹線の中など。

でも、まったく記憶になかった。大介はホームズレベルとはいかずとも記憶力にはそれなりに自信があるので、つい対抗するように男性の様子を観察した。

その人は無地の白いTシャツに、綿のズボンを穿《は》いていた。ズボンは紺《こん》色で、何度も洗濯をしたのだろう、色あせが見られた。サイズもぴったりとはしておらず、少しだけ緩《ゆる》めだった。しゃがんでいるので背丈ははっきりしないが、Tシャツから覗く二の腕や肩幅は逞《たくま》しかった。大介の父のように、毎日決められた時間に決められた場所で、ネクタイを締《し》め背広を着て仕事をする人という風体《ふうてい》ではなかった。体を使う仕事をしているのではないかと思わせた。そのくせ、顔は毎日外に出ている人というほど陽《ひ》に焼けてはいないのだった。

その人の足元には、プラスチックの白っぽいポリタンクがあった。大介の家にもある。冬場、灯油を入れるのに使うものだ。だがどうやらその人は灯油を入れてはいない。中身は水のようだった。しかもかなりたぷたぷに入っている。

「あの……」

助けてもらったのだから、こういうときはしっかりと名前を聞いておくべきなのでは。大介の頭には地方紙の夕刊に掲載《けいさい》される、とあるコーナーがちらついた。そのコーナーは簡単に言えば投書欄《らん》の電話版だった。日ごろ見たり聞いたりした出来事を、新聞社の専用ダイヤルに電話して、係の人に聞いてもらう。面白い内容だったら、簡潔にまとめられて活字になるという仕組みだ。大介はそのコーナーで頻繁《ひんぱん》に「出先で具合が悪くなったのを助けてもらったのに、名前も聞かずお礼を言い損《そこ》ねた。この場を借りてお礼を言いたい」というような趣旨の投稿を目にしていた。

お名前は、と尋《たず》ねようとした大介を制するように、男性のほうが先に訊いてきた。

「君、名前は？」

素直に瀬川大介と答えかけた大介を、北海の大きな咳《せき》が遮《さえぎ》った。

大介は北海が宿帳に偽《にせ》の名前を書いたことを思い出し、返答を飲み込んだ。あれに理由があるとすれば、これからの大介の答え一つで北海の思惑は水泡《すいほう》に帰《き》す。大介は「ええと」と場を引き延ばしながら、もぞもぞ動き始めた北海の顔を横から探った。

北海は大きく息をついた。

「……すまなかったな、あんた。ありがとう」ざらざらした声で、北海がしゃべった。

「もう、平気だ……あんたここの人かい？」

北海は大介への質問を、逆に五十男への質問に変えた。男は「いや」と軽くそれを否定した。

「自分はたまたま通りかかっただけです。朝の小便がてら、そこの水道で水を汲《く》んでいたんです」

男は自分から、

「鏑木哲夫《かぶらぎてつお》といいます」

と、自己紹介した。

「どうもな、鏑木さん」北海は白髪《しらが》でいっぱいの長めの髪の毛を、指が一部ない左手で後ろへと撫《な》でた。「俺は佐藤北海だ。この子は俺の」大介にはそのとき北海が迷ったようには思えなかった。「隣の家の子で、大介という。旅の連れだ」

驚いた。大介は北海が宿のときのように偽名《ぎめい》を使い、自分の孫と説明すると思い込んでいたのだ。なぜやめたのか？　大介にはわからなかった。

鏑木は頭のてっぺんから爪先《つまさき》まで、舐《な》めるように大介を眺《なが》めた。北海の顔色はだいぶ落ち着き、自分でベンチに腰を掛けた。老人が危機を脱したことに、大介は胸を撫で下ろし、帽子のつばを少し斜めに曲げてかぶり直した。

帽子をかぶった大介に、鏑木は自然な笑みを浮かべた。前歯のすきっ歯を露《あら》わにしたその笑顔に、大介は好意を感じ取った。存在感を消す孤独なクラスの中で、それでも大介に気づいて「君の味方だよ」と伝えてくれるような、鏑木の笑みはそういう類《たぐい》のものに思われた。

「一応、病院にお送りしますか？」

鏑木の申し出を、北海は左手を振って辞退した。「ありがとうな。でも必要ない」

「じゃあ、お家まで？」

北海は首を横に振った。鏑木も大介と北海がそれぞれボストンバッグとスポーツバッグを手にしているのを、改めて確認したようだ。

「駅に行くんですか？」頷く北海に、鏑木は愛想《あいそ》よくたたみかけた。「どこまでです？」

「そんなことを訊いてどうするんだ?」

鏑木はすんなりと、「そこに車を停《と》めているので、良かったら適当なところまで」と、誘いをかけてきた。

北海はしばし考え、「ありがたいが、いいよ」と断った。鏑木は笑顔を絶やさず、「そうですか。それでは、お気をつけて」とポリタンクを持って歩き去り、停車中の白いバンのバックドアを開けた。どうやらあのバンは、鏑木のものらしかった。

北海はしばらくベンチで休んだ。朝食となるあんパンなどをどこかで買ってこようかと大介が提案したら、「やれやれ、どれぐらい歩くかな」と腕組みをした。

「お店まで?」

「ああ。店から駅までもだ」

発作が治《おさ》まったばかりの体は、思うように動かないのかもしれない。大介は、パンなら駅の売店などでも買えると踏《ふ》んだ。「駅まで行けばなんとかなるよ」

「ああ、そうだな」北海はあくびをした。「じゃあ、ゆっくり行くか」

「そうだ」大介は膝《ひざ》を叩《たた》いた。「ヒッチハイクしようよ。そうしたら歩かなくて済《す》むよ。駅までなら乗せてくれる人だっているよ」

金曜日の夜にやっているテレビの映画チャンネルで、見たことがあった。道路脇に立って親指を上げるのだ。そうすると、親切な運転手がハンドルを握《にぎ》る車が、停まって乗せてくれる。

「一度やってみたかったんだ、あれ」

まさに冒険という感じだ。大介の声は弾《はず》んだ。北海はあまりいい顔をしなかったが、大介は大乗り気になった。

「ああいうのは、アメリカ人のやることだ」

「アメリカ人がやっているなら、日本人だってやっていいよね」

「日本じゃ停まらねえよ」

断定的な口ぶりに、大介はつい反駁《はんばく》した。

「北海さんはやってみたことあるの？」

北海はため息をつきながら腰を上げ、「ぽんずは言い出したら聞かねえな」と首を振った。

「広い道路のほうがいいよね」

あたりの道路標識を見やると、国道二十七号への方角を示す矢印があった。国道ならきっと車も多いから停まってくれる確率も高まる。大介は北海の歩調を気にしつつも、右手の親指を上げる練習をした。

国道二十七号は、さほど遠くなかった。国道に着いてから、大介はまた道路標識を探した。この国道がどこに通じているのか、確かめたかったのだ。舞鶴西港の矢印はあった。その他にもいくつか地名が書かれた標識を見つけた。だが、大介にはそこがどこなのかわからなかった。

とりあえず親指を立てて、気をつけながら車道寄りに立ってみる。朝は早かったが、案《あん》の定《じょう》交通量はそれなりにあった。それこそ高村が運転していたようなトラックも走っていた。

「停まらねえだろう?」北海は時間の無駄だと言わんばかりだ。「そういうのはなあ、ミニスカートの若い姉ちゃんが、太腿《ふともも》をちらつかせながらやるもんなんだ。だから停まるんだ」

「だって僕が観《み》た映画では」

ヒッチハイクをしていたのは若い男で、男を乗せたのは、北海と似《に》た年頃の老人だった。

しかし、北海の言葉どおり、大介の目の前を車は素通《すどお》りしていく。北海は道端《みちばた》の電柱に背を預けて、そのまま座ってしまった。

三十分近く粘《ねば》ったものの、空振《からぶ》りだった。大介は右腕を下ろしがっくりとうなだれた。と、クラクションが一度鳴った。

顔を上げると、白いバンが近づいてきて、停まった。

「どうしました？」

鏑木の車だった。鏑木は運転席から体を伸ばして助手席の窓を開け、声をかけてきた。

これはどうしたことかと大介は半ば呆然《なかぼうぜん》となりながらも、とりあえず右手の親指を上げた。運転席から降りてきた鏑木は、そんな大介の仕草《しぐさ》に頬《ほお》を緩ませた。

「港近くの早くからやっている食堂で朝飯を食べてきたんですが、どうにもあなたたちが気になって。さっきの公園に戻ろうと思ったところでした」

鏑木はよっこらせと立ち上がった北海に近づき、「ヒッチハイクで旅なんてしゃれてますね。自分の車でよければ」と、公園のときと同じく愛想よく言った。

すると北海の目つきが変わった。言うなれば、骨董品《こっとうひん》を品定めする質屋《しちや》のそれになった。自分の店に持ち込まれた腕時計が、持ち込んだ主の言うとおり本物の高級ブランド物なのかと確かめるとき、あんなふうに品物を見るのかもしれない。大介は二人の横で口を挟《はさ》まずにいた。

鏑木は北海の返答を我慢強く、にこにこしながら待った。ただの一度も急かさなかったし、不快な顔もしなかった。

「……なるようにしかならんか」

北海のしわがれ声が、湿気をはらんだ曇り空の下にたゆたった瞬間、大介の心臓はぎゅっと萎《しぼ》み、続いてぱんぱんに膨《ふく》れ上がった。理由はわからない。にもかかわらず、大介はその言葉が北海の心の奥の奥、秘密の場所から漏《も》れ出てきたものだと知った。この旅に対する北海のスタンス、考え方。それを、なるようにしかならないと受け止めている。

北海のかさついた唇には、微《かす》かな笑みが浮かんでいた。

「じゃあ、甘えさせてもらえるかい？　実はまだ体がこわいんだ」

「こわい？　ああ辛《つら》いんですね」

体が重かったり疲れたときに大人が使う「こわい」という北海道の方言を、鏑木は知っていた。

北海は後部座席に横になり、大介は助手席に乗った。酔《よ》い止め薬を飲みたいと言うと、鏑木はギアの後方の物入れに立ててあった水筒を、大介に手渡してくれた。

里帰りをするのだと鏑木は言った。

「下関の手前に実家と墓があるんです」

北海道の方言を知っていたわりに、里帰り先が随分《ずいぶん》南のほうだなと大介が違和感を覚えていたら、北海も同様だったようだ。

「あんたの働き先は東北か北海道なのかい？」

すると鏑木は「自分、決まっていないんですよ」と開け放した窓のところに右肘《ひじ》を乗せ、バンを発進させた。

「流しで刃物研《と》ぎをしているんです。日本中回っています。フェリーに乗って北海道にも行きますよ」

大介はシートとシートの間に顔をやり、北海が肘をついて横になっている後部座席のさらに向こうを眺めた。乗り込むとき、鏑木はバックドアを開けて北海のボストンバッグと大介のスポーツバッグを入れてくれたのだが、そのスペースにはポリタンク一杯の水の他、洗面器が数個と、布、タオル、ゴザに、脚《あし》を折りたためる小さな台、それといかにも重そうで得体《えたい》のしれないものが入っていそうな箱、拡声器まであった。

なにより、濡《ぬ》れた石や泥《どろ》、鉄が混じりあった臭《にお》いが漂《ただよ》っていた。大介にとってその臭気は、嗅《か》いだことのないものだった。

刃物を研ぐとあんな臭いがするのか？　大介の心に不穏《ふおん》という名の暗雲《あんうん》が湧《わ》き出て広がった。あの臭い自体は知らないが、似た感じのものなら一つ思い当たった。

「どこまで行きましょうか」

　尋ねた鏑木に、北海は無言だった。大介がかわりに「舞鶴の駅までお願いします」と言った。鏑木は「舞鶴からは？」と問いを重ねた。

「電車に乗ると思うけど……」

そこで、北海がようやく口を開いた。

「長崎に行くつもりだ」

そのときの北海の口調には、すべてを受け止めようといった覚悟がほのかに感じられた。

酔わないように前を向いていなければならない大介だったが、どうしても気になって北海を振り返った。北海はズボンのポケットに入れっぱなしだったクチナシの花びらを、指先につまんで眺めていた。

「じゃあ、良かったら下関までずっと乗っていってください」

「えっ、このまま下関まで一緒に行くの？」

駅まで乗せてくれたら、あとは今までどおり北海との二人旅だと思い込んでいた大介は、唐突《とうとつ》に同行の提案をしてきた鏑木に、驚きと戸惑いの視線を向けた。鏑木はそんな大介に、にかっと笑ってみせた。

「旅は道連れというだろう?」鏑木は後部座席の北海にも声をかけた。「どうせ自分一人なんです。これもなにかの縁《えん》ですし。あ、でも時々寄り道をしますけれどいいでしょうか?」

「寄り道?」北海が痰《たん》切りの咳をする。「どこにだ?」

「以前に研いだお客さんがいる辺りを通りかかったら、仕事をさせてください」

大介は北海が「いや、それなら舞鶴駅まででいい」と断るだろうとみた。自分が北海なら、二人旅の道中で親切そうとはいえ気心の知れない人を加え、そのうえ、その人の都合で旅を進めたくなどないからだ。しかもその人は、刃物を研ぐ。車には妙な臭いがこもっている。

しかし、北海は鏑木の申し出を受けたのだった。

「構わんよ。あんたの好きにすりゃあいい」

大介は後部座席の北海と運転席の鏑木を、交互に見た。北海が「酔うぞ」と大介に注意した。

鏑木は福知山《ふくちやま》というところで国道九号に入った。一般道で行く場合、山口《やまぐち》にはそちらのほうが近いらしいのだ。

しかし、言葉のとおり鏑木は、けっして急いではいなかった。いったん入った国道を逸《そ》れ、鏑木は福知山の市街地を進んだ。そうして、団地や住宅が建ち並ぶ一角の公園脇でバンを停車させた。

「ここで半年前に何本か研いだんです。呼びかけてみますね。すみませんがいったん外へ出てくれますか」

鏑木はバックドアを開け、二人にバッグを返した。それから後部スペースにゴザを敷《し》き、洗面器にポリタンクの水をそそぐと、それに怪《あや》しげな物入れの中から取り出した三種類の砥石《といし》を浸《ひた》した。

準備が出来ると鏑木は拡声器を手に、唄《うた》うように口上《こうじょう》を述べはじめた。

「包丁研ぎがやってまいりました。包丁一本五百円……」

大介は北海と目を合わせた。北海は口の端《はし》を引っ張り上げるように笑って、「そこの店へ行くか」と道路を挟んだ先の駄菓子屋を顎でしゃくった。朝食がまだだったのだ。大介は頷いて、北海の隣にぴたりと寄り添《そ》った。

「ねえ北海さん」

「あ？」

「なんで駅まででいいって言わなかったの？　それと、どうして鏑木さんには本当のことを言ったの？　僕が隣の家の子だって。宿屋さんとかでは秘密にしてたのにさ」

「……もう面倒になったんだ。言わないほうが良かったか？」

「僕はどっちでもいいけど」大介は自分の声量を若干《じゃっかん》絞《しぼ》った。「鏑木さんって、親切だよね」

北海は凝《こ》った肩をほぐすような動きをした。「親切はいいことじゃねえか」

「あのさ。悪い人が子どもを誘拐するときも、飴《あめ》をくれたりして親切なんだよ」

「ぼんずはなにを心配しているんだ」

「あの人、もしかして僕たちのお金を盗《と》る気かも」

包丁を研ぐ人なのだ。包丁なんて物騒極まりない。しかもあの臭い。大介が似た臭いとしてひらめいたのは、血だったのだ。血の臭いを鉄臭《くさ》いという人だっている。「殺して無理やりに」

北海は胸を反《そ》らして笑い、咳き込んだ。大介はその背をさすった。

「こんな爺さんと子どもから盗れる金なんて、たかが知れている」

「でも」

「そういうことをしたいなら、まず朝、俺を見殺しにしていた。まあ俺は、鏑木さんがどうしようと、構わねえよ」乗りかかっちまった船だと、北海は呟《つぶや》いた。「もしものときは、ぼんずだけは助けてもらえるよう、頼むさ」

北海はあんパンと缶《かん》コーヒーを、大介はメロンパンと牛乳をそれぞれ買った。

バンが見える公園のベンチで、大介は北海と並んでパンにかぶりついた。メロンパンのカリカリサクサクとした上の部分は、なんだってこんなに甘くて美味《おい》しいんだろう？

そのパンと牛乳が全部お腹に収まるころ、半袖《はんそで》のブラウスにエプロンをつけた女性がふらりと姿を現した。お姉さんと呼ぶには無理があり、かといってオバサンと断じてしまうには怒られそうな、どっちつかずの年恰好《としかっこう》だ。中肉中背で、髪の毛を後ろで一つにまとめている。

女性は紙袋を持っていた。彼女は拡声器片手の鏑木に、なにやら話しかけたようだ。鏑木は紙袋を受け取り、女性は歩き去った。

鏑木は紙袋の中身を取り出しながら、バンの後部から乗り込んだ。遠目に彼の手の先で銀が鈍《にぶ》く光るのが見えた。

包丁だ。一瞬の輝きで大介は悟《さと》った。鏑木がもし悪意を持っていたら、あれを持ってこちらへ突進してくる。到底悪人には見えない、むしろ穏やかで親切な印象の鏑木だが、血を連想させる臭いの車に乗っているのだ――。

大介はそこで、まだ鏑木の気配の色を見ていない自分に気づいた。旅に出てすぐは、事あるごとにそれに目を凝らしてきたのに、北海が倒れて慌てたとはいえ忘れてしまっていたなんて。そういえば、北海のもしばらく見ていない。

今さらだが、鏑木の色は見てみるべきか。しかし、鏑木はバンの後部に入ってしまったし、北海は鏑木を警戒していない。それに高村やキヨミのときのような『変化』を思うと、あんなによりどころにしていた力への信頼にも陰《かげ》りが差す。いったいなにを見ていたのかと、自分自身を疑ってしまう。

自分が気配の色だと思っていたのは、もしかしたら違うものではないのか。それがなにかは、まだわからないけれど。

ともあれ、鏑木はどんな人間なのか、今までとは違うやり方で、見極めるすべはないものか。

隣の北海が無言で立ち上がった。どこへ行くのかとその背を見送る。ついていっても良かったのだが、北海のほうがなにも言わずに大介から離れたことが、その行動をためらわせた。

ぽんずも来いと、誘ってほしかったのに。

北海は鏑木のバンに近づき、開けっ放しのバックドアに首を突っ込むようにした。そうしてしばらくそのままでいた。

二人はなにかを話しているようだった。ただそれは、あまり長くは続かなかった。ほどなく北海はバンに左半身を寄り掛からせながら、中にいる鏑木の様子をのんびり眺めている風情《ふぜい》になった。大介のところへ戻ってくるそぶりはなかった。

大介は足元の小石を蹴り、パンの包装と空《から》の牛乳パックを公園すえつけのゴミ箱に投げ捨てて、小走りに北海のところへ行った。

「北海さん」

シャツの裾《すそ》を引っ張ると、北海は「おまえも見てみるか？」と大介を自分の前に立たせ、後ろから両の肩に手を乗せた。

バンの後部は空気が変わっていた。水と鉄と石の臭いのせいだけではなく、分子が密になり、ややもすると凝固しかけているふうで、大介は呼吸してはいけないという強迫観念にかられた。なにも考えず自然に息を吸って吐《は》く、たったそれだけの当たり前のことが、この場では目に見えないなにかの均衡を崩《くず》して、取り返しのつかない事態になってしまう気がした。

バンの後部に敷いたゴザの上に、鏑木は座布団一枚で正座していた。鏑木の前には新聞紙を一面に広げた脚の短い台があり、中央に折りたたんだ布と砥石があった。

鏑木が手にしているのは、鉄の刃の出刃包丁だった。遠目では光っていたが、近くで見るとそうでもなく、ところどころに錆《さび》も浮いていた。

鏑木は人が変わったかのようだった。恐ろしさを覚えるほど真剣で、厳粛《げんしゅく》に包丁に目を落とし、包丁の刃を砥石の上で一引き一引きするのだった。

背筋が伸びる光景だった。神事のようでもあった。

鏑木の額《ひたい》に滲んだ汗が珠《たま》となり、眉間《みけん》を、こめかみを伝って、鼻の先、顎の先からしたたった。

息を詰《つ》めているうちに、鏑木は砥石を取り換えた。大介の目には大した違いはなさそうだったが、きっと鏑木にとっては大違いなのだ。砥石と刃の角度は少しもぶれない。砥石の上を刃が滑《すべ》るごとに、泥のようなものがどこからか出てくる。鏑木はそれもじっくり観察し、触ってもいる。砥石は三個目のものになった。工程が進むにつれ、大介の目にも刃の変貌《へんぼう》がはっきりと見て取れてきた。いかにもなまくらだった刃は、ぼろを脱ぎ捨て、かわりに銀の輝きをまとった。まるで雨雲に隠れていた満月が、冴《さ》え冴《ざ》えとその姿を現したかのようだった。

きれいな水を入れた洗面器で刃を洗い、鏑木は指先で研ぎ具合を確かめた。大介は一瞬ぞっとなった。鏑木の指がそのまま切れ落ちる幻を見たのだ。

それほどに刃の銀は冷酷だった。

冷酷で、美しかった。

あれなら、なんでも切れると思った。大根でも牛肉でも、人でも。

大介はポケットの中で小さなナイフを握りしめていた。そこに漂う臭いを血のようだとは、もう少しも感じなかった。


昼前に鏑木は呼びかけを止めた。その間、三人の主婦が来て彼に包丁を託した。およそ三十分で鏑木は包丁を生まれ変わらせ、そのかわりに五百円を手にした。

鏑木は研ぎに使った水を公園の便所に捨てたり、手洗い場でタオルや布を洗ったり、ポリタンクをまた水で満タンにしたりと、黙々と次の準備をしている。

大介は三本目の包丁の研ぎは見なかった。メロンパンを食べたベンチに座り、右手の中で小さなビクトリノックスをいじくった。座ったベンチは木製で、白いペンキが塗《ぬ》られており、そのペンキは経年でところどころ剝《は》げてきていた。大介はナイフのブレードを引き出した。三・五センチの細い刃は、ベンチの下に生《は》えている先の尖《とが》った細長い雑草みたいで、鏑木が研ぎあげた出刃包丁とは力強さにおいて雲泥の差があった。だが、刃は刃なのだ。大介はちょっとだけ指を横にずらした。晴れていた空はいつしか曇っており、その雲が覆《おお》う空の下には、夏のぎらついた強い明るさはなかった。そんな中でも、ブレードは繊《せん》大介は右手をベンチの端に押し当てた。細い銀色はベンチのペンキを薄く削《そ》いだ。もう少し力を込めると、下の木材にも刃は届いた。鉛筆の削《けず》りかすのようなものが、押し当てた銀に触れたところから生まれた。

もっともっと力を入れたら、このベンチにも深く傷をつけられるだろう。ベンチが朽《く》ちて撤去されるまで消えないような傷を。

その気になって急所を狙《ねら》えば、人にだって同じことが出来る。

大介の頭が、義春の傲慢《ごうまん》な顔と耳障《みみざわ》りな笑い声でいっぱいになった。

キヨミさんは大介じゃなくて義春が恥じ入るべきと言った。

あの事件以来、もう目をつけられまいと気配を殺して、自分自身をクラスにいないものにするべく努めてきたが、本当はずっと義春が嫌いで憎くてたまらなかった。教室の埃《ほこり》臭《くさ》い空気に溶《と》け込みながらも、ふいに居ても立っても居られないほどの口惜《くや》しさと憎悪《ぞうお》が頭をもたげた。

ナイフを見せたら、義春だって怯《ひる》むのでは。怯んで過去の悪行を反省して、涙を流して謝《あやま》るのでは。

思い知らせてやったら、どんなにかすっとするだろう。

細《さい》ながら鋭い光を放った。

確かにこのナイフは小さい。さっきの出刃包丁がユーラシア大陸だとしたら、このビクトリノックスのアーミーナイフはせいぜい日本列島くらいだ。

だが、そうだとしても正しいのは自分のほうのはずだ——大介はナイフのブレードを見つめた。それに義春はユーラシア大陸並みの武器は持っていない。

大介の右目が刃に映《うつ》る。

父の出張土産《みやげ》でこのナイフをもらい受けて以来、北海の庭の花芽《はなめ》を何度も削ぎ取ってきたが、ブレードを研いだことはない。研ぎ方も知らない。刃物は使っているうちに鈍るという当たり前の事実も、ろくに意識していなかった。

この刃をもっともっと研いで切れ味を良くしたら、いっそうのお守りになるのではないだろうか。いざというときに本当に出して戦うことだって出来る。それも、たった五百円で。そんなお金、スポーツバッグの中に有り余っている。なんなら百回研いでもらったっていいくらいだ。

ただ、それをどう鏑木に切り出すか。大介は悩んだ。どうやら鏑木は悪い人ではない。北海の薬を口に入れるのを手伝ってくれた。車にも乗せてくれた。そして刃物を研いでいるときの顔。あれを目にして、大介が抱いた鏑木への穏やかならぬ疑念は姿を消した。あのとき鏑木は、包丁を手にしていながら、大介に一瞥《いちべつ》もくれなかった。

あの、すぐ気難しい顔をする北海ですら、鏑木を用心していないのだ。名前はまだしも、大介を隣の家の子とまで教える必要はなかったのに、最初から話したほどに。

北海は鏑木のどこを気に入ったのか、大介にはさっぱりだった。下関まで道中を共にするのを受け入れ、さっきだって鏑木の仕事も大介をベンチに一人置いて眺めに行き、戻っては来てくれなかった。二人はしばらく何事かをしゃべっていた。大介抜きでだ。

北海が自分から近づいていく。大介は最初、上野で追い返されたのに。

その北海と鏑木の距離感が、上手《うま》く言葉には出来ないのだが、大介には少々面白くなかった。

面白くはないが、それでも鏑木が一緒にいる今、ナイフのブレードをもっと鋭く強く出来るチャンスなのは事実だ。

舞鶴で研ぎ師の鏑木に出会ったのは、きっとそうしろと運命にも似たものが背を押してくれたからではないか。

大介は一人でいろいろ考えながら、停車中のバンへと歩いた。北海はすでに乗車して、鏑木の動きをゆったりと目で追っていた。道具類を整理し終えた鏑木は、バックドアを閉めて、大介に笑いかけた。

「お待たせしたね。乗りなさい、大介くん」

大介はポケットに手を入れて、しばしもじもじとしたのだが、鏑木が研ぎの道具類を片付けてしまっていたので、ナイフを出して頼む機を逸《いっ》してしまった。

鏑木はバンを発進させた。しばらく行って交通量の多い通りに出た。道路標識から国道九号ということがわかった。うなぎを運ぶ高村と違って、鏑木は高速を使わない。研ぎながら移動するからだろう。きっとこの先も、需要がありそうな一角を見つけたら、バンを停めて拡声器で呼びかけをするのだ。

昼ごはんはカップラーメンだった。鏑木は研ぎの仕事用具だけではなく、キャンプも出来る一式を持ち歩いていて、その中に当たり前のようにカップラーメンがあった。お湯も沸《わ》かすものがあるらしかったが、三人分となると時間がかかるという理由で、目についた雑貨屋に立ち寄り、お湯をわけてもらってきた。

「昼はこんなもんなんですよ。すみませんね」

「いや、食わせてくれるだけで助かる」

国道沿いのドライブインの駐車場にバンを停め、三人はカップラーメンをすすった。その間、北海と鏑木は和《なご》やかに話をしていた。

「何歳から研ぎをやっているんだい?」

「十六の歳《とし》に、弟子入りをしましたから、三十四年ですね」

「じゃあ、終戦のときは」

「十五でした。援農《えんのう》に出ていました。もう少し長引いたら自分も……」

「エンノウってなに？」

聞きなれない単語に、大介は質問を投げた。北海と鏑木の会話に割り込みたかったという気持ちもある。

鏑木はそれを受け止めてくれた。

「田舎《いなか》の農家を手伝うことだよ」

「親戚《しんせき》の家？」

「いや、学校で君はこの家に行けと言われて行くんだ。知らないお宅だったよ」

「学校が知らない家に働きに行けって言うの？」

信じられなかったが、北海は「北海道でもあったぞ。珍しいことじゃなかった」とスープを一口飲んだ。

「戦争中だったからな」

昔の話だ。大介は居住まいを正した。しかしその後は、また研ぎ師としての鏑木の話になってしまった。

「あんたの研ぎの腕は大したもんだ。伊達《だて》に三十年以上やってない」

鏑木を褒《ほ》める北海の言葉が釣り針みたいな形になって、大介の心の隅《すみ》っこに引っ掛かる。命の恩人に対するおべっかではなく、本気で言っていそうなところが、また針を深く食い込ませる。長崎の住所を突き止めた大介には、「大したもんだ」と褒めてくれたりはしなかった。

「自分の最初の師匠は日本刀の研ぎ師でした。山口には、代々家に伝わる日本刀を持っている方がいましてね。もちろん、師匠の腕を見込んで、遠方から研ぎを依頼してくる方もいましたし、打った刀に刃を入れることもしていましたね。刀匠《とうしょう》もいらしたので」

「刀匠って、刀を焼いてカンカン叩く人？　刀鍛冶《かじ》？」大介はまたもや横から口を挟んだ。「テレビかなにかで、男の人が汗だくで大きな金鎚《かなづち》みたいなのをふるって、日本刀を作っているのを、いつか見たよ。あれで刀は出来上がるんじゃないの？」

「鍛冶研ぎといって刀匠も研ぐけれど、よりきちんと切れるものに完成させるには、専門の研ぎ師が研ぐんだよ。それになにより、日本刀の研ぎはとても特殊だから」

研ぎ師が手掛けないと美しくないと、鏑木は言い切った。北海はあからさまに鏑木を肯定《こうてい》し、うんうんと頷いた。大介の口が意識せずに尖った。

すっきりしない気分を持て余しつつも、大介はカップラーメンを食べた後にまた酔い止めを飲んだので、眠たくなってきていた。一方、北海は朝の発作もすっかり治まり、体調が元に戻ったらしい。

「ぼんず、おまえこっちで横になるか」

酔わないためには前を見ていなくてはいけないのだが、目をつぶって眠ってしまうなら、あまり関係ないだろう。助手席の大介は後部座席の北海と場所を入れ替わった。

北海と鏑木は、眠りそうな大介を気遣《きづか》ってか、声を低めて会話をし出した。まるで内緒話のようだった。

どうやらまた、昔の話だ。

瞼があまりに重くて、目を開けていられない。ただ、大介は眠りに落ちながらも、やっぱり胸の内がもやもやしているのだった。嫌《いや》な気分だった。

なぜなら、鏑木が北海に対して一方的に尋ねていないからだ。北海も訊かれないのに話を進めている。今日の朝、初めて会った人だというのに。

舞鶴港を眺めたときは、大介ばかりが訊いて、北海はその質問に答えるだけだった。

そんなに鏑木が気に入ったのか。

札幌にいたときは、他のみんなには偏屈のお爺さんで通っていたが、大介にだけはおこわやお赤飯、編《あ》み物をくれた。旅に出てからは、パンダを見るのに抱き上げてくれたし、新幹線に酔った大介にさっぱりとする冷凍みかんを買ってもくれた。何日もかけてここまで来て、お祖父《じい》さんと孫のふりだってした。新しい朝が来るごとに、二人はうまくやれるようになっていった。

公園で、北海は大介をベンチに置いて、鏑木となにを話したのだろう？

学校で国崎さんが大介ではない別の男子とにこやかにしゃべっているのを横目に、一人で自分の席に座っているときにも似た気分が胸の中で膨らむ。

鏑木さんはメモを持っていないのに。僕でなくちゃ長崎から先が困るのに。

寝入ってしまう瞬間、大介の心にはうっすらと怒りがこみ上げた。北海に対するものか、鏑木に対するものなのかを判別する前に、意識は途切れた。


大介が目を覚ましたとき、バンは停まっていた。随分と長く寝ていたらしい。空はもう薄暗く、大雑把《おおざつぱ》な人なら気にしない程度の小雨《こさめ》がぱらついていた。

「起きたか、ぼんず」助手席の北海が振り向いた。「鏑木さんは今テントを張っている。今日はここに泊まる」

「ここってどこ？」

「兵庫《ひようご》県から鳥取《とつとり》に入ってしばらく走ったところだな。国道からは逸れたが、ここが九号に一番近いキャンプ場らしいぞ」

「キャンプ……」

それは、父の激高《げっこう》がなければ、屈斜路湖湖畔で両親とするはずのものだった。大介はいくらか不思議な気分で身をきちんと起こし、開け放たれた窓から首を出してそこらを眺めた。

山の中の自然公園といったような場所だった。川がそばにあるのか、水の流れる音と濃い緑の匂い、それから子どもの声もした。バンは駐車場に停められていて、すぐ近くに比較的整備されている感じの公衆便所と学校の手洗い場のような水道があった。駐車場の目立つところに、木製の丸い柱が立っていて、先端《せんたん》を三角にした板が、幹《みき》から伸びる枝のようにいくつも出ていた。板には公園内の施設と思《おぼ》しき単語が、白いペンキで書かれてあった。テントを張る場所は駐車場から離れているらしく、首を伸ばしただけでは見えなかった。

青味がかった銀色のセダンが一台、駐車場に入ってきた。セダンはさほど離れていないところに停まった。すぐに後部座席のドアが開いて、子どもが二人出てきた。どちらも男の子で、大介と同じ年頃の体格の良い子と、二つ三つ年下くらいの弟という取り合わせだった。

「早く、早く」兄のほうが両親を急かした。「幸治《こうじ》たちはまだ?」

その言葉が終わらないうちに、セダンがもう一台、さらに続いてもう一台とやってきた。どうやら彼らは親戚のようだった。歳《とし》の近い従兄弟《いとこ》同士とその親が、一緒にキャンプに来たのだ。三台のセダンに分乗していた子どもたちは、体格の良い男の子のもとに集合し、全部で七人となった。

「探検に行くぞ」

リーダーシップをとる体格の良い少年に付き従《したが》い、子どもたちは公園内のどこかへ消えた。親たちはトランクを開けてテントなどのキャンプ用具を取り出し、なにやら談笑しながら木製の標識を眺め、駐車場の奥へと続く細道を下っていった。

大介は嫌なものを見てしまったと思った。子どもたちを統《す》べる少年は、どことなく義春を彷彿《ほうふつ》とさせた。子分を従えていい気になっている。

「僕、ここ気に入らないな」

呟いたら、北海が鼻を鳴らした。「鏑木さんの好意で乗せてもらってんだ。わがまま言うな」

「そういえば、なんで僕、清じゃなくてよくなったの?」

北海の口から乾いた咳が二度出た。老人の手がズボンのポケットに入り、萎《しお》れたクチナシの花びらを引き出した。

「ぼんず」

「なに？」

「山口県のあれだ、鏑木さんが最初に研ぎを修業したところを見せてもらうか？」

訊いたことに答えもしない上に寄り道の提案をされ、大介はぽかんとしてしまった。

「なんで？」

「ぼんずが寝ているとき、鏑木さんが誘ってくれたんだよ」

またた。北海と鏑木さんは、自分の知らないところでなにを話している？　やっぱり二人は気が合っている。大介の心に不快感という名の泥水が渦《うず》を巻き出す。

「北海さんは行きたいの？」

「そうだなあ、ちょっとは見てみてもいい。でも」北海はまた咳をした。「でもなあ。鏑木さんはぼんずに見てもらいたいみたいだぞ」

ますますわけがわからない。大介はシートの背を摑《つか》んで、北海の顔に頭を寄せた。

「北海さんは、早く僕と長崎に行きたくないの？」

「途中にちょっと立ち寄るだけじゃねえか。なかなか見せてもらえないところだぞ？」

「北海さんは僕より鏑木さんと一緒に旅をするほうが楽しいの？　鏑木さんとしゃべって

たほうがいいの？」

「急になに言い出すんだ？」

「僕のメモが無かったら、困るんじゃないの？」

北海が眉間に皺《しわ》を寄せて、鋭い視線を向けてきた。先ほどの義春を思わせる子の声が、どこからか風に乗って聞こえてきた。見知らぬオバサンが飯盒《はんごう》を片手に水道のところへやってきて、水を出しながら中身をかきまぜはじめた。お米を研いでいるようだった。

義春に似た声が、近づいてくる。

「ここに泊まるのも、なんで二人で勝手に決めたの？　北海さんは僕と旅をしているんじゃないの？　僕、ここのキャンプ場嫌だよ。雨だって降ってきてるし。本当に嫌だからね」たわいない癇癪《かんしゃく》だという自覚はあったが、大介はそう言わずにはおれなかった。「鏑木さんに違う場所にしてもらう。じゃなきゃ、メモは川に捨てちゃうから」

「なんだ、ぼんず。ちょっと待て」

待つわけはなかった。大介はバンを飛び出て、標識が指し示す『キャンプ場』の方角へ走った。アスファルトで整備された駐車場を抜け、踏みしだかれた緑の中の土の道を走った。

この旅は自分と北海さんのものだったのに。

車に乗せてくれるだけでいいのに、鏑木という研ぎ師は二人の間に入り込んできた。いい人そうな顔をして、油断させておいて、こんな義春みたいなやつがいるキャンプ場を選ぶ。

大介は緩く右に曲がる細道を、スピードを落とさずに駆けた。途端《とたん》、ひどい衝撃が頭に炸裂《さくれつ》し、大介は後ろに尻もちをついた。帽子がはじけたように横の草むらに飛んだ。

「痛《い》ってえ」

憎々《にくにく》しげな声が落とされた。見上げると、例の義春の偽者《にせもの》みたいな少年が顎を押さえてしかめっ面《つら》をしていた。親戚の子らが心配そうに彼を窺《うかが》っている。

「てめえ、気をつけろ。なんだよおい」乱暴な口調で怒鳴られ、腕を摑まれ引き立てられた。「おまえ、謝れ」

確かに細い道を前もろくに見ずに走った自分が悪いという自覚は、大介にあった。だが素直に「ごめんなさい」と言えるほど、大介の心は平静ではなく、そして相手に良い印象を持っていなかった。大介は無言で相手を見返した。

「あれ、おまえ」すると、偽の義春が急に珍しいものを見つけた顔になった。「おまえ、どっかで見た気がする」

「え？」

義春本人ではないはずだ。初対面のはずだ。なのにぶつかった少年はしげしげと大介の顔を観察し、次に声を張りあげた。

「おまえ、テレビで見た！」

第七章　強者

偽者《にせもの》の義春が発した一言を、大介はすぐには飲み下すことが出来なかった。

こいつはいったいなにを言っているんだ？　テレビ？　一度出てはみたい。ときどき見せてもらえるザ・ドリフターズの番組は、出ている人たちも楽しそうだ。でもテレビ用の黒くて大きなカメラを向けられたことなど、ないのだ。なのに、テレビで見たとは？

大介は摑《つか》まれた腕を振りほどいた。

「人違いじゃないの」

そうして、地面に目を落とした。転《ころ》んだ拍子《ひようし》に帽子が脱げてしまったし、右の前ポケットからもナイフがこぼれた。大介はナイフを拾《ひろ》おうと体を前かがみにした。

誰かの手が横から伸びてきて、ナイフを先に取った。頭に帽子がかぶせられた。

そうしたのは鏑木だった。

「君、うちの子がぶつかってごめんね。怪我《けが》はないかい？」

「ないけど」

「良かった。じゃあ行こう」

鏑木は偽者の義春を気遣《きづか》い、最後の「じゃあ行こう」で戸惑う大介の背をそっともと来た道のほうへと押した。

鏑木は大介をうちの子と言った。北海が舞鶴の宿帳に「清」と書いたように、騙《だま》しを入れた。

大介は湿《しめ》った土のついた尻を手で払いながら、鏑木の横を歩いた。鏑木は「はい」と拾ってくれたビクトリノックスのナイフを差し出した。

「これは君のだろう？」

「なんでわかるの？」

刃を研《と》いでほしいとは、まだ頼んでいないのだ。鏑木は少し笑った。

「君からそういう匂《にお》いがしたから」

「え、どんな匂い？」

「冗談だよ。研ぎの後始末をしているとき、公園のベンチに座っている君の手に、そいつが見えたんだ」

「こんなに小さいのに見えたの？」

鏑木は頷《うなず》いた。「刃物の輝きは特別だからね」

「おい、ぼんず」

北海はバンを出て、駐車場へ至る細道まで追いかけて来ていた。息がちょっと上がっている。「ぼんず、おまえ一体どうしたんだ？　泥《どろ》がついているぞ。鏑木さん、なんかあったのか？」

「いえ、大したことじゃないですよ。ただ」鏑木は北海に近寄り、声を落とした。「……ここじゃなくて違う場所にしましょう」

「このぼんずがなんか言ったのか？」

「いえいえ」

鏑木はあくまで柔和な顔を崩《くず》さなかった。

二人はバンの中で待っていてくださいと言われ、大介と北海はその言葉に従《したが》った。最初、北海は助手席に座ったが、すぐに難しい顔つきで大介が座る後部座席に入ってきて、今度こそ自分本位な真似《まね》はさせまいとでも言うように、いびつな左手で大介の右手首をがっちり捕《つか》まえた。

「少し痛いよ、北海さん」

「おまえは勝手をする。こうでもしておかないと」

北海の厳《きび》しい目が大介の顔や、転んだときについてしまったジーンズの泥に注がれた。

「怪我はなかったのか」

「うん、大丈夫」

そう答えると、北海の左手の力がいくらか緩《ゆる》まった。

「メモはなげたのか」

大介は首を横に振った。「その前に嫌《いや》なやつとぶつかって転んじゃった」

「そうか」

「そいつ、僕のことをテレビで見たと言ったんだ」

北海は下瞼《まぶた》を押し上げるように、若干《じゃっかん》両眼を細めた。

「テレビでか」

「うん。おかしいよね。だから僕は、人違いだって返してやったよ。そこに鏑木さんが来て……」

北海はじっと大介を見るだけで、相槌《あいづち》もなにもしてはくれなかった。一緒に旅をしてきて忘れかけていた、母やいろんな人が厭《いと》う気難しい老人そのままの顔つきに気後れし、大介の声はだんだん弱くなっていった。「鏑木さんが来て……帽子とか拾ってくれて」

腹立ちまぎれにバンを飛び出したのは、北海にそんな顔をさせるほどいけないことだったのか。大介は俯《うつむ》いた。

「それで、そのまま戻ってきたんだ。二人で」

北海はなにも言わない。

「あ、鏑木さん、僕とぶつかったやつに、僕のお父さんのふりをしたよ」

大介の言葉に返事はない。

「怒ってるの？」

北海は舌打ちした。「そんなんじゃない」

「でも怒っている顔をしているよ」

「怒っていたのは、ぼんずじゃねえか」

そのとおりだが、怒りを覚えたのは、北海と鏑木のせいだった。

「だって」大介は言い訳を始めた。「勝手に決めるから」

「なにがだ」

「ここでキャンプするとか」

「そんなもん、ぼんずは寝ていたんだから仕方ないだろう」

「でも」

寝入りばなも大介は苛立《いらだ》っていた。苛立ちの理由を、筋道を立てて頭の中で構築し、口に出来ないのがもどかしいが、とにかく会ったばかりの鏑木に対する北海の態度が、怒りの火種《ひだね》になっている。

「でも、なんだ？」

そこにテントを抱《かか》えた鏑木が帰ってきた。

「お待たせしました。出しますね」

鏑木は運転席に座ると、すぐにバンを発進させた。鏑木が座るシートの横に顔を突き出すようにして、北海が尋《たず》ねた。

「テレビ云々《うんぬん》ってやつのせいか？」

「大介くんから聞いたんですね」鏑木がミラー越しに後部座席を見た。「念のために。たぶん大丈夫だとは思いますけど」

「とんだ手間かけさせちまうな」

「だから、それはあいつがおかしいんだよ」

鏑木をねぎらう北海の言葉に、大介が偽の義春の顔を思い出しながら苦々《にがにが》しく言うと、北海は真顔で大介の顔を両手で包み、目を合わせてこう告げた。

「ぼんず。おまえな、捜《さが》されているんだよ」

大介は自分が行方不明者としてテレビのワイドショーや新聞記事に出ていることを、初めて知った。

「行方不明っていうか、家出少年と言ったほうが正しいかな。そのスポーツバッグが部屋にないから、自主的に家を出たとみられているようだね。だから、最初はそんなに大きな報道ではなかったけれど」

鏑木も、朝の公園の時点で、おやと思ったそうだ。

「でも、ただの家出にしては長すぎると判断されたんだね。一昨日《おととい》くらいから、悪い人に捕まったんじゃないかっていう感じになってきている」

「僕が誰かに誘拐《ゆうかい》されたことになってるの？」

鏑木は前方を向いたまま、「そうじゃないかな」と柔らかく肯定《こうてい》した。

ああ、だから朝方の母はあんなふうだったのだと、大介は合点がいった。あの切羽《せっぱ》詰まった性急な感じ。

――はい、瀬川です。

誘拐犯にさらわれたのではと疑って、もしかしたら身代金要求の電話なのではと、びくつき恐れながら受話器を上げたのだ。

――あんた、どこにいるの？　なにしているの？　どこなの、元気なの？　どこにいるの、どこに。誰かそばにいるの？

「そうなんだ」

心配をかけてやれという目論見《もくろみ》は、大成功だったというわけだ。むしろ、成功しすぎてしまったかもしれない。

「上野でかけた電話、あれはおまえ、一芝居《ひとしばい》打ってたんだな」北海が長く、とても長く息を吐《は》いた。「ぼんず。帰るか？」

大介はびくりとなった。「えっ？」

「ぼんずがここで帰ると言うなら、俺も帰るぞ。長崎に行かなくたっていい。帰ったっていいんだ」いびつな左手が拳《こぶし》の形になった。「きちんと送り届けんとな」

大介は大きくかぶりを振った。バンの動きと相まって軽いめまいを覚えるほどに。上野動物園を出て電話をかけるとなったときも、北海は旅への未練を感じさせない言葉を口にした。どうしてなのか。北海なりに思い立って家を出たはずなのに。

「なんで？　僕は帰りたくないよ」

北海の目がじろりと大介を射《い》すくめる。大介は少したじろいだが、主張は曲げなかった。

「今朝《けさ》、僕はちゃんと電話したんだ」元気かと問われて、元気だと返事をしたことを説明する。「上野で電話しろと言われたときに、違う家にかけてごまかしたのはごめんなさい。でも、誘拐じゃないことは、もうお母さんはわかっているはずだよ。僕がこんなに捜されているのは、ただの家出じゃなくて悪い人にさらわれたからだと、お父さんやお母さんが勘違《かんちが》いしたからでしょ？　そうじゃないことは、今朝の電話で証明したはずなんだ。だからなにも、今さら慌《あわ》てて帰ることはないよ。それに」

なによりも、大介は嫌だったのだ。

「僕……」

北海といたい。北海の旅を途中で終わらせたくない。見届けたい。北海が池田昭三という終着点に辿《たど》り着く瞬間を共有したい。

屈斜路湖でのキャンプのかわりに、なにがしかの決意を秘めたらしい北海についてきた。北海が終着点で炸裂《さくれつ》させるだろう派手な花火を期待して、その見事で禍々《まがまが》しい有り様を心に描き、胸躍らせて旅を始めた。

今も期待はある。けれども、それだけではなくなってもいる。

思い描いたような花火が長崎で打ちあがらなくても、だったら代わりになにがあるのか。

小さな子どもがお祖父《じい》さんに寝物語を最後までねだるように、大介も『おしまい』まで知りたい。

「僕、どうしても北海さんと長崎まで行きたいんだ。北海さんとじゃなきゃ、こんな旅、出来ない」

小さな声になった。自分でも知らぬうちに、大介は俯いてジーンズの膝《ひざ》に目を落としていた。バンが大きな径《けい》で左にカーブして、脳味噌《のうみそ》があらぬところに持って行かれそうな感覚を覚えた。

「二人で一緒に行きたい」

苛立ちのもとを辿ってみれば、大本にあるのは単純なその思いだった。そうだ、北海と二人がいい。北海が語る秘密の寝物語は、自分だけのものであってほしい。大介はここにきて初めてまともに自らの本心と向き合った。

北海はなにも言わない。雨が少し強くなってきて、ワイパーが動き出している。

かわりに鏑木がとりなすように、「まあ、大丈夫」と鷹揚《おうよう》な声を出した。顔を上げると、鏑木は笑顔だった。すきっ歯を見せるその表情は、朝と同じ、大介に自分は味方だと語り掛けるものだった。大介は膝の上で両手を握《にぎ》り固めた。キャンプの準備を途中で切り上げさせた大介のわがままな行動を、まったく責めていない鏑木の顔と態度は、大介に自身の言動に対する恥ずかしさを覚えさせた。それは義春たちにズボンとパンツを脱がされたときとはまったく異なる種類の恥ずかしさだった。

大介は泣きたくなった。鏑木はますます表情を柔らかくした。

「今朝ちゃんと電話したなら、大介くんのお母さんもわかってくれたよ。大丈夫さ」

「そうかな」

「元気だって言ったんだろう?」

「うん」

大介は隣《となり》の北海を窺《うかが》い見た。北海は腕組みをして目をつぶっていた。まるで座禅《ざぜん》を組んでいる人のようだった。いつなんどき背後から棒でひっぱたかれても構わない、と観念している顔だった。

なるようにしかならんか、と呟《つぶや》いた声が、なぜか思い出された。

日はもうとっぷりと暮れ、バンはいつの間にかヘッドライトをつけていた。川沿いを走る道は細かった。民家やドライブインなどの人工的な明かりが、ときおりぽつぽつと車窓を行き過ぎた。

鏑木がバンを停車させた。運転席と助手席の間あたりにある時計の針は、午後七時半過ぎの角度を示していた。

どこだろうと、大介は窓から頭を出した。静かな雨が降っていた。川が流れる音はしなかったが、緑の匂いは濃密だった。明かりがあった。街灯の下に公衆便所と水飲み場が見えた。偽の義春がいたキャンプ場とはかなり規模が違うが、自然公園みたいなところだ。バンはそこの駐車場に停《と》められていた。

駐車場には、他の車はなかった。

「さて、晩ごはんだ」

「ここでキャンプするの？」

問いかけた大介に、鏑木は微笑《ほほえ》んだ。「キャンプというよりは車中泊だね。雨も降っているし。まずはお湯を沸《わ》かすよ」

昼はお店でお湯をわけてもらったけれど、このへんにそういう融通《ゆうずう》の利《き》く店はないのだろう。あるいはあっても、閉店の時間なのかもしれない。それにしてもお湯ということは、またカップラーメンなのかと大介は推理する。大介としてはまったくなんの文句もないが、北海はどうだろう。

バックドアを開け、荷物の中から小さな鍋《なべ》を持って水飲み場へ駆《か》けていった鏑木が戻ってきた。北海がドアを開けて車を降りた。大介もそうした。

「なにか手伝うかい？」

「いえ。二人は座って待っていてください」

「そうかい」

北海は後部座席のドアを開けたまま、またシートに腰を下ろした。大介は鏑木が作業をしていた後部スペースの一番後ろに、運転席に背を向けるように座った。開けられたバックドアが屋根になって、ちょうどいい塩梅《あんばい》だった。

雨合羽《あまがっぱ》を着込んだ鏑木は、お尻だけ乗せるタイプの、折りたたみの小さなキャンプ用椅子《い》をバンの後ろに置いて座り、簡易コンロを持ち出してそれに鍋を据《す》えた。マッチを擦《す》ってコンロの下部に近づけると、燃料があるのか下部に炎が移り、鍋の底を温め始めた。

鏑木の手つきは慣れていた。日本中を流しの研ぎ師として回る鏑木にとって、こんなふうに野宿めいたことは日常茶飯事《にちじょうさはんじ》なのだろう。そういえば、今朝も鏑木のバンは便所や水飲み場がある公園の脇に停められていたのだった。

鍋の底からふつふつと泡《あわ》が湧《わ》き出してくると、鏑木はいったん運転席にとって返し、すぐさまホームズシリーズの本が何冊も楽に入りそうな大きさの紙袋を持ってきた。北海がシートから腰を上げた。鏑木が紙袋に入っていたレトルトカレーを湯に放り込んだ。紙袋はまだ中身があった。北海はそれを全部取り出して、後部スペースに並べた。紙皿と総菜屋でよく見かけるプラスチックの簡単な容器が出てきた。容器の中身は白いご飯だった。

紙コップもあった。

眠っている間に買い物をしたのだと、大介は思った。おそらくは、最初のキャンプ場に着く少し前。あのとき自分が苛立ちのままに突飛な行動を取らなければ、ご飯も少しは温かくて、それにカレーをかけて食べられたはずなのだ。

「あ、スプーンが三つない」炎に薄く照《て》らされる鏑木の顔が、しくじったというふうになった。「一つしかないなあ」

「その一つはあんたのだろう、鏑木さん。あんたが使いな」紙皿にご飯をよそい、北海は右手をつと上げた。「俺は箸《はし》でだって食えるよ」

「自分も箸で大丈夫ですよ。じゃあこれは大介くんに」

唯一《ゆいいつ》のスプーンは、大介の皿に添《そ》えられた。

バンの中で、冷《ひ》えたご飯に温めたカレールーをかけて、三人で食べた。

「冷ご飯でもいけますね」

鏑木が箸でカレーを口に運ぶ。北海は紙皿に口を近づけ、かき込むようにして言った。

「俺はこれくらいぬるいほうがちょうどいい」

大介は紙コップがそのままになっているのに気づいた。だから食べかけの皿をそっと座席の横に置いて、雨の中、紙コップを持って水道へと走った。三つ全部に水を入れていっぺんに持つのは難しかった。三つめはおのずと左右の手で持ったコップに挟《はさ》むような形になった。真ん中のコップは歩くたびに水がこぼれた。

北海が皿から顔を上げた。

「ぽんず、水を汲《く》んで来てくれたのか」

鏑木が「ありがとう」と言って、嵩《かさ》が半分に減ってしまったコップを取った。大介は「鏑木さんはこっちを飲んで」と、こぼれなかった二つのうちの一つを差し出した。もう一つは北海に渡した。

「それは、僕が飲むやつなんだ」

鏑木は優しく笑った。大介は残りのカレーを誰かと競争でもするかのように、一所懸命《けんめい》食べた。

夜になって雨は小降りになった。バックドアを開け放しても、寒くなかった。一つの寝袋を、鏑木は北海に渡した。北海は遠慮していたが、「歳の順ですから」と言われてしまえば受け取らざるを得なかったようで、それに潜《もぐ》り込んだ。

後部スペースには座布団《ざぶとん》を枕《まくら》にした寝袋の北海が、後部座席には大介が、大介の足側になる運転席をリクライニングして鏑木が寝ることとなった。

「それではおやすみなさい」

鏑木が日直のように声をかけた。

間もなくいびきが聞こえ始めた。北海だった。普段から早寝の北海は、寝つきが良い。

暗がりの中で、大介は腹筋を使ってさりげなく上体を少し起こし、一番寝づらそうな鏑木にちらちらと目をやった。鏑木の瞼は閉じていた。だが、まだ眠ってはいない気配だ。

大介は「ねえ、鏑木さん」と声を殺して話しかけた。

「なんだい？」

大介はなるべく音をたてないように体勢を変え、もっと上半身を起こした。

「北海さんは鏑木さんになにを話したの？」

今日、北海と鏑木は、大介のあずかり知らぬところで、どういうやりとりをしたのか。北海が鏑木と仲良くしていると一人で勝手に苛立っていたが、本当に大事なのはその内容ではないか。

高村との道中、サービスエリアでせっかく買った新聞をちらりと読んだだけで捨てた。その後から昨日《きのう》の夜まで、大介の帽子のつばには、しょっちゅう手が伸びてきた。たぶん大介が捜されているのを新聞で知ったから、そうしたのだ。大介は詳《くわ》しい行き先の住所が書かれたメモを持っている。目的地まで行くには、無くてはならないものだ。偽義春のようなやつが大勢いて、もし札幌に連れ戻されたら、北海も初心を果《は》たせなくなる。

なのに鏑木には嘘《うそ》をつかなかった。大介がちゃんと家に連絡を取ったと報告する前、つまり誰かに連れ戻される可能性を、北海が否定出来ない時点でだ。誰かは鏑木だったかもしれないのに。

「もしかして、北海さんのほうから鏑木さんに、僕のことを捜されている子だって教えたの？」

北海はもう自分との旅に飽きたのだろうか。札幌に帰ってもいいとは上野でも言っていたが、上野とここでは重みが違う。新幹線に乗り、舞鶴にも寄り道をし、お金と時間を随《ずい》分《ぶん》使った。つまり無駄になってしまうものが増えているのだ。普通なら「ここまで来たなら最後まで」と思うはずだ。なのに、それでも打ち切っていい気分でいるのは、よっぽど自分が鬱陶《うっとう》しいのか。だとすると、大介の心は波立ち、その上にしぶしぶと陰気な雨が降る。

「そうだよ。北海さんが先に教えてくれた。午前の研ぎをしているときにね」鏑木もひそひそ声で答えた。「でも言われなくても君のことは気づいていたよ。気づかれているのがわかったから、北海さんも話したんじゃないかな」

「朝に会ったときだったっけ？」

「そう、北海さんに薬を飲ませたあとだよ。大介くん、自分で帽子を取ったからね」

思い出した。鏑木の言うとおり、大介はそうしていた。だとしたら、また尋ねたいことが出てくる。

「いったん別れたよね？　どうして鏑木さんは警察とかに僕がいるって通報しなかったの？」

行方不明の子どもが見知らぬ老人と一緒にいる。老人は悪者で、子どもを誘拐して連れ回していると取られても、不思議ではないのだ。

すると鏑木は体を横向きにして、大介と視線を合わせた。

「おじさんが君と同じくらいの歳のころ、鬼畜米英《きちくべいえい》という言葉がよく使われた。知っているかい？」

「キチクベイエイ？」聞いたこともなかった。「なにそれ？」

「アメリカやイギリス、その国民はとんでもなくひどいやつだっていうことだよ」

「へえ。変な言葉だね。ハリウッドの映画なんて、みんな喜んで観《み》るのに。『スター・ウォーズ』とか」

鏑木は左手で頬杖《ほおづえ》をつく体勢になった。「日本が昔、アメリカとかと戦争していたことは知っているね」

「それは知ってる。社会の教科書にも書いてあるし、国語では戦争中に食べ物がなかったっていう話が必ず載《の》っているよ」

「先生は教科書に沿ってものごとを教えてくれるね。算数の計算式も、理科の酸性やアルカリ性も、国語の漢字も社会の地図も……たとえば日本の首都は東京だと、きちんと勉強して覚える。大介くんは教科書に書かれてあること、先生が言うことは、正しくて本当だって、思っているんじゃないかな？」

鏑木の目を見ながら、大介は口をすぼめた。「だって日本の首都は東京だよ？　間違えてないよ」

「おじさんが子どものころの先生は、授業中に鬼畜米英っていつも口にしていた。アメリカ人、イギリス人は悪いやつで敵だから、みんなでやっつけなくてはいけないってね。今なら誰かに暴力を振るったり殺したりしたら、罰《ばつ》を受けるよね。けれども戦争中、敵にそうするなら、誰も咎《とが》めない。むしろ称賛されることだったんだ。だから毎日、鬼畜米英を懲《こ》らしめろって教えられた」

大介は暗がりの中で目を丸くした。「授業で？」

「うん。でもね、それは正しくはなかった。戦争に負けたあと、教科書に書かれてある中で間違いだったところは墨《すみ》で黒く塗《ぬ》りつぶした。昨日まで本当だったはずのことが、本当じゃなくなったんだ。先生は間違っていることを教えていたって、子どもたちの前で謝《あやま》ったりもしたよ」

「先生が謝ったの？」

鏑木は大きく首を縦《たて》に振った。

「先生もね、大変だったと思うよ。子どもたちにそう教えなさいって、偉い人から言われていたに違いないからね。ただね、おじさんもおかしいなんて疑問は持たなかった。アメリカ人やイギリス人に、直接いじめられたわけでもない、そもそも話したこともない相手なのにね。確かに爆弾はいろんなところに落とされたし多くの人が亡くなったけど、日本も同じようなことをしていたはずなんだ。だから、大介くんに訊《き》かれたことに戻るけど」鏑木は右手の人差し指を自分の目に当てた。「以来おじさんは、なにが正しくて正しくないのかは、ちゃんとこの目で見て、聞いて、考えて、自分の責任で判断しようと決めたんだ。朝、おじさんは君と北海さんのことを、交番にでも行って話すことが出来た。でもね、一度別れたあと、交番に行く前にもう少しきちんと考えてみようと思った。それで公園に戻ろうとしたんだ」

そうしたら国道で、君たちがヒッチハイクをしていたところに出くわしたのだと、鏑木は笑った。

「嫌々連れ回されている子どもが、自分で先陣を切ってヒッチハイクをするわけがない。君はおじさんにちゃんと親指を上げてみせた。だから、君が望んで旅をしているとわかった。新聞やテレビがなんて言っていようと、関係ないんだ。だからおじさんは君たちを乗せた」

鏑木は頬杖をやめて、シートに仰向《あおむ》けになった。大介は鏑木の言葉をなぞった。

「なにが正しいのかは、自分で考えて、自分の責任で判断する……」

「とても難しいよ。おじさん、この歳になっても迷うよ。でも、そうするんだ」

「じゃあ、昔おじさんが本当にアメリカ人やイギリス人に意地悪をされていたら、間違っていないって思ったのかな？」

「そうだね。意地悪した人については、やっぱり悪いやつだと思ったかもしれないね」

子どもの大介にも本音で話してくれているのが、とてもよく伝わる鏑木の語り口だった。昼間、鏑木に対して抱いた邪魔者めいた感情は、鏑木と二人で話をしてみたことで灯《とも》ったほのかな炎に、とけて小さくなっていった。

大介は仰向けの腹の上に置かれた研ぎ師の手を見つめた。午前に鏑木が研いで生み出していた白銀の中に、ほのかな桜色が散っているような、強さと優しさを兼ね備えた色彩が、一瞬浮かんで消えた。

でも、出会ったばかりの朝に、血を連想させる臭《にお》いがこもったバンの中で鏑木の色を見ていたとしたら、こんな色じゃなかっただろうと、大介は唇を嚙《か》んだ。違っていた、きっと。


大介はポケットの上から手のひら全体でナイフを押さえた。

特別な力のように信じていたけれど、そうじゃなかったのかもしれない。いろんな人の様々な色は、単に自分がそのとき相手をどう思っているかを材料に、自分の心が作り出していたのでは。だとすると、変わるのも辻褄《つじつま》が合う。変わった人たちは大介に、第一印象とは違う面を見せたのだから。

自分はたぶん、なにもわかっていないのだ。誰かをこじつけの色なんかで理解した気になっていた幼さを、大介はひそやかに恥じ、恥ずかしさを受け入れることで、奇妙に落ち着いた。

「あの、鏑木さん。僕、鏑木さんにお願いしたいことがあるんだ」

「君のナイフのことかな？」

「……うん」

鏑木はまた少し笑ったようだ。

「それはまた明日」

そして、優しく大介に「おやすみなさい」と囁《ささや》いた。

曇天のもとで食べた朝ご飯は、粉末のコーンスープをお湯で溶《と》いたものと、あんパンだった。それらはレトルトカレーとは違う別の紙袋に入っていた。大人たちは朝食も、昨日のうちに調達していたのだ。

旅に出てから朝ご飯はいつも質素だ。それでも大介は美味《おい》しく食べた。

「ほれ」

食べ終わった大介に、北海が新しい酔《よ》い止め薬の箱を差し出した。大介の手元に、薬はあと一錠《じょう》しかなかったのだった。大介は「ありがとう」と礼を言い、スープの最後でそれを飲み下した。

ご飯や薬のお金は、本来自分で払うべきものだ。大介がスポーツバッグをごそごそやっていたら、北海は気を悪くしたように「いらん」と横を向いた。

「でも、北海さんのお金が減るばっかりだよ」

「金の心配なんぞ、十年早い」北海は腹巻きを巻いた腹を撫《な》でた。「どうしても気になるなら、金じゃなくて、鏑木さんやこの爺《じい》さんに気を回してもらったことだけ覚えておけ」

「お礼をするために？」

「そんなわけがあるか」北海は大介の帽子を取り上げ、指が欠落した左手で髪の毛をごしごしやった。「おまえが大人になったとき、他の誰かにそうしてやるためだ」

それが大人ってもんだと、いがらっぽい声で北海は言い切り、公衆便所に行った。

大介は鏑木の姿を捜した。鏑木は前日の朝をなぞるように、水で満たされたポリタンク片手に、水道の場所から戻ってきた。

「昨夜のナイフのことだけどね、大介くん」鏑木は覚えていた。「今日は、おじさんが最初に弟子入りした研ぎの師匠のところへ行きたいんだ。その後でいいかな？」

昨日の北海は「ぼんずに見てもらいたいみたいだぞ」と言っていたが、鏑木は自分が行きたいから寄り道したい、という口ぶりだった。

「いいよ」

鏑木に対するやきもちみたいな腹立ちがすっかりなくなった大介は、寄り道の提案を快《こころよ》く受け入れた。結果的に研いでくれるのなら、なにも不服はなかった。義春の顔を見るとき、つまり二学期までに間に合えばいいのだ。

大介はスポーツバッグに忍ばせてあった財布を開いて、小銭を探した。百円玉がなかったので、千円札を摘《つま》み出した。

「五百円だよね。先に払っておきます」

お釣りは研いでもらってからでいいと付け加えようとし、大介はひらめいた。

「そうだ。千円で二倍研いでほしいな」ナイフが倍鋭くなったら、心強さも倍になる。

「そうしてくれますか？」

鏑木はお金を受け取らなかった。

「まだ、お金はしまっておいて」

きょとんとする大介を尻目に、鏑木は支度《したく》を整《ととの》え、運転席に座った。用を足してきた北海は後部座席へ行った。

大介は仕方なくスポーツバッグに財布をしまった。そのバッグを足元に置いて、助手席に腰を落ち着けた。

午前七時半過ぎ、バンは滑《なめ》らかに走り出した。

バンは制限速度を五キロから十キロ超える程度のスピードで、快調に進んだ。大介は助手席の窓を開けて、吹き込んでくる風に顔をさらした。雨が近いのか、湿り気のある匂いがした。

緑の中を抜けて田畑の集落を過ぎ、また山あいに入っていくということを繰《く》り返して、五時間くらい走った。随分前に島根県に入ったが、まだ山口県には至っていない。でも、もうじきだと鏑木は言った。研ぎの用意はしてあるのに、今日は住宅街に立ち寄ろうとはしなかった。

昼ご飯は国道沿いのひなびたドライブインに入った。大介は帽子をかぶっていたが、北海はもうつばに手を伸ばしてこなかった。大介はそこで冷やし中華を、北海と鏑木はもりそばを食べた。

「あんたの最初の師匠ってのは、山口のどこにいるんだい？」

北海が訊いた。

「山口に入ってわりにすぐです」鏑木はほとんど噛まずにそばをすすった。「あと二時間もかからないと思います」

「その人も包丁を研ぐの？」

大介の質問に、鏑木は柔らかく首を横に振った。

「日本刀の研ぎと、包丁などの日用品の刃物研ぎは全然違うんだよ。おじさんはこれから行く師匠のところを、一年も経《た》たずに辞《や》めてしまって、普通の刃物を研ぐところに弟子入りし直したんだ」

「なんですぐ辞めたの？」

すぐ辞めるのは、いただけないことだ。たとえば夏休みに入ってすぐに母が持ってきた学習教材、あれを素直にやり始めたとしても、三日坊主に終わったならば、やはり怒られたはずだ。大介は幼稚園のころからいくつかの習い事をさせられた。そろばん、ピアノ、水泳など。どれも今は続けてはいないが、やっぱり始めて間もなく辞めたいと訴えたときは、油を絞《しぼ》られた。

せめて三級になるまで。ブルグミュラーが終わるまで。二十五メートル泳げるようになるまで。親が設定したハードルを越えたら、やっと辞めることが許された。

大介の問いに、鏑木の箸が止まった。鏑木は昔を懐《なつ》かしむ顔でしばし考え、自分の発した声を自分で確認するようにゆっくりと、師匠のところへ行ったら教えると、やんわりはぐらかした。

ドライブインで大介は、北海や鏑木がお金を出してしまう前に、テーブルに千円札を置いた。

「北海さんに言われたことはちゃんと覚えているけど、今僕は眠っていないから」

それに、冷やし中華はもりそばよりも高かった。北海と鏑木は苦笑いして、その千円を加えて会計してくれた。大介には百円玉が五つ、お釣りとして返された。返してくれたのは鏑木だった。そのまま取っておいてくれてもいいのにと、大介は思った。いずれはナイフを研いでもらうために渡すものだ。しかしそれでもすぐに、これでいいのだと思い直した。この五枚があることで、三倍研いでもらえるという選択肢も出来たのだと。

朝、北海に新しくもらった酔い止めをまた飲んで、大介はバンの助手席に乗り込もうとしたが、北海が先に助手席に座っていた。仕方なく後部座席に落ち着いて、運転席と助手席の間から前方の景色を眺《なが》めていたら、北海の意図《いと》が知れた。二錠目の酔い止めと、昼ご飯でお腹が膨《ふく》れたこともあり、瞼が急激に重くなってきたのだった。

「ぼんず、寝ていろ」

「うん」

北海に言われるがまま、大介は体を少し丸めて横になった。

空気を切り裂《さ》くようになにかの鳥が鳴き、大介はぱちりと目を開けた。同時に頭側のドアが開けられ、湿った風がうっすら汗をかいた髪の毛に息を吹きかけた。

「着いたぞ」

北海が短く告げた。大介は空を見あげた。上空の雲が結構な速さで流れていた。

鏑木が最初に弟子入りしてすぐに辞めた研ぎ師の家は、小高い山の上にあった。周りには家は密集しておらず、かわりにふもとからその向こうにかけて、それなりの街並みが広がっているのが見えた。研ぎ師の家自体は暗く古い感じだったが、その古さは重厚さでもあった。長く人が住み続けてきている家独特のたたずまいは、札幌では見ないものだった。少なくとも大介は見たことがなかった。

構造も普通の民家と違った。家にもう一軒、小ぢんまりとした平屋を短い廊下《ろうか》で継《つ》ぎ足したようになっているのだ。

「あの北側のところで作業をするんだよ」

鏑木はその平屋を指さした。

「北側なんて、寒くないのかな」

山口県だから、北海道の感覚とは違うのかもしれない。だが鏑木は、「寒くても北側なんだ」と言い切った。

「どうして？」

「光の具合が一番いいからだよ」

北側の平屋、研ぎの仕事場へは鏑木が先に立って向かった。大介はポケットの中のナイフをそっと取り出し、右手の中に握りしめた。鏑木は作業場の腰窓に顔を近づけ、中を覗《のぞ》いた。窓ガラスは夏なのに閉じられていた。声をかけるか叩《たた》くかと思いきや、鏑木はすぐ窓のそばを離れ、母屋と繋《つな》がる廊下の、沓脱石《くつぬぎ》と引き戸があったところへ戻った。

どうしたのかと首を傾《かし》げていたら、引き戸は内から開かれた。

「おまえか」

「お仕事中すみません。お久しぶりです、永谷先生《ながたに》」

鏑木に永谷先生と呼ばれた人は、中肉中背の老人だった。北海よりも歳を取っているようだ。上半身は白の着物で、下に黒っぽい衣類を身につけている。大介はその下に穿《は》いているものをなんと呼んでいいのかわからなかった。ズボンのようでもあり、ステテコのようでもあり、袴《はかま》のようでもあり、作業着のようでもあり、でもそれらのいずれでもしっくりこない独特さが醸《かも》されていた。永谷自身も厳しく緊張感のある風貌《ふうぼう》であった。

「そうか。もう里帰りの時期か」

永谷はそこで思いがけず笑顔を見せた。猛スピードで落下していたものが、一転ふわりと軟着陸したようで、大介はついまじまじと永谷を見つめてしまった。永谷は鏑木のように柔和になった顔で、大介を見返した。

「この男が訪ねてきたら、盆《ぼん》が近いと感じるんだよ。毎年じゃないが、ときたまこの季節にふらりと来る」

そして、拳骨《げんこつ》の形になった大介の右手に目を落とし、さらに笑みを深めた。

「北海さん、大介くん。自分の最初の師匠の永谷先生です。永谷先生、こちらは佐藤北海さんと大介くんで、大事な友人です」

北海と永谷は同時に頭を下げた。大介も慌てて二人に続いた。

「先生、今、研ぎは？」

「細名倉砥《こまなぐらと》を使うところだ」

だがじきに暗くなるから、作業もそこまでだろうと永谷は言った。

「二人に先生の研ぎを見ていただきたいのです」

永谷は大介と北海のなりを頭の上から爪先《つまさき》まで観察した。

「服の埃《ほこり》を払って、裸足《はだし》になって上がりなさい」

言われたとおり沓脱石の上でスニーカーを脱ぎ、靴下《くつした》を靴に丸めて入れて廊下に上がった。北海と鏑木もそうした。大介は帽子も取った。

素足の下の板張り廊下は、べたべたしてもざらついてもいなかった。とてもよく掃除《そうじ》されている感じがした。

永谷は作業場へ続くと思われる戸を開けた。

作業部屋の中は窓のせいか、さほど暗くもなかった。しかし閉め切られているせいで暑かった。十畳ほどの部屋はそこも板張りで、廊下以上に塵《ちり》一つなかったが、かわりに水と鉄と泥のような臭い、つまり鏑木のバンで嗅《か》いだのと似《に》たような臭いがした。窓は北側だった。

西側のごく近くに、よくあるまな板に短い脚《あし》をつけたようなものがあった。台なのか椅子なのかわからずにいたら、鏑木が「あの上に座る。床几《しょうぎ》というんだ」と耳打ちした。床几の正面には、レンガの形によく似た直方体や、鎌首《かまくび》をもたげる蛇みたいに奇妙に湾曲《わんきょく》した棒、水が入った楕円形《だえんけい》の桶《おけ》などといったいくつかの道具が置かれてあった。それらは一見無造作《むぞうさ》にそこにあるようだった。しかし、作業部屋の清潔で管理が行き届いた様子を考えると、すべての道具の配置にもおそらくは意味があるのだろう。

永谷が床几に軽く尻を乗せた。桶から砥石《といし》を引き上げ、それを直方体の上に置いた。永谷は湾曲した棒の鎌首の部分を砥石の手前にかけ、中ほどを右足の踵《かかと》で踏《ふ》んだ。左脚は胡坐《あぐら》をかくように折り曲げられ、その爪先は同じく棒を踏みながら右足の踵にしっかりと添えられていた。

「あれが構えだよ。体重は床几ではなく、棒の踏まえ木にかける。砥石が動かないように」

鏑木が囁き声で教えてくれた。

永谷は身の長さが北海の腕ほどある刀を手にした。

いっときは消えた緊張感が、倍加してあたりにみなぎった。大介は唾《つば》を飲んだ。永谷は瞬《まばた》きもせず刀身を凝視し、ゆっくりとそれを砥石の上に置いた。

「細名倉砥を入念にすることが、刀身の美しさに繋がるんだ」

研いでいるものは全然違うが、初めてバンの中で包丁を研いだ鏑木の姿が、永谷に重なった。あのときも空気が変わった。呼吸をするのですら憚《はばか》られるほどに張り詰めたもの。永谷は構えの姿勢から無駄のない動きで、刀となるべきものに砥石を当てている。

大介は右手にいまだかつて込めたことのないほどの力を込めて、ナイフを握った。

鏑木は大介と北海に、研ぎについての大まかな話をした。不思議なことに鏑木の声と口調は、永谷が発散する緊張感を損《そこ》ねなかった。鏑木の語り口は研ぎのリズムと同化して、自然に溶け合った。

日本刀の研ぎには大まかに下地《したじ》研ぎと仕上《しあ》げ研ぎがあること、今は下地研ぎであること、砥石の種類を様々に替えて段階的に研ぐこと、そのあと仕上げ研ぎに入ること、すべてが完了するまで驚くほど多くの手間がかかること、研ぎの修業には最低十年は必要なこと――聞いているうちに、永谷の額《ひたい》には汗が滲《にじ》んでいた。

包丁を研いでいるときの鏑木も、汗をかいていた。

暑いだけで出てくる汗とは違う。それくらいは大介にもわかった。

仕上げ研ぎに入ると、あの刀身はみるみる輝きを増して、人の目を引きつけるに違いない。

理想的な採光が得られなくなったという理由で、永谷は細名倉砥の工程が終わったところで作業を止めた。

「研ぎあがったものはありますか？」

鏑木が訊くと、永谷は「ある」と答えた。

「この子に見せてやってもらえませんか」

永谷の視線が大介に注がれた。大介は右手を握りしめながら鏑木を見て、流れるように北海に目を移した。北海も大介を見下ろしていた。

北海は大介を促《うなが》すように首肯《しゅこう》した。

「こちらへ来なさい」

永谷は道具類をきれいに片づけ、なにも言わずに独特な臭いの立ち込める作業場を出た。戸は閉じていかなかった。ついて来いという意味らしかった。北海の左手が大介の背の真ん中を押した。

大介、北海、鏑木の順番で永谷の後に続いた。鏑木は作業場の戸を静かにしっかりと閉めた。

母屋の和室に通され、永谷に言われるがまま座布団の上に座る。大介はおのずと正座になった。見ると、北海と鏑木もそうしていた。永谷の妻らしき品の良い老女が、四人にガラスの器《うつわ》に入った麦茶を出してくれた。

永谷は一振りの日本刀を持ってきて、黒い漆《うるし》が塗られた鞘《さや》に収められたそれを、両腕を広げるように三人の前で抜いた。

刀はフェリーの甲板《かんぱん》から見た海のように照っていた。刃の部分には青味がかった波の文様があり、緩く適度な弧《こ》を描いて、切っ先は見つめていると眉間《みけん》がぴりぴりするほどに尖《とが》っていた。

ユーラシア大陸だと大介は思った。右手の中の日本列島程度のナイフとは比べ物にならない。圧倒的で威圧感に満ち満ちている。

江戸時代の刀だと、永谷は教えてくれた。

太腿《ふともも》の上で右手をぎゅっとして、大介は輝きに目を凝《こ》らしたままで思わず訊いた。

「この刀は、誰かを殺したことがありますか?」

「これが?」

「はい」

「ない」

永谷は即答した。大介は拍子抜けしてしまった。戦国時代ほどすごくはなくとも、江戸時代なら幕末にいろいろあったはずだ。だのに、あっさりないと言われて、大介の肩はがっかりして少し落ちた。

「なんだ。せっかく強そうな刀なのに」

そのとき、隣に座った北海が、ふっと鼻で笑った。

永谷は扉を閉じるように刀を鞘に収めた。

高台を街の方面へ下る道中、運転席の鏑木は静かに話した。

永谷のもとを去ったのは、恐ろしくなったからだと。

「師匠が研ぎ終わった刃が、あんまりきれいでね。自分も持ちたくなった」

当時、永谷の家に寝起きしていた鏑木は、夜にこっそりとそれを鞘から抜いた。腕に来る重みと見事な反りを持つ銀色は、今でもはっきり覚えていると、彼は言った。

「そうして、怖《こわ》くなった。この刀を持てば、自分の心一つですぐに誰かを殺せてしまうとわかった。そのころ誰かを恨《うら》んでいたわけではなかったが、先は保証がない。生きているうちに嫌な思いをすることはいっぱいあるだろう。そんな相手が出来たとき、自分の近くに刀があったらと思うと、たまらなくなったんだ。心の中の恐怖を永谷師匠に包み隠さず打ち明けたら、師匠は別の刃物研ぎを紹介してくれた。包丁とかの研ぎ師をね。無論《むろん》包丁にも恐ろしさはある。けれど、やはり刀はね。違いすぎるんだ」

「……ユーラシア大陸と日本列島みたいに？」

大介のたとえに、鏑木は微笑した。「そうだね。それに包丁には生活の匂いがあるからね」

雨雲が天に広がりつつある。遠雷の音を大介は聞いた。まだ日暮れの時間でもないのに、鏑木はヘッドライトをつけた。

助手席の大介は、まだ握ったままだった右手をゆっくり開いた。手のひらに小さなナイフは貼《は》りつくようにあった。

「それを研いでほしいと大介くんは言ったね」

「うん」

「君には嫌な人がいるのかい？」

薄暗さの中で臙脂《えんじ》色っぽくなったボディに、義春の顔が一瞬映《うつ》った気がした。

後部座席で北海が姿勢を変えたようだ。

「大介くんはその人と心の中で戦争をしているようなものなのかな」

「戦争？」

あのズボンとパンツを脱がされた一件以来、大介は気配を消し、義春から遠ざかるよう腐心《ふしん》し続けて、この夏休みを迎えた。だから、お互い表立ってやりあってはいない。けれども、もし教科書に鬼畜義春と書いてあったり、先生が授業でそう言えば、そのとおりだ、正しいと、自分も絶対に同調するだろう。

そうだ、戦争をしている。大介は義春を敵だと思って憎んでいる。義春も大介を味方と見てはいないから、いじめたのだ。意地悪をしてもいい相手が味方なわけはない。

「ナイフはね、研ぎすぎてもいけない。君は二回研いでほしいと言ったけれど、そんなには必要ない。研磨はすればするほど、刃は少しずつ薄くなってしまう」

「そうなの？」

だったら、もっと丈夫で大きいナイフなら良いのか。せめて、オーストラリア大陸くらいに。しかしそんな大介の考えを、鏑木は見透《みす》かしていた。

「仮にそのナイフがもっと大きくて、おじさんがギラギラに鋭く研ぎあげたとして、それを持ってどうする？　もし誰も咎めないとしたら、その人に向けるかい？　戦争は敵をやっつけるのなら、怒られない」

もちろんだった。義春に刃を突きつけ、脅《おど》し、自分を嘲《あざけ》ったことを悔《く》い改め、許してほしいと懇願《こんがん》させたくて、ブレードを研いでもらおうと思いついたのだ。

「……だってそいつ、僕にひどいことをしたから」

「大介くんは、弱いんだね」

鏑木がそう一刀両断した。大介はハンドルを握る鏑木の顔をきつく見た。

反対に後ろからは息を抜くような小さな笑い声がした。

「ナイフをいつも持っているのも、ナイフをもっと尖らせたがるのも、大介くん自身が弱いせいだよ」

「なんで？」

「だって、君自身が本当に強かったら、そんなもの必要ないじゃないか」

ますます厚くなった雲の中が、光った。続いて腹に響く轟音《ごうおん》がとどろいた。

「弱い人ほど、強い武器は持ってはいけない。おじさんはそう思う」

すぐに頼って使ってしまうから。弱い人ほど魅入《みい》られやすいから。強い武器はきれいだから。美しいから。

「美しくて強いものを持っていいのは、本当はそんなものなんて必要がないほど自分自身が強い人なんだ。持つにも資格がいるんだよ」

君が今よりもっと強くなったら、ナイフを研いでもらおうとは思わなくなるはずだと、鏑木は断言した。そうしたら、研いであげるとも。

「憎たらしい相手に勝ちたかったら、大介くんがまず強くなるのがいいね」

「でも僕はそんなに大きくないし……」

「大丈夫。喧嘩《けんか》に勝つのだけが強さの条件じゃないよ」

「他の条件ってなに？」

直接やり合って義春に一泡吹かせる以外に、どうすれば強いことになるのか。大介は答えを求めたが、鏑木は目を細めた。

「答えは教えられるものじゃなくて、探し当てるものだよ。ちゃんと君の目で見て、聞いて、考えて、自分の責任で辿り着いてこそ、答えになるんだ」

フロントガラスに大きな雨粒が一滴弾《いってきはじ》けた。雨粒はすぐに群れとなり、バンを叩きながら包み込んだ。ワイパーがせわしなく動いた。雷雨にヘッドライトが反射し、それは薄く白いカーテンとなって、行く先に幾重《いくえ》にも連《つら》なった。

たぶん、小さなアーミーナイフを大事に持っていることに気づいたから、鏑木は永谷のところへ連れて行ったのだ。二倍研いでほしいと訴えたから、今みたいな話をしたのだ。

大介は下唇を噛んだ。鏑木に弱いと決めつけられた。どうしても顔が下を向いた。

でも、鏑木の優しさはもう疑ってはいなかった。彼は優しいからこそ、言ってくれたのだ。ナイフの研ぎを断ったのだ。ひょんなことで同行することになった札幌の小学六年生と、そういうふうに向き合おうと、彼自身が決めたのだ。戦争というものが結果的に彼に教えた考え方で。

「刀もナイフも持たずに強くなる……」

呟いたときだった。

「ぼんず」後部座席から北海の声がした。「刀は人を殺さないぞ」

「えっ？」

「殺すのは、刀を持った人だ」

なにを言い出したのかと刹那《せつな》考え、永谷とのやり取りが耳の奥によみがえった。

永谷が「ない」と即座に断じたのは、そういうことだったのか。大介はようやく納得した。

北海はさらに独り言のように続けた。

「人だから、おっかねえ」

「おっかない？」

老人はそれには答えず、噎《む》せたように咳《せき》をした。

鏑木はなにも言わなかった。

バンは雷雨をくぐるように走行した。

夏特有の雷を伴《ともな》う土砂降りは、小一時間で勢いを弱めた。暮れゆく空の下をバンはひた走った。道の上にある青い標識の『下関』までのキロ数が、どんどんと少なくなっていく。

ついに下関市に入った。鏑木は通りすがりの総菜屋で、コロッケとご飯を買ってきてくれた。だがそれは二人分しかなかった。大介と北海の分だった。北海から代金を受け取った鏑木は、「安い宿のところまで行きますから、どうぞ温かいうちに」と勧《すす》めた。

鏑木は二人を降ろしたあと、一人でどこかで食べるのだ。

北海と二人だけで旅をしてきて、鏑木とは丸二日も一緒にいなかった。なのに、食べていると眼前がぼやけて、こめかみや顎《あご》の関節の付近が痛くなった。鼻水が出てきた。

よく噛んでコロッケとご飯を食べ終わったころ、バンは停まった。古くて小さな宿屋の前だった。

大介はバンを降りて天を仰いだ。雲間から少しだけだが星が見えた。

「世話になった。ありがとう、鏑木さん」

北海が頭を下げた。大介も隣でそうした。大介が顔を上げたとき、鏑木はまだ礼をしていた。

「自分も楽しい道中になりました。やっぱり一人じゃないというのはいいですね」

バンは手を振るようにテールランプを三回点滅させ、来た道を戻るように走り去った。

大介はテールランプが見えなくなるまで見送って、ふうと長く息を吐いた。北海の左手が、大介の頭の上にそっと置かれた。

「ヒッチハイクして良かったな」

大介は大きく頷いた。

「ねえ、北海さん」

「なんだ？」

「僕、もっといろんなことが知りたくなったよ」大介は心の底から真剣に訴えかけた。

「僕に、昔のことを教えてくれる？　戦争のこと。北海さん、戦争に行ったんだよね？」

北海の過去や秘密に対する興味だけではない。心の中で戦争をしている義春に勝つためのヒントを、北海は必ずや持っている。心の中ではない本当の戦争に身を置いた人なのだから。

北海の目が見開かれた。老人は驚いていた。その驚きを取り繕《つくろ》うように北海は咳ばらいした。教えるとも教えたくないとも答えず、ただ大介の頭をぽんと叩いて、宿の戸を開けた。

第八章　過去

目をしょぼつかせた老女が差し出した宿帳に、北海は正しい住所と自分の名前を書いた。その横の一行には『大介』ともはっきり記《しる》した。宿帳はそこいらの文具店で安く売っているノートに、定規《じょうぎ》で線を引いただけのものだった。

部屋を一つ取ると、鍵を渡されただけで、案内はされなかった。いつものように二人でそこに入った。二階の、一番階段に近い部屋だった。広さは永谷の作業場よりも少し狭《せま》いくらいだった。

北海は陽《ひ》に焼けた畳《たたみ》の上にボストンバッグを投げ捨てるように置き、胡坐《あぐら》をかいてバッグのジッパーを開けた。いびつな左手がまず引き出したものは、タオルだった。下着や石鹸箱《せっけんばこ》が次に続いた。前夜は車中泊だったので風呂には入っていない。北海は銭湯に行くつもりなのだと大介は察し、自分も真似《まね》た。

二人はずっと無言だった。

ほどなく北海は風呂に入るのに必要なものをまとめ終え、立ち上がった。老人の目は大介に向けられた。きつくもなく、かといって穏《おだ》やかさを感じさせる目つきでもなかった。

「おまえも行くか？」

ものすごく久しぶりに北海と目が合い、彼の声を聞いた気がした。

「うん」

北海は淡々と「じゃあ、来い」と言った。

大介は窓の外を見た。すっかり暮れていた。かぶりっぱなしで汗が染《し》みた帽子を取り、北海に続いた。

宿の老女に洗面器を二つ借り、最寄《もよ》りの銭湯の場所を教えてもらった。北海は帽子をかぶっていない大介を横目で見やったが、特になにか文句を言うこともなく、視線はすぐにずれた。

銭湯への道々も、北海は押し黙っていた。

――僕に、昔のことを教えてくれる？　戦争のこと。

北海の口数がめっきり減ったのは、大介がそう頼んでからだ。大介は横を歩きながら、ちらちらと老人の横顔を窺《うかが》った。気を悪くさせたのではないはずだった。気配の色がどうのというのではない。北海に怒りがないと判断したのは、昔の話をねだった直後に、頭を軽く叩《たた》かれたせいだった。あの叩き方は手のひら全体を使っていて、優しかった。久しぶりに会った孫に祖父が「大きくなったな」とやるみたいだった。

けれども現実として、北海はしゃべらない。あまり大介を見ようともしない。

きっと老人は考えているのだ。大介にはそのように思えた。

しかし、だとしたらなぜ考えるのか。大介としては、それほどの難題をせがんだつもりはなかった。今までだって、たとえば舞鶴の高台で港を眺《なが》めたときだって、尋《たず》ねたらそれなりに答えは返ってきた。

戦争というはっきりとした言葉がいけなかったのか。戦争は、北海にとってそれほど特別なのか。

ふと、鏑木の声が鼓膜《こまく》の内側で響いた。

――大介くんはその人と心の中で戦争をしているようなものなのかな。

北海も同じなのでは。

もちろん相手は池田昭三だ。

だから義春とのことを念頭に置いて尋ねた今、北海としても複雑な気分になっておいそれと話せなくなっているのではないか。

一体全体、池田昭三との間にはなにがあったのか。

大介は着替えやタオルが入った洗面器を、片手で抱《かか》えるようにして、もう一方の手は口元に上げ、つい爪《つめ》を噛《か》んでしまった。爪は少し伸びていた。そういえば旅に出てから爪を一度も切っていないのだった。

大介が大事にポケットに忍ばせている、鏑木にそれを鋭くするより自分が強くなれと言われたナイフ。三・五センチのささやかなブレード以外の機能は、服のほつれた糸を切るのに便利そうな小さな鋏《はさみ》と先っぽがマイナスドライバーになっているやすり、ピンセットと爪楊枝《つまようじ》しかない。

あれでは爪も切れない。やすりで削《けず》って短くするのに、どれほどの時間がかかるだろう？

銭湯特有の、むわりと湿《しめ》った匂《にお》いが漂《ただよ》ってくる。夜空を突くようにそびえる長い煙突が、すぐ近くに迫っていた。

銭湯で大介はそれまでよりもずっと早くにジーンズを脱ぎ、パンツも脱いだ。腰のところに指をかけて下ろすときは、やっぱりためらいを感じたが、キヨミさんの顔を思い出したら力を込められた。

大介は裸になってあたりにぐるりと目をやった。

脱衣場にいた数人の男は、誰も嗤《わら》ってはいなかった。それどころか、大介に特別な注意を払うものなど、誰一人いないのだった。

さっさと浴場に消えた北海の後に、大介も大人に怒られない程度の小走りで続いた。

風呂から上がって、服を身につけた北海は、番台に一言二言なにかを話し、入る前に預けた物を受け取った。でも、受け取ったのは、貴重品だけではなさそうだった。

新しい下着を穿《は》いた大介がジーンズに右足を突っ込もうとしたところに、それは差し出された。

爪切りだった。

北海は「ほれ」と言ったきりだった。

大介が受け取ると、老人はふいと横を向いた。

帰り道もずっと二人は話さなかった。大介は自分の足元を見ながら歩いた。小石があったので、蹴《け》った。転《ころ》がってゆく小さな音は、すぐに暗がりにかき消えた。

もう一度「教えてよ」と甘えてみる自分を、大介は想像した。それから、短くなった両手の爪を、洗面器を持ち替えながらかわるがわる見つめた。靴下《くつした》と靴に隠れているが、足の爪も北海が借りてくれた爪切りで整《ととの》えた。

札幌を出発したときと同じくらいの爪の長さだ。

池田昭三が住んでいた東京の空《あ》き家に辿《たど》り着いたときも、これくらいだったかもしれない。

頼むのではなく、池田昭三の居所《いどころ》が書かれたメモをちらつかせて「話してくれなければ破る」とでも言えば、老人は話し出すかもしれない。旅はやめてもいいと言った北海だが、九州目前のここまで来たら、やはりもったいないと折れる可能性はある。

また、小石を見つけた。今度は爪先で少し押し出すだけにとどめた。

「北海さん」大介は目を落としたままで呟《つぶや》いた。「北海さんが言いたくないなら、僕は聞かなくてもいいんだ」

ぬるい夜風が生乾《なまがわ》きの前髪を逆立《さかだ》てた。

その髪の毛を押さえるように、北海の左手がそっと乗ってきた。いびつで謎《なぞ》めいた不恰《ぶかっ》好《こう》なその手は、じんわりとした熱を大介の頭に伝えた。

「手紙は読んだんだろう？」

北海はふいに言った。

宿の部屋の布団《ふとん》に入り、電気を消してしばらく経《た》っていた。寝つきが良いはずの北海なのに、いびきが聞こえてこないなと大介がいぶかっていたら、いきなり訊《き》かれた。

「ぼんず。東京の池田の住所を知っていたってことは、そうなんだろう？」

旅立ってすぐ北海は、フェリーの中で持病の発作を起こした。上に折り返した腹巻きの中にしまわれた薬を引っ張り出すときに、手紙の束《たば》も見つけてしまった。とっさに一通抜いた。興味本位で。

世界中の誰に意見を求めても、大介の行為を褒《ほ》める人はいない。薬を見つけるのと、手紙を盗んだ上に読むまでするのとは別だ。

北海の心の一部を、身勝手に覗《のぞ》き見したのと同じだ。

なんでもわかるんだなどと鼻を高くし、取引を持ち掛けた自分を消し去ってしまいたくて、大介は布団の中で足をもぞもぞさせた。

ほんの数日前のことなのに、恥ずかしくてたまらない。

でも、事ここに及んで、そんなことはしていないとしらを切るのは難しすぎた。冷静に考えれば、墨田区の住所に辿り着くには手紙が必要不可欠なのだ。大介の「なんでもわかる」という発言を、北海は怒りながらも飲み下し、腹に収めて取引に応じた。今ならわかるが、あのとき北海は、大介に手紙をかすめ盗《と》ったことを叱責《しっせき》する選択肢があった。けれどもしなかった。なぜそうせずに、大介の同行を許したのか、こちらのほうはさっぱり見当がつかないが、あの場面を思い出すと、今ここで誠実に答えなければ、自分は大きく間違えて、拭《ぬぐ》い去れない後悔《こうかい》を生むと思った。

大介は口の中で前歯の表面を舐《な》めた。

「一通、読んだ」叩いたらひび割れそうな、硬《かた》い声が出た。「ごめんなさい、北海さん」

大介は薄くて萎《しお》れたような布団から起き上がって、足をきちんと正座の形にし、北海に相対した。

北海は頭だけを動かして、大介を見返した。

「盗ったのか？」

腿《もも》の上に置いた大介の両手が、おのずと握《にぎ》り込まれる。「……うん」

「フェリーのときだな」

やっぱり北海はお見通しだった。わかっていて、追及しなかったのだ。「うん」

「なんで盗ろうと思った？」

正直に答えることだけが、今の大介に出来るすべてだった。

「最初から盗ろうとは思っていなかったんだ。薬を捜《さが》したときに手紙の束が出てきて、なんだろうって思って、つい一通だけ抜いちゃった。僕は北海さんの軽トラックの荷台に乗ってついて来たんだけど、北海さんのこの旅には絶対秘密がある、なにかあると想像していたんだ。だから、無意識に手紙が秘密の手掛かりになるかもって、そういう気持ちがあったかもしれない」

北海は右手の親指と人差し指で、両の鼻の穴を隔《へだ》てる壁を摘《つま》んで引っ張った。「秘密とやらは、わかったのか」

「よくわからなかった。住所が書いてあったから、北海さんを先回りして、あとそれから、引っ越し先を知っていそうな人の当たりをつけるのには、役に立ったけど」

「そうか」

「本当にごめんなさい」大介は頭をきちんと下げて、枕元《まくらもと》にたたんだジーンズの尻ポケットから抜き取った一通を取り出し、折り目を広げた。「返します」

手紙は、大介と北海の布団の間に置かれた。

すぐに伸ばされるだろうと思った北海の手は、布団の中にしまわれたままだった。北海はじっと大介を見つめた。

両手をグーの形にしたままで、大介はうなだれた。返したからといって、無罪放免となると考えるほど、大介も能天気《のうてんき》ではなかった。しかも、受け取らない。受け取ってくれない。ということは、手紙はまだどっちつかずの状態で、返したことにはなっていない。

大介は叱責を待った。怒られて当然だった。父なら拳骨《げんこつ》を大介の頭に落とすところだ。北海もそうするかもしれない。その拳骨は、しっかりと受けなければいけない。大介はお腹に力を入れた。

「ぼんず、その手紙な」北海は咳《せき》ばらいをした。「もう一度読んでみろ」

それは大介にとって、耳を疑う言葉だった。「えっ?」

「電気つけて、そいつを読んでみろ」

「いいの?」

「いいもなにも、ぼんずはこの爺《じい》さんの話を聞きたいんだろう? 俺の戦争の話とやらをよ」北海もよっこらせと上体を起こし、左手の指先で封筒を大介のほうへと寄せた。「その話をするには、池田のことをいっぱい教えないといけねえんだよ」

だからもう一度読み返せと、北海は言うのだった。

大介は封筒を取り、いったん立ち上がって部屋の電気のスイッチを入れてから、中の便《びん》箋《せん》を抜き出して広げた。

『佐藤北海様
ご無沙汰《ぶさた》しております。お元気でしょうか。
細々とした暮らしは相変わらずですが、私と妻は、おかげさまで息災《そくさい》です。
私のようなものがこうしてつつがなく日々生きていけるのも、たった一匹の迷い羊にも手を差し伸べる神のご加護があるからでしょうか。本当ならば私は、ラーゲリでの過酷な日々の中で、命を落としていたはずなのですから。

シベリアでの日々を、私は忘れたことはありません。今、私の家の庭には、妻が丹《たん》精《せい》して育てている紫陽花《あじさい》が、梅雨《つゆ》空のもと花開いておりますが、その美しい花の色も、過去を消し去ってはくれません。無論《むろん》、私も消し去ろうなどとは、露《つゆ》ほども思ってはおりません。

雪吹きすさび、風が唸《うな》り、空気すら凍《こお》りつく毎日と、課せられた数々の苦役《くえき》。なによりあなた、佐藤北海様のことは、けっして忘れてはならないのですから。

あの夜、私が犯した罪は、抑留《よくりゅう》地《ち》での労働以上に重いものです。ときとして私はその苦しさに涙します。しかし、私の苦しみは、あの夜にあなたが負った苦しみの足元にも及ばないことを、知っております。

許しを請《こ》うために祈ってはおりません。

あなたに許されようと、虫のよいことを望むのも、罪でしょう。

こうして詫《わ》び状を繰《く》り返ししたためるのも、あなたにとっては鼻持ちならぬ愚《おろ》かな行為に映《うつ》っているかもしれません。私はただ罪を重ねるために手紙を送り続けている、そう思われても、致し方ありません。

しかし私は、あなたに詫びなければならないのです、出来ることなら直接お目にかかって。そうしたい気持ちは、今も変わりません。

おのれの罪を見据《みす》えるためにも、私はあなたと神に懺悔《ざんげ》し、祈りの言葉を唱えます。天にまします我らの父よ、と。

その文言の中にはこうあります。

《我らに罪をおかす者を、我らがゆるすごとく、我らの罪をもゆるしたまえ。》

この一節に、私は絶望するのです。私には許すべき人の罪がありません。私にあるのは自らの罪だけなのですから。

今日、牧師様から、私の悔恨《かいこん》と苦悩には必ず意味があると言われました。

それは、私にはまだわかりません。わかる日など来ない気もいたします。

ただ一つ確信するのは、私の絶望よりも深い絶望を、あの酷寒《こっかん》の夜に佐藤北海様が抱いたであろうことだけです。

私は弱い人間でした。今も弱く愚かです。

本当に申し訳ありませんでした。

御地《おんち》もこれから暑くなる時期でしょうか。くれぐれもご自愛ください。

昭和四十九年六月三十日

池田昭三』

佐藤北海様

文字は最初から最後まで、丁寧《ていねい》で整った、成熟した人の筆跡だった。

便箋から目を上げると、北海が「そいつを読んで、どう思った？」と尋ねてきた。

「すごく謝《あやま》っているね」

わからない単語や読めない漢字が幾つかあることには、とりあえず目をつぶり、大介は素直な感想を答えた。最初に読んだときも感じたが、池田昭三はとにかく北海に対してひたすら頭を下げなければならないことをしでかしたようだ。罪や許しといった言葉が頻繁《ひんぱん》に出てくる。はっきり詫び状とも書いてある。

「他の手紙も似《に》たようなもんだ」

「あと、僕はこの手紙で、差出人がクリスチャンだってわかったんだよ」

「ふうん。耶蘇教《やそきょう》か」

「やそきょう？」

「キリスト教のことだ」

北海は腹巻きの中に手を突っ込み、手紙の束を出して、無造作《むぞうさ》に大介の膝《ひざ》の前に置いた。「ぼんず、読んでみるか?」

「似たようなものなんでしょ?」

「まあな」

でも、なんとなく手にしなければならない気がした大介は、おそるおそる束に手を伸ばし、一番上の一通を広げた。

ざっと目を通した。北海の言葉に嘘《うそ》はなかった。わからない言葉は相変わらずまぎれていたが、全体としては、池田昭三はやはりひたすら『あの夜のこと』について謝っていて、なおかつ自分を責め、過去を悔《く》やみ、一目会って詫びたいとこうべを垂《た》れているのだった。

大介は手紙の最後に記された日付を、それぞれ確認した。

一番古い日付は、昭和二十四年六月十三日だった。それは今の北海の住所ではなく、名寄市のほうへ届いていた。舞鶴の高台で北海が話した出身地だ。昭和二十五年からは、札幌のほうの住所を宛《あ》て先にしている。そのときの文面には、新住所は名寄の実家に教えてもらったとあった。つまり北海は、池田とコンタクトを取らずに居《きょ》を変えたのだ。

昭和二十四年から平均して一年に一、二度、池田昭三は手紙を送って来ていた。昔のほうが筆まめの傾向があり、近年は一年以上間が空いていることもあった。

一番新しい日付は、昭和五十二年十月九日だった。無論、墨田区の空き家があった住所から送られていた。以降のものは、なかった。

「新しいのはないの？」

北海は「それで全部だ」と腹巻きを巻いた腹を撫《な》でさすった。

「あの……」北海と池田の間になんらかの事変が起こったのだろう『あの夜』のことが、やはり大介は一番気にかかった。「北海さんは池田さんっていう人と、なにがあったの？　あの夜って、いつ？　なにかされたの？」

自分が義春にされたことをなにかに重ね、即座にそんな生易《なまやさ》しいものではないと、大介は思い直す。義春にされたことは、大介にとっては一大事件で、とても悔《くや》しく屈辱《くつじよく》的で、到底許しがたい。だからこそ、鏑木にナイフの研《と》ぎを頼もうとしたのだ。だが一方で、キヨミさんはおおよそを察しつつ、「子どもはチンコやウンコが好きだ」と言ったのだった。つまり、大人からすれば子どもじみた出来事なのだ。

今の義春はもちろん、義春が成長して大人になり、働くようになったとして、あのことを謝るとは思えなかった。謝るとしてもせいぜい「あのときはふざけてごめんな」程度だ。そうして、その軽い態度を、おそらくキヨミさんはひどくは咎《とが》めない。もっときちんと誠意を持って謝れと言うかもしれないが、それをずっと続けろとは言わない。

子どもの罪と大人の罪だ。質が全然違うのだ。

手紙が届き始めたのは、昭和二十四年だ。北海はとうに結婚していた。大人だったのだ。池田のほうも、妻がいることや筆跡に鑑《かんが》みて、大人であることは間違いない。一人の大人が、何年も、何十年も、これほどまでに謝り続けるなにか。

大介にはさっぱり見当がつかなかった。

訊いた大介を無視し、北海は黙ったままでいた。大介も訊いたことを悔いはじめた。なにがあったのと隣《となり》の家の子に尋ねられ、これこれこういうことだとすぐさま答えられるほど単純な体験談ではないと、義春の行為と比較してみてわかった。

大介は、「ごめん、北海さん。僕やっぱり、教えてもらわなくてもいいよ」と、手紙の束をきちんと揃《そろ》えて、北海へと押しやった。

北海は喉《のど》の痰《たん》を切る咳をした。

「……ぼんず。おまえ読めない字はなかったのか？」

「あった」

「どれだ？」

大介は最初に引き抜き、ずっと自分のポケットに入れていた一通を、北海のほうへ向けて広げた。

「これ、読めなかった」

「これか。これは、そくさいって読むんだ。元気だって意味だ」

「これも」

「かこく。すごく厳しいっていうことだ」

大介は読めなかった漢字を、そうして北海に教えてもらった。なるほど、そうだったのかと思うものもあれば、漢字の字面《じづら》や前後の文脈から、想像していたとおりの意味のものもあった。

最後に、読めはするが、なにを指すのかわからない単語を尋ねた。ずっと気になっていた単語だった。

「ラーゲリってなに？」

北海はそれを訊かれるのを待っていたかのように、ゆっくりと頷《うなず》いて答えた。

「ロシア語で、捕虜《ほりょ》収容所のことだ。戦争で敵になった国の兵隊を捕《つか》まえて、ぶち込み、労働させる施設だ」

大介は北海の答えにどう反応していいのか戸惑い、正座のままで動かずにいた。大人、たとえば両親から知らない言葉の意味を教えてもらったときには、「へえ、勉強になったよ」と明るく笑ってみせれば、今までの場合、間違えなかった。大人は「わからないことがあれば、また訊きなさい」と気を良くした。わからないことをわかる人に訊くのは、良いことだからだ。

けれども、今までと同じく「勉強になった」と笑顔を見せるのは、この場合、ずれているように思えた。

少なくとも北海は、大介に普通の勉強として、読めなかった単語や意味のわからなかった言葉を尋ねさせたのではないだろうからだ。

黙って布団の上に正座する大介を尻目に、北海は大介が持っていた一通も交ぜて、手紙を輪ゴムで束にした。そしてそれを上向きに二つに折っている腹巻きの間に突っ込んだ。自分だったらガサガサという紙の質感が気になるに違いないが、北海は平気な様子だ。

「ぼんず」北海は眩《まぶ》しそうに電灯を見やった。「消せ」

「はい」

大介が言われたとおりにして、再び布団に戻ると、北海は大介に背を向けるように横向きの体勢になって、こう言った。

「明日、話す」

それきり北海は音を立てなくなった。耳を澄《す》ませて、ようやく規則正しい呼吸音が聞こえるくらいだった。北海はゆったりと息を吸い、吐《は》いていた。寝息のようでもあった。だが、いびきはほとんどかかなかった。

大介は寝つけなかった。永谷のところに立ち寄った以外、日がな一日車に揺《ゆ》られ続けて疲れた体は、銭湯に入ってすっかりほぐれた。酔《よ》い止め薬も今日は二度飲んでいる。すぐにも眠ってしまえるはずなのに、心臓が頭の中に入り込んで、ドキドキと騒がしく脈打っているようで、眠気は動悸《どうき》の大きさにかき消えてしまうのだった。

目をつぶり、せめて体だけは休ませなければと、薄い布団の中で身じろぎせずに、大介は池田昭三の手紙と二人の過去のことを考える。

ラーゲリ。

シベリアでの日々。

あの酷寒の夜。

ラーゲリは、敵の兵士をぶち込んで働かせる収容所のことだと言った。池田昭三とのことも、戦争が絡《から》んでくるのだ。

昭和二十年の八月十五日。日本は戦争に負けた。

それくらいは、大介も知っている。夏の甲子園を見ていたら、十五日のお昼ちょうどにサイレンが毎年鳴って、黙禱《もくとう》をしている。教科書にも書いてあったはずだ。今年ももうすぐその日が来る。

そこで、思い出す。鏑木の言葉を。

——大介くんは教科書に書かれてあること、先生が言うことは、正しくて本当だって、思っているんじゃないかな？

さすがに戦争に負けたというのは事実のはずだ。けれども、教科書に書いてあることが全部じゃないのかもしれない。

なぜなら、謝っているのが池田昭三で、謝罪を受け続けているのが北海だからだ。

二人は同じ日本人だ。池田昭三という名前の外国人は考えにくい。字だってきれいに書いている。だったら二人は味方同士だったはずなのだ。敵味方だったら、諍《いさか》いがあって当然なのだから、争い終わった後に「あのときはごめんなさい」と一方から、または互いに謝ることはあるだろうが、味方同士だった二人になにが起きたら、こんなに何十年も謝り続けなければならないのか——。

大介は寝がえりを打った。考えはとりとめなく、まとまらなかった。考えても仕方がないとも思った。

明日話すと北海が言ったのだから、聞いてからまた考えよう。

大人の罪と子どもの罪という違いは確かにあるけれど、義春という心の敵がいる自分なら、そういう存在を持たない子どもよりは北海の心が理解出来るはずだ。

大介はそう自分を励《はげ》まし、つぶる瞼《まぶた》にさらに力を込めた。糊《のり》でくっつくのをイメージするように。

ずっと眠れないと思っていたが、いつの間にか寝ていたようだ。大介は北海に揺り動かされて目覚《めざ》めた。

「ぼんず、行くぞ」

部屋の掛け時計を見ると、五時半前だった。

大介は顔を洗ってきて身支度《みじたく》を済《す》ませ、北海と一緒に宿を出た。

今日が来たと思った。「明日、話す」の、明日が今日になった。

北海の顔をさりげなく見やる。特に変わった様子はなかった。ただ少し、瞼が腫《は》れぼったい気がした。

いつ話してくれるのか、大介は心待ちにしつつ、急《せ》かしたいのを我慢した。

そのときは、必ず来る。

北海が、言ったことを反故《ほご》にするなど、大介には考えられなかった。

雨が降っていた。大介は帽子をかぶった。ぐずついた天候は何らかの暗示なのだろうかと、大介はちょっぴりだが胸騒ぎを覚えた。それでも気温はそれなりにあり、歩いていると汗が出てきた。

北海は道路標識を見ながら、雨も気にせず歩みを進める。本州と九州は陸続きではないと、今さらながら思い至った大介は、老人のシャツの裾《すそ》を引っ張って尋ねた。

「船で九州へ行くの？」

「いや、歩いて行く」

大介の目が知らず丸くなる。「歩いて行けるの？」

「関門《かんもん》トンネルってのがあるはずだ」

トンネルを歩いて行き来出来る距離なのかと、大介はひそかに驚いていた。なんとなく、本州と九州はもう少し離れているイメージを持っていたのだ。北海道と本州がそうであるように。

それから、徒歩での移動を選択したのは、北海の手持ちのお金のせいではないかとも思う。いよいよおぼつかなくなってきたのかもしれない。

「朝飯は、九州に着いてからだな」

「うん」

起き抜けはそうでもなかったが、歩いているうちに大介は空腹感を覚え始めていた。しかし北海の決めたことに逆らうつもりもなかった。そもそも朝が早いので、開いていない店が多い。

そのうちに『関門トンネル人道入口』の文字と矢印を表示した標識を見つけた。矢印の方角に従《したが》ってしばらく歩くと、本当にその名を横看板に掲げたトンネルがあった。

トンネルの中に入ると、少し涼《すず》しかった。大介は北海とエレベーターに乗った。歩く通路は下にあるのだ。北海はバッグの中からタオルを取り出して、濡《ぬ》れた顔や髪の毛をざっと拭った。

エレベーターを降り、人が歩くトンネルを真《ま》っ直《す》ぐ見やる。まるで長い長い筒だった。自転車を押しながら九州の方角へ進む人影が、彼方《かなた》に見えた。逆に本州側へ歩いて来る人も、一人いた。

大介と北海は並んでトンネルを歩き出した。

「七百八十メートルだぞ」

北海が言った。大介は老人の顔を仰《あお》いだ。

「調べたの？」

「入り口あたりの看板のどっかに書いてあったな」

トンネルの中のせいなのか、二人の声はいつもとは違うように聞こえた。北海が痰を切る咳をした。

咳の微《かす》かなこだまが、霧が流れるように薄らぎ、完全に消えるほんの一歩手前だった。

「これは、俺の話だ」唐突《とうとつ》に北海は切り出した。「池田昭三ってのはな、俺の仲間で、友人だった」

北海の目はトンネルの先に向けられていた。もっと言うならば、九州側の出口よりもさらに向こう、もはや見えないところに焦点が合っているようですらあった。舞鶴の高台で夕暮れを眺めていたときと同じ目だった。

「友人だったってことは、今は違うの？」

北海は少し考えた。だが、次に老人の口から出てきたのは、その答えではなかった。

「池田とは、満州へ渡る船の中で知り合った。池田は俺より二つ年上で、俺と同じく夫婦での移住だった」

九州側から歩いて来る人の姿が徐々に大きくなるが、まだ顔は見えない。その人は背筋を伸ばして大股だった。

「今の中国の東と北の端《はし》だったね」

「満州って言ってもな、広い。俺たちは北のほう、つまりソ連に近い土地の開拓団だった。あのころ日本政府は、満州には広くて豊かな土地があると、開拓に行く連中を募《つの》った。実際に満州へ入ったのは、農家の二男三男あたりが、多かったな」

一人っ子の大介は、兄弟がいる感覚も、兄弟の弟だから満州へ行くという根拠もわからない。「なんで弟が多いの？」

「長男が親の農地を継《つ》いじまうからだ。俺にも兄貴がいた。だから小学校……当時は尋《じん》常《じょう》小学校って言ったんだが、そこを卒業してすぐ、名寄の質屋《しちや》で奉公した。奉公先の主人の紹介で結婚した翌年、開拓団に参加することにした。俺が二十歳《はたち》の年だから、昭和十一年だったか」

まあ、細かいことは大して関係ないと、北海はため息をついた。

「とにかく、池田昭三と俺は、満州の開拓団で一緒に汗水流した仲間だった。池田は俺にくらべて体力は劣ったが、頭が良くて機転《きてん》も利《き》いてな。農機具に工夫を加えて改良したりして、上手《うま》いことやってた。歌も上手かったな。耳が良かったんだろうな。俺の女房と池田の嫁さんも気が合ってな。家族ぐるみで付き合うようになった。互いの家を行き来したり、一緒にコーリャン粥《がゆ》食ったりな。たばこを吸いながら沈んでいく夕陽を眺めたりした。満州に着いた翌年、うちには娘が生まれた。池田の嫁さんは女房と一緒に、娘の面倒をよく見てくれた」

「清子さんだね」

「ぼんずは覚えがいいな。忘れてなかったか」

頷いた大介を、しかし北海は見てはくれなかった。やはり視線は真っ直ぐ先の、遥《はる》かそのまた先に据えられたままだった。

「開拓はきつかった」

若かりしころの北海が「きつい」と弱音《よわね》を吐く様を、大介はまったく想像出来なかった。いつの間にか、北海の声は低く小さく、大介にだけ聞こえる程度になっていた。

「でもな。もっときついことがそれから先に待っていた」

九州側からこちらへ来ていた人とすれ違う。しゃんしゃんとした歩調だが、顔を見れば、意外にも北海と同じ年頃の老人だった。

「それは、戦争？」

大介が小声で尋ねると、北海は「まあ、そうだな。それが大きいな」と認めた。

「戦争は日に日に激しくなっていて、日本は劣勢だった。ラジオや新聞では、どこそこで戦艦を沈没させたとか、爆撃に成功したとか、良いことしか言わなかったけどな。実際は追いつめられていた。だから、ある程度健康で歳《とし》をくってない男は、次から次へと戦地に駆《か》り出された。ぼんずも赤紙《あかがみ》ってのを聞いたことがあるだろう。召集令状ってやつだ。そいつが届いた。俺にも、池田にも」

「行きたくなかった？」

「さあな。届いたときの気分は忘れた。行きたくないって駄々《だだ》こねても、仕方がねえしな。学校をずる休みするのとはわけが違うんだ」

昭和二十年の夏が始まろうというころに、池田昭三と揃って召集されたと北海は言った。部隊は別だった。自分は満州とソ連の国境付近へ、池田は南のほうへ行く部隊に配属された。だが池田は結局南へは行かなかった。体を悪くして転属になったと聞いた。だが、池田がどうしたかなんて二の次だった。そんなことより敵兵を殺すことばかり考えていた。いや、武器を持たされ、考えさせられた……。

「本当に殺したことはあるの?」

北海は剃《そ》り残しの髭《ひげ》がまばらに生《は》えた顎《あご》を撫でた。

「あるかもしらんな。俺も銃は撃《う》った。夜の銃撃戦だったから、その弾が当たったかどうかはわからんが、当たっていたら殺しているかもな」

最初は重いと思った銃剣を、いつしか重く感じなくなったと言いながら、北海は髭の中でひときわ長い一本を指で引き抜いた。

「ぼんず、八月十五日は何の日だ?」

「終戦の日だよ」

大介は即答する。北海は指先の髭をぴんと弾《はじ》き飛ばした。

「学校で習ったか」

「それもあるし、毎年その日は……」

答える大介に、北海は自分の言葉をかぶせてきた。「俺は、その日に戦争が終わったとは思ってねえ」

「どういうこと？」

「その日、俺と池田の部隊はどちらとも、ソ連との国境すぐ近くにいた。移動中だった。日本が無条件降伏したなんて知らんかった。ロスケは知ってたはずだがな。でもあいつらは俺たちを捕まえた。捕虜としてな。俺たちの戦争はあの日を過ぎても終わらなかった。むしろ、その後のほうが、いっそうひどいもんだった」

北海はそこで立ち止まった。下に目を落としている。北海の目が捉《とら》えているものに、大介も少し前から気づいていた。

トンネルの地べたに、一本横線が引かれているのだ。線を挟《はさ》んで、歩いて来たほうには『山口県』、向こう側には『福岡県』という白字があった。大介はひとときの北海の過去を脇に退け、線をまたいで立ってみた。右足は山口県、左足は福岡県だ。北海道には県境というものがないので、こういう境界線は物珍しいのだ。

「ねえ、北海さん。これって僕はどっちの県にいるのかな？」次に、境界線の上に綱渡りのように両足を前後にして立って、腕を広げてバランスを取る。「これもどっちかわかんないよね」

「ぼんずはどっちがいいんだ」

「どっちがいいとか、そういうんじゃないけどさ」

少し山口寄りに体重がずれて、大介はバランスを取るべく体を斜めにした。

北海がにやりと笑い、大介の体を軽く押した。大介はよろめき、福岡県側でたたらを踏《ふ》んだ。

「なにするの？ 僕はもうちょっと境目に立っていたかったのにさ。それに全部福岡県に入るなら、ちゃんと心の準備をして、自分の足で入っていきたかったよ」

「そりゃ、残念だったな」北海は悪びれなかった。「だがな、ぼんず。そういうもんさ。自分がどうしたいといくら思っても、横からちょいと押されれば、そっちへ倒れちまうもんだ。足場が悪けりゃ特にな」

足場がいい、しっかり立っていられるところに、俺たちはいられなかったと、北海は顔を歪《ゆが》め、白線をまたぎ越えた。

「国境近くにいた俺の部隊は、ソ連軍に捕まって捕虜になった。それで連れて行かれたのがラーゲリだ。同じように池田の部隊もとっ捕まって、俺たちはラーゲリで再会した。で、日本人の捕虜がなにをやらされたかというと、昼夜を問わない労働だ。でもな、国際法ってやつで、捕虜を労働力として使うことは、本当は禁止されている」

大介はすぐに真面目《まじめ》な顔に戻し、北海の左横に引っついた。「禁止されているのに働かされたの？　なんでだろう？」

「ソ連も戦争で多くの人が死んだ。戦後復興に向けての働き手が足りなかったんだな。そんなわけで、俺たち捕虜を使ったらしい。機関車を作らされたやつもいれば、ダムや発電所を造らされたやつ、石炭を掘らされたやつもいると聞いたな」

「ラーゲリってアウシュビッツみたいなところ？　アウシュビッツなら僕も聞いたことがある」

「俺はアウシュビッツに行ったことがないから、なんとも言えんな。とにかく、いろんな部隊から寄せ集められた捕虜たちは、そこでさらに十人程度の班に分けられて、それぞれで野営のような天幕《てんまく》を張って寝起きした。俺と池田は一緒の作業部隊だった。食事は一日二回。朝と晩だけだ。昼はなかった。豆が数粒しか入っていない汁物やジャガイモがほとんどだった。あとは小さな硬いパンがたまに出るくらいだ。酒やたばこなんてもってのほかだ。そんな中、俺たちはシベリアの森林を伐採して運んだ。重労働だったな。しかも夏はやたらと蠅《はえ》が多い。ああいうところは暖かい季節が短いから、虫もいっぺんに湧《わ》くんだ。しかしな、それでも最初のラーゲリは、そう悪くはなかった」

「それは、なんで？」

「ソ連兵がなかなかいいやつだったんだ」

「え？　敵なのに？」

「敵だが、人間だからな。気のいいやつだっているさ」

特に一人、気さくなあんちゃんがいたと、北海は寸時《すんじ》目を閉じた。少年みたいに童顔だったそのソ連兵から、北海は編《あ》み物を教わった。生来指先が器用だった北海は、すぐに簡単なマフラーや帽子、手袋、靴下などは編めるようになった。

「あのソ連兵は、少しだけぼんずに顔が似てたな」

大介はどう返していいのか戸惑い、結局なにも口にしなかった。北海もそのまま話を続けた。

「本当は駄目《だめ》だったのかもしらんが、ソ連兵のあんちゃんは、不出来なのはそのまま俺にくれた。あまりものの毛糸もくれた。俺は同じ班の連中に腹巻きを作ってやった」

北海は自分のシャツの腹を撫でた。ちょうど腹巻きを巻いている上から。

「池田の腹巻きは真っ先に作った。池田は俺に礼だと言って、こっそり木の実をくれた。

南方に行く前、体調を悪くしたときに、手に入れたと言っていた。食うことも出来るし、腹具合が悪いときの薬にもなる実だと」

「助け合っていたんだね」

「食いもんにはみんな飢《う》えていた。そんな非常食があったら、普通なら黙って隠し持って、誰にもやらねえ。でも池田はくれたんだよ」

なら、池田昭三はいい人なんじゃないか。なにがあのひたすらの詫び状に繋《つな》がるのか――大介の思いを察したのだろう、北海は「そこのラーゲリでは、助け合っていたんだ」ともう一度言葉を重ねてから、

「だがな」

と目を眇《すが》めた。

「一年半で俺たちは移動させられた。家畜みたいに列車に詰《つ》め込まれて、別のラーゲリに移されたんだ。日本に帰る船が出る港へ行くとばかり思っていたから、違うとわかったときの気分ってのは……」

二番目のラーゲリはもっと寒いところだったと、北海は述懐した。とにかく寒いところだった。四月近くになっても、ラーゲリ近くの池の氷は厚く張っていた。

「冬になるとな、気温は札幌で一番寒い日よりも二十度くらい低い。それが毎日だ。しか

も冬が長い。一年のうちの四分の三が寒い季節だ。その中で、明けても暮れても労働だ。腐《くさ》れ縁《えん》ってやつなのか、作業部隊では、また池田と一緒だった。俺たちには一日にどれくらいの作業をしなければならないという決まりがあって、達成出来なかったら飯も食えなかった。前のラーゲリにもノルマはあったんだが、あそこには気のいいやつがいたから、少し助かっていた。二番目のラーゲリには、気のいいソ連兵はもういなかった。粗末な食事と重労働で病気になるものが跡を絶たなかった。そこでも木を切って運んだんだが、作業中の事故も多かった。寒いし、俺たち捕虜は弱っていたからな。切った木の下敷《したじ》きになっちまうやつが続出した。脱走を企《くわだ》てたら容赦《ようしゃ》なく銃殺された。戦争は終わっているのに、俺たちはこのまま牛馬以下の扱いを受けて働かされたあげく、日本に帰れずに死ぬのか、家族にも再会出来ずに……俺だけじゃなく、みんなそう思い始めたんじゃねえかな」

帰りたかった。なんとしても生きて帰りたかった。なのに、日本の捕虜たちはシベリアで死んでいく。弔《とむら》いもろくにされない。

「施設には死体置き場があってな。順番に不寝番をさせられたもんだ。割れたガラス窓から入り込んだ雪が、死体に積もっていくのを眺めたよ。あのころ俺は、今日明日に死ぬってやつがわかった」

「えっ、すごい。超能力？　それとも推理力？」

「そんなたいそうなもんじゃねえ。シラミが教えてくれるのさ。ぼんずが上野で不潔だって言った、あのシラミだ。俺たちにもな、あの厄介《やっかい》な小さな虫が体中にたかっていた」

弱って体温が下がると、そいつにたかっているシラミが、こぞってまだ温かい人間へ移動する。だから死にそうなやつがわかる。シラミが離れたやつは、大体その晩死ぬ。

ソ連兵が俺たちを見る目は厳《きび》しかった。あいつらは服従のみを強《し》いた。

北海の口調はゆっくりと嚙みしめるようで、難所を一歩一歩確かめながら進む登山者の足取りを思わせた。

「そのころの俺たちにはな、思想ってやつがとても重要だった。ソ連の思想は共産主義ってやつだ。スターリンっていう髭のオヤジがその考えをソ連に広めた」

「共産、主義」

「共産主義思想については、俺も先生みたいに教えられねえ。ぼんずがもし興味があるなら、家に帰ってから勉強してみろ。図書館で本を読んだりしてな。一つ言えることは、アメリカは民主主義思想だ。違う考え方だ。考え方が違う相手と仲良くなるのは、まあ難しい。モスクワオリンピックがどうなったか、ぼんず、知っているか？」

「アメリカや日本は、選手を派遣しないでボイコットした」

「今もそんなふうに、表立って戦争をしていないのに、いがみあっている。ましてやシベリアではまだ戦争は続いていた。俺たちは捕虜だったんだ。敵兵じゃなかったらとっ捕まらねえ。自由に日本へ帰れたはずだ」

北海は大きく息をつき、乾いた唇を舐めた。大介は老人の左手を見た。その手はゆっくりと開いたり握られたりしていた。心臓が鼓動を刻《きざ》むようなリズムで。

「二番目のラーゲリで、俺たちは、共産主義思想を強要された。そりゃあ徹底的な『教育』を受けた。俺はあまりわからんかったけどな……共産主義者のふりはした。生きるためにな。それとな、ソ連ってのは革命で出来た国ってのがまた重要だった。革命ってのは、簡単に言やあ、下の連中が上の支配者を倒すことだ。共産主義思想を『教育』するとき、ソ連兵はわざと日本兵の中で階級が低いやつに、上官を殴《なぐ》らせたりした。表向きは暴力を禁止していたが、俺たちがいたラーゲリでは、そんなもん関係なかった。そしてそこではな、捕虜たちに待遇の差が出た。捕虜の中でも熱心な共産主義者で俺たちを教育出来る人間と認められたら、炊事場担当や思想教育の新聞を作る係になれた。つまり、外の作業に行かなくていいってことだ」

そいつが曲者《くせもの》だったと、北海は唇を歪めた。

「出来ることなら、誰もが炊事担当や新聞の係になりたかった。でもその椅子《いす》は多くない。となるとなにが起こるか……点数稼《かせ》ぎに密告が横行する。あいつは反共産主義者だと言いつける。そうして自分の心証を良くする。逆らうやつは『反動』と呼ばれてな、仲間外《はず》れだ。互いが互いの腹を探り合う空気になった。そんな連中が一緒に作業したところで、上手いことといくわけはねえ。ノルマが達成出来なければ罰《ばつ》だ。だから、いけにえが必要になった。おまえのせいで作業が進まなかったと犯人を決め、そいつをことさら痛めつければ、痛めつけたほうはソ連に従って真面目にやってるように見えるって寸法よ」

チリチリと焦《こ》げつくような痛みを感じ、大介は鳩尾《みぞおち》を手で押さえた。「でもみんな、同じ日本人だったんでしょ？」

「そうだ。だから、おっかねえのよ。人の心ってやつはおっかねえ」

――人だから、おっかねえ。

北海の呟きが思い出される。

ポキンと高い音がトンネルに響いた気がした。握り込んだ北海の左手の、どこかの指関節から発せられた音のようだった。

「日本に帰れるのか、このまま死ぬんじゃないか。そんな先の見えない不安が、俺たちを少しおかしくしていたのかもしれん。とにかくみんな戦々恐々としていた。誰だって反動だなんだと難癖《なんくせ》をつけられ、痛めつけられるのはごめんだ……痛めつけられずに済む一番簡単な方法がなんだか、ぼんずわかるか？」

大介はわかる気がした。クラスのみんなが見ている中で嗤いものになったのをきっかけに、自分が標的にならないように気配を消すことを覚えた。夏休みに入る前、長谷川武史が墨汁《ぼくじゅう》のキャップにいたずらをされていた。義春たちの目が武史に向いている間は、安全圏だった。

「自分以外の誰かにその役目を押しつければいい」

考えは当たっていた。北海は頷いた。

「実際はな、密告されるほど反共産主義を態度に出すやつなんて、そのころになるともういねえんだ。みんな死にたくねえしな。でもそれじゃあ、楽な思いをしているやつが焦《あせ》り出す。上手いこと摑《つか》んだ飴玉《あめだま》をみすみす取られたくはねえからな。だから、密告や仲間内での吊《つる》し上げは収まらなかった。むしろ激しくなったほどだ。それにな、スターリンの思想を受け入れたやつは、帰国の道が開けるっていう噂《うわさ》も流れていた。そんなある夜だ。どこの誰かは知らねえが、池田を密告したやつがいた。俺たちのぼろで粗末な小屋に、銃を持ったソ連兵が来て、池田に尋問《じんもん》をしようとした」

北海の左手は、まだ握ったり開いたりを繰り返している。

「しかし池田は機転が利いた。耳も良かった。あいつはとっさにソ連の国歌を歌ったんだ。上手かったよ。ソ連兵が歌っているのとそっくりそのままだった。しかも俺が編んだ赤い腹巻きを旗のように振りながらな。赤い旗ってのはな、まあ、特別な意味があるのさ。ソ連の国旗も赤いだろう？　それでソ連兵の動きが止まった。池田が免《まぬか》れたら、その分誰かに火《ひ》の粉《こ》がかかる。班内にいた一人が言った。佐藤北海のほうが共産主義思想に反抗的だと。そうしたら池田は」

古い機械がみしみしと音をたてて軋《きし》むように、いびつな左手の指が折りたたまれた。

「池田はそれに同意した。同意したんだ。もちろん言ったとおり俺は教育に従うふりをしていたし、心の中にはなんの思想もねえ。共産主義だろうが民主主義だろうが、今日を生き抜くことがすべてだった。でもあいつは、同意した。自分が助かるために。俺を指さして、制裁を受けるべきは佐藤北海だと叫んだ」

北海の左手が、拳《こぶし》のままで動かなくなった。

「それで班のやつらは動いた。ソ連兵の目の前で、俺は散々殴られた。池田も殴った。味方だったはずの連中が俺を半殺しにした。人なんてのは、もろいもんよ。足元がしっかりしてなきゃ、ちょっとのことで転んじまう。ソ連兵が去っても、痛めつけは終わらなかった。俺は殴られた後、外に放り出された。二月の終わりのシベリアの夜だ。寒いより空気が痛くて、そのうち痛みも麻痺《まひ》した。息を吸うのも難しかった。冷たい空気が肺をおかしくしたし、鼻毛が凍って中で貼《は》りつく。吐く息もすぐに凍る。息は上に行くから、まつ毛も凍る。そうなるとな、一度瞬《まばた》きしたら目も開かなくなる。それを無理やり開けたらまつ毛がちぎれる。木が鉄砲を撃つみたいな音で鳴るのも聞いた。俺は必死で目を開けていようとした。だが、じきに諦《あきら》めた。目も濡れているからな、端っこの方から凍ってくる。かき氷を細かくしたのが目からシャリシャリ落ちた。俺は目をつぶって、しばらくしてなにもわからなくなった。それで、俺の足や左手はこんなになった。凍傷《とうしょう》でいかれちまったのさ。でもな、よくこれくらいで済んだ。死ななかったのが不思議でたまらん」

たばこを吸っていないのに、北海の吐息は長く直線的で、紫煙《しえん》を吐くようだった。吐きって しばらく、北海は黙った。五十メートルくらい、二人はなにも言わずに歩いた。

「気づいたとき、俺はラーゲリの中の医療施設にいた。病気や作業中の怪我《けが》で働けなくなったやつらが、とりあえず担《かつ》ぎ込まれるところだ。ろくな手当はされん。出される食事だって、粗末なもんにかわりはない。毎晩シラミが列をなしてあちこち移動していた。だが、一つだけ良かったのは、朝から晩までの重労働から解放されたことだ。くたびれ果《は》てていたからな。俺はそこでなんとか治った。治ったっていうか、まあ、あれだ。死に損《そこ》なったんだな。運び込まれて、三ヶ月くらい経っていたかな」

「……治って、池田さんのところへ戻ったの？」

おずおず尋ねた大介に、北海は首を横に振った。

「池田はなあ、もういなかった。帰国していた。あいつはソ連兵に共産主義思想の同志だと認められたと、そう聞いた」

しばらくして北海も、帰国を許された。指を失い、労働力が落ちたせいもあったし、収容所の状況も変わりつつあった。北海は舞鶴港行きの日本への引き揚げ船に乗った。

「昭和二十三年の秋に、俺はようやく日本の地を踏んだ。家族のことが気にかかったが、なんもわからなかった。とりあえず、名寄の実家に帰った。実家の家族が、満州から引き揚げる道中で、女房と娘が死んだと教えてくれた。翌年、池田からの最初の手紙が届いた。池田も池田の嫁さんも生きていた。俺は読むだけ読んで返事は出さなかった。そのうち実家にもいづらくなってな、なんとか金の都合をつけて、一人で札幌に移り住んで質屋を始めた」

「僕の家の隣で？」

「そうだ、あそこでだ」

「……だから池田昭三さんは、ずっと手紙で謝っているんだ」

家族ぐるみの付き合いをしていた友人で仲間を、自分が助かるために裏切り、売った。真っ先に腹巻きをくれた北海を。大事にしていた非常食の木の実をあげた相手を。

味方だったはずの二人が、一夜を境に敵になった。

まかり間違っていたら、北海は死ぬところだったのだ。池田をずっと恨《うら》みに思っていても、不思議はない。ボストンバッグの奥底に、ぎらりと光るナイフが潜《ひそ》んでいたとしても。

福岡県側の出口は、すぐそこまで来ていた。

「池田さんは、帰国してからクリスチャンになったんだね」

「そういや、おまえ」北海が横目で大介を見下ろした。「なんでそれがわかったんだ?」

大介は「天にましますす我らの父よ」から始まる主の祈りを口にした。

「これと同じ文章が、手紙の中にもあったでしょう? 僕が通っていた幼稚園は、カトリックの幼稚園だったんだ。毎日、天にましますって言っていた。それに、牧師様とも書いてあったし」

「ああ、そういや書いてあったな」

トンネルの端には、下関側と同じようなエレベーターがあった。それに乗って地上へ出る。門司《もじ》というところだと、北海は教えてくれた。

九州側も雨が降っていた。大介は構わず、胸いっぱいに空気を吸い込んだ。九州の空気だ。長崎まであと少しだ。

北海が積年《せきねん》の恨みを抱く相手、恨まれても当然な言動で北海に消えない傷を与えた相手は、もうすぐそこにいる。

大介はポケットからメモを取り出し、今一度読む。

長崎県長崎市。

トンネル内での池田とのいきさつを聞いて、大介は北海がどんな決意を秘めて旅に出たのかを、すっかりわかったと思った。札幌での北海が、いつも人を寄せつけない鋭い目つきでいたことも。

「北海さん、ありがとう」大介はきちんと頭を下げた。「戦争のことをいっぱい教えてくれて」

しかし北海は「それは違うぞ、ぼんず」と釘《くぎ》を刺した。

「あれは、俺の戦争の話だ。別の人間に戦争のことを訊けば、みんなそれぞれ違う話をする。頑《がん》として話したがらないやつだっている。人の数だけ、戦争はある」

北海の落ち武者のような髪が、雨と潮《しお》まじりの風に吹かれて揺れた。

「あれは、俺だけの戦争話だ」

大介は北海の左手に視線をやった。固く握りしめられていたその手は、今は大儀な仕事をやり遂《と》げたかのように、弛緩《しかん》して、いびつな形を晒《さら》していた。

「うん。わかった」大介はもう一度お礼を言った。「北海さんの話を聞かせてくれて、ありがとうございました」

北海の左手が、優しく大介の頭を包み込んだ。大介は頭上に手を回して、その左手に両手で触れた。

「僕は、池田さんとは違う。これから先もずっと、なにがあっても、北海さんがなにをしても、北海さんの味方だよ」

北海は軽い驚きをその顔に浮かべた。それから一転、表情は苦笑まじりになった。老人は唇を歪ませて、低く押し殺した笑い声を出した。

第九章　覚悟

海の匂《にお》いのする中を、北海は歩き始めた。大介のお腹が鳴った。北海の血色のよくない唇がわずかに横に引かれ、拭《ぬぐ》い去れない過去を引きずった左手が、上野で買った帽子の上に軽く下ろされた。

「なんか食ってから、電車に乗ろう」

宿を出たときは、世界はまだ起き抜けという感じだった。しかしトンネルを歩ききって九州に辿《たど》り着いた今は、はっきりと目覚《めざ》めて朝の顔をしている。

「門司の駅の近くに行きゃあ、なんかあるだろう」

道路標識には門司港駅の文字があった。北海はそこへ向かうようだ。

「駅から長崎行きの電車は出ているのかな？」

「訊《き》かなきゃわかんねえな。俺も詳《くわ》しくねえからな」

北海は東京が旅の終わりと思っていたはずだ。墨田区の池田昭三宅の最寄《もよ》り駅やルートは調べたかもしれないが、その先は突発的なもので、予定になかった。わからないのも道理だ。

「まあ、訊きゃあなんとかなるだろ。長崎にだって駅はある。乗り継《つ》いで行きゃあ、行けるさ」

門司港駅まで二人は歩き、駅近くの売店でパンと飲み物を買って、駅の待合コーナーでそれを食べた。駅前の通りで見つけた「焼きカレー」の出ている洋食店が大介は気になったが、当然まだ開いてはいなかった。食べ終わって北海が窓口の駅員に話しかけ、情報を得た。長崎へ行くには鹿児島《かごしま》本線を利用し、鳥栖《とす》というところで乗り換えるといいらしかった。

北海とともに大介も切符を買った。もちろん自分でお金を出した。特急券は買わなかった。普通列車で行くのだ。大介はそれで良かった。ずっと北海と列車に乗っていたいと思った。

トイレを済《す》ませ、酔《よ》い止め薬も飲み、準備万端《ばんたん》で待っていると、改札が始まった。

普通列車はがらがらではなかったが、ひどく混んでもいなかったので、二人はボックスシートの窓側に向かい合って座ることが出来た。北海は窓を雨が入らない程度に開けた。潮《しお》と鉄の臭《にお》いが入り込んできた。

電車が動き出してから、大介は他の乗客をじっくりと見回した。明らかに旅行客と思われる風体《ふうてい》の人間は、ほとんど目につかなかった。一人リュックを網棚《あみだな》に載《の》せた青年がいて、彼の周りだけには旅をしている空気が漂《ただよ》っていた。大介は苫小牧のフェリー乗り場で出会い、夜に両国駅まで送ってくれた井上を思い出した。広島に行くと言っていた彼の旅は、もう終わっただろうか。それともまだ気ままにふらふらしているのか。

井上の顔を、大介は頭の中で再現してみる。どんな場面やセリフをあてがっても、井上は気さくに笑っていた。

次に高村でも同じことをしてみた。記憶の中から最初に浮かび上がってくる高村の顔も、陽気に白い歯を見せた表情だ。

そんな彼らの顔を思い浮かべていたら、なぜだか大介の喉《のど》はきゅっとすぼまり、重苦しいような鈍《にぶ》く痛むような感じになった。

ゆっくりと確実に、メモに書かれた住所に近づいている。それは言い換えれば、旅の終着点が迫っているということでもあった。

このメモの場所で北海はなにをするのか。なにを目的に北海は旅に出たのか。

トンネルの中で、手紙の差出人である池田昭三との因縁を聞かされ、大介は想像していた光景が現実に近くなったと感じていた。顎《あご》を上げて仰《あお》ぐと、北海が網棚に載せたボストンバッグの底が見えた。底面には若干《じゃっかん》の汚れがついていた。

あのバッグの中に、人を傷つけるものが入っていたとしても、なんの不思議もない。大介のポケットの中にだって、ビクトリノックスのナイフが忍んでいる。

大介の正面に、進行方向を背に座った北海は、腕組みをしながら目を閉じていた。眠っているのかどうか、大介は瞼《まぶた》の下で眼球が動いていないかを観察した。目は動いていなかった。かといって、寝てしまったとも思えない。

大介は車窓に視線を移した。

上野駅で北海に置いてけぼりにされ、井上を頼って東京駅まで行ったとき、大介は延々と途切《とぎ》れない街の明かりに驚いたものだった。そこから随分《ずいぶん》と遠くまで来たが、やはり東京が一番の都会だった。

窓の下のちょっとしたでっぱりに無理やり左肘《ひじ》を乗せ、帽子のつばを後ろに回して、大介は吹き込む風を顔面に浴びながら外を眺《なが》め続けた。家を見ると、とても不思議な感覚にとらわれた。窓が開け放されていたり、雨戸が閉じられていたり、改築工事中で足場に囲まれていたり、いろいろな家があったが、どれを目にしても不可解な落ち着かなさが、大介の胸に満ち満ちた。

あの家の一つ一つに人が住んでいて、自分と同じ小学六年生もいるかもしれない。その子はなぜ自分じゃないのか。そう思って不思議になったのだ。

自分は札幌の両親のもとに生まれて札幌で暮らしているけれど、どうして今過ぎた瓦《かわら》屋根の家の子じゃなかったのか。あの家でもお母さんは勉強をしろとうるさいのか。勉強をしなかったらお父さんに言いつけられて、拳骨《げんこつ》を落とされるのか。

その子も、ザ・ドリフターズの番組は好きだろうか。

今、自分は旅の途中だが、他の誰かは日常を送っている。誰かの日常に、自分はなに一つ関係がない。

自分はいったい何者なのだろう?

あるいは、どうして今、小学六年生として生きているのだろうとも思った。もっと未来、逆にもっと昔に生まれてこなかったのはなぜなのか。

もし北海と同じ年代に生まれていたら、自分も早くに結婚して、満州に行って、戦争に駆《か》り出されていたかもしれない。命を拾《ひろ》った北海や池田昭三とは違い、大介なら鉄砲の弾に当たったり、落とされた爆弾に焼かれて死んだかもしれない。

眩《まぶ》しくもないのに大介は目を細めた。踏切が鳴る音が大きくなって、あっという間に後ろに流れていく。窓の向こう、すぐ近くに竹林が茂る。車一台程度の幅しかない車道を横切る一瞬、大介は黒と黄色の遮断機の向こうで、傘を差して踏切が開くのを待っている二人の子どもを見た。一人は大介と同じ年恰好《としかっこう》の男児で、もう一人はその少年より三、四歳年下らしい少女だった。兄妹のようだった。二人と目が合ったと感じたのは、錯覚かどうか判断がつかなかった。兄は坊主頭で、妹は短いおかっぱだった。

次の細い車道を横切る踏切でも、大介は少女を目にした。

今度は一人で、先ほどの女の子よりは大介に近い年齢の子だった。彼女もおかっぱ頭だった。その直線的に切られた黒髪は、走る列車が巻き起こす風にあおられ、生きているかのようになびいた。

次の踏切にもおかっぱの少女がいた。白い半袖《はんそで》のブラウスに、水色のふわっとしたスカートを穿《は》いていた。少女は行き過ぎる大介の視線を追うように、顔を動かした。

大介は北海に話しかけようとした。似《に》たような少女が三人も続けて踏切にいた偶然を、教えたかったのだ。

口を開きかけ、思い出した。

——いつの間にか、小さな女の子が紛《まぎ》れ込んでいた。白い半袖ブラウスにスカート姿で、髪はおかっぱだったそうだ。

上野の宿屋で北海がなぜか聞かせた、奇妙で不気味な香りが立ち込める話を。

誰も知らない、焼き場に現れた女の子。焼き場の職員は少女を無視した。少女は親族がお骨を拾う場所にまでついて来て、「いいなあ、焼いてもらえて……」と言った。

それを聞いたとき、大介はおしっこを漏《も》らしそうになった。どう聞いても幽霊話だったからだ。北海はトイレに走り、戻ってきた大介に「怖《こわ》かったか？」と尋《たず》ねた。怖がらせようとして話したに違いないと思ったから、あのときは意地で否定した。

そのとき北海は、引っかかることを言ったのだった。

――まあ、怖い話じゃない。

怖い話じゃなかったら、なんだったのか。

一つ倒せば次のドミノも倒れるように、今朝《けさ》聞いたばかりの北海の一言が思い出された。

――人の数だけ、戦争はある。

戦争話が人それぞれにあるように、大介にとっては幽霊話でも、北海にとっては違う。そういうことかもしれない。

確かめてみようと思ったが、北海はまだ目をつぶったままでいた。先ほどよりも顎が引かれ、頭は窓側に傾き、今にも窓枠におでこがくっつきそうだった。耳を澄《す》ますといびきも聞こえた。さすがに狸寝入《たぬきねい》りには見えなかった。声をかければすぐに反応しそうだが、それをするのは憚《はばか》られた。

長崎まで時間はある。大介は自分も目を閉じた。外界の残像が瞼の裏に白っぽい模様を作った。

北海の体は巌《いわお》のように重々しく夏の光を遮《さえぎ》って、黒く大介の眼前に立ちはだかってい
た。北海が見つめる先には男がいた。北海と同年代のその男は、背はそこそこ高いが小太
りで、狡猾《こうかつ》そうな一重《ひとえ》の目をしていた。

北海は一言も発せず、男ににじり寄った。男は胸の前で両の手のひらをこちらへ向け、
下卑《げび》た半笑いを浮かべた。大介は男の表情に、義春と同種の意地汚さを見て取った。北海
はさらに歩を進めた。男は唇を引き、黄色い歯を見せながら、嫌々《いやいや》をするように首を横に
振った。

北海の左腕がすっと上がった。その動きで、銀色が輝いた。

自分勝手な裏切り者のせいでいびつな形に様変わりした手は、刃を握《にぎ》っていた。柄《つか》もな
にもない、裸の刃だ。

その刃の先端《せんたん》が、下卑た男の胸に突き刺さる。北海は引き抜かないまま腕を下ろした。
男の胸から腹に、縦《たて》の線が出来たと思いきや、その線はぱっくりと口を開け、次の瞬間赤
い飛沫《ひまつ》が迸《ほとばし》った。

北海は刃を逆手《さかて》にし、今度は男の胸を北海から見て右から左に裂《さ》いた。ホースの先端を押し潰《つぶ》したときのように、血は勢いよく平面的に体からあふれた。

男は胸に刻《きざ》まれた赤の十字架《じゅうじか》を天にさらして、仰向《あおむ》けに倒れた。

大介は北海を呼ぼうとした。だが声は出なかった。北海は倒れた男には目もくれず、ぎらぎらと降りそそぐ夏の陽《ひ》を睨《にら》み上げた。大介は言うことを聞かない自分の喉を懸命《けんめい》に叱咤《しった》した。北海さん、北海さん、北海さん。

北海が握る刃から血は滴《したた》り、倒れた男からも血が湧《わ》き出る。涸《か》れることを知らない泉さながらだった。血は海となり、男を隠し、大介と北海の足を濡《ぬ》らし、膝《ひざ》に、さらには腰に到達した。

相変わらず声は出ない。

このままだと溺《おぼ》れてしまう。血が胸に迫り、大介は北海の腕にしがみついた。

太陽を睨み据《す》えたまま、北海が言った。

「俺は復讐《ふくしゅう》した。罪を犯した。犯罪者だ。それでもぼんずは俺の味方か?」

大介は、しがみつく指に力を込めた。北海の腕は磨き上げられた大理石のようで、硬《かた》く、とっかかりがなく、いくら頑張《がんば》ってもむなしく指は滑《すべ》った。見上げる北海の頭は逆光で真っ黒だった。

「味方だよ」大介は必死に訴えた。「なにをしても味方だって言ったじゃないか」

だが、口は動かせても声が出ないのだ。

北海は大介を振り払い、一人で血の海の沖へ進み出した。大介は声を嗄《か》らして北海を呼んだ。北海の姿が、目も眩《くら》むばかりの光と、満ちてゆく朱《しゅ》の中に、どんどん小さくなっていく。

「北海さん」

ようやく声が出たと思ったら、大介の上半身が前へつんのめった。窓の下にある小さなでっぱりに、顔面をぶつけかける。心臓はとても速いリズムを胸の中で刻んでいた。

「ぼんず、どうした」北海が向かいの席から身を乗り出して、心配そうに大介の顔を覗《のぞ》き込んだ。「うんうん言っていたぞ。具合でも悪いか？　変な夢でも見たか」

大介は帽子を取って、それで首元を扇《あお》いだ。髪の毛は寝汗で蒸《む》れていたので、窓からの風を浴びると、すっとした。目の前の北海はちゃんと人の体をしていて、硬そうではなかった。血も、どこにもなかった。

「うん、変な夢を見たんだ。知らないうちに眠っちゃっていたんだね」

「そうか」

北海は夢の内容を訊かなかった。ただ、

「夢で良かったな」

　そう言っただけだった。

　大介は椅子《いす》の背もたれに体重を預けながら、上に視線を向けた。網棚に置かれた北海のボストンバッグは、乗車時に置いたまま微動だにしていなかった。

　いつの間にか唇は乾いていて、大介はまた車窓を眺めつつ舌で湿《しめ》らせた。気がつくと雨は止み、列車は陰鬱《いんうつ》な曇り空の下、ちょっとした街中を走っていた。街の名前はわからない。近づいては後方へ去っていく家々を数えながら、大介は先ほど見た夢を頭の中で大まかにさらった。

　旅に出たときは、ああいう夢が現実になるのを望んでいた。爆発が見たかった。なにもかもをねじ伏せ、黙らせてしまう、大きな打ち上げ花火みたいなものを。自分が義春にしたくて出来ずにいることを、かわりに北海がやってのけ、自分を取り囲む、なにもかもをつまらなくする靄《もや》みたいなものを一掃してほしかった。

　今の大介にも、まだ期待は残っている。

　でも、うたた寝で見た夢が長崎で現実になったとしても、もろ手を挙げて単純に「これを望んでいたのだ」と歓喜はしない。出来ない。

　どうして変わったのか。喜びのほかになにがあるのか。大介は自問し、やがてあやふやではあるが、もしかしたらそうではないかと思うものに行き当たった。

それは使命感だった。

池田昭三の新住所を知らなかった北海を焚《た》きつけ、いろんな人と出会いながら西に向かい、終着の地が刻々と近づく中、昔の事情を知った。北海の戦争を知った。池田が北海にしでかしたことを知った。

北海がなにかをするなら——なにかをしに札幌を出たはずなのだ——それを全部見届けるのが、ここまで同行した自分自身の逃れられない役目なのでは。

そうして、結果、北海がどんなに誰かに責められ、後ろ指を指されようと、自分だけはけっして敵にはならない。北海にはそうするだけの理由があった、その気持ちは理解出来る、だからわかっていても止めなかったと、男らしく主張するのだ。

使命感という答えに辿り着いた大介は、背もたれにもたせかけていた背中を離し、きっちりと背筋を伸ばした。夢の名残《なごり》の汗と動悸《どうき》は、いつしか朝露《あさつゆ》が蒸発するように消えていた。北海は姿勢を正した大介に、どうしたと語り掛ける表情になった。大介はにっこりとして見せた。心配をかけてはいけない。北海が自分の目的を心置きなくやり遂《と》げられるようにしなくてはいけない。足を引っ張るなんてもってのほかだった。大介は今までどおりに振る舞うべきと考えた。下手《へた》に心配したり気を回すそぶりをすれば、聡《さと》い北海はなぜそんな態度を取るのかと、同じ気遣《きづか》いをこちらへ返してくる。

「ねえ、北海さん。鳥栖まであとどれくらい？」

大介は明るい声を出した。

鳥栖駅には正午になる前に着いた。北海に続いて電車を降り、乗り換え列車が入構するホームへと歩く。

「長崎本線で長崎に行く」

急行列車も走っているようだったが、北海はそちらには向かわなかった。あくまでも鈍行を使うのだ。

「駅弁、食うか？」

「食べる」

「座って待ってれ」

「一緒に行く」

ホームにある売店で北海と大介はそれぞれがお金を出し、同じ弁当とお茶を買った。お茶はフェリーから降りて東京へ向かう電車のなかで口をつけたものと同じ、四角い容器に円《まる》い蓋《ふた》がついている形だった。それを見て、大介の喉元はきゅっとまた狭《せま》くなった感じがした。

大介は弁当をゆっくりと食べた。お腹《お》が減っていないのではないが、北海の隣《となり》ですぐに食べ終わってしまうのが、なんだか惜しかったのだ。もそもそと白身魚の揚げ物を口にして、少し硬めのご飯をしっかりと何度も嚙《か》んだ。一方、北海は手早く食べ終わり、割り箸《ばし》を二つに折って空《から》の折りに入れてベンチの隣の屑籠《くずかご》に捨て、お茶を音を立ててすすった。

ホームに立つ若い女の人の長い髪の毛が、風をはらんで広がった。

「あ、そうだ」

変な夢を見る前に思い出したことがあったのだ。過ぎる踏切ごとに続けて佇《たたず》んでいた似た背恰好の少女たちが、大介の記憶を呼び覚ました、例の怪談話だ。

「上野で泊まったときに、北海さん、女の子のお化けの話、したよね」

北海は眉間《みけん》に皺《しわ》を寄せた。「なんだ、いきなり」

「あのとき、怖くないって言ったけど、本当は僕、怖かったんだ」

眉間の皺を消し、北海は容器の茶に口をつけた。「そうか」

「北海さん、怖い話じゃないって言ったよね」

「言ったな」

「お化けの話なのに怖くないって、どういうこと？」

北海は軽くげっぷをして、「あれはなあ」と前を見つめた。大介は北海の視線を辿ってみた。ただ向かいのホームがあるだけだった。しかし、おそらくホームは見ていない。舞鶴の高台でも、関門海峡の人道トンネルの中でも、北海は半島やトンネルの終着点に目をやりつつも、もはや視力の及ばないその先を見据えていた。

「そういや、長崎にも落ちたんだな」

「なにが？」

「原爆だ」

大介の箸が思わず止まった。広島と長崎に落とされた原子爆弾のことは、学校の図書室で借りた本で知っている。何冊か読んだ。その中には漫画もあった。図書室に漫画があるなんて珍しいから読んでみたら、広島の原爆の話だった。『はだしのゲン』という題名だった。読んだその日は気分が悪くなって、給食がどうしても食べられなかった。全身を火傷《やけど》した人、割れたガラスを浴びて血だらけになっている人。食べられなかった給食のメニューを覚えている。たいていはコッペパンが出るのに、その日に限ってパンケーキだった。

箸が止まったのは、その衝撃的な絵と内容を思い出したからだ。大介の弁当はゆっくり食べていたせいでまだ残っていたが、もう喉を通らない気がして、蓋をしてしまった。

て入れ、捨てた。

「食わないなら、くれ」

北海は残した大介を怒らず、ただ膝の上の折りを取り上げ、中の焼き魚の切り身半分と梅干《うめぼ》し、漬物、ご飯をきれいに平らげてから、自分がやったのと同じように割り箸を折って入れ、捨てた。

「あの女の子の話は、広島の焼き場の話だと聞いた」

「女の子は、原爆で死んだの？」

「爆心地にいた人間は、骨もなにもあっという間に蒸発して消えたんだと。かろうじて残った建物に、影だけ焼きついていたりする。女の子もそうだったんだろう。焼いてもらえるはずの体も一瞬で消えた。俺がないのは両足と左手の指だけだが……」北海は血管を透《す》かして見ようとでもいうかのように、左手を目の上にかざした。「女の子にはなんにも残らなかった。だから焼いてもらえることですら羨《うらや》ましかった……それを知れば、怖いというより、あれだ、かわいそうで哀《あわ》れな話に俺には聞こえるんだ」

「だから北海さんは、怖い話じゃないって言ったんだ」

「でも、ぼんずも間違っていたわけじゃねえな。これも一つの戦争話だ。だから、聞いてなにを思うかも人の数だけあっていい。ああ、それとぼんずが公園で変な爺《じい》さんに聞かされた話もな、あれもおそらく戦争のことだ」

「公園の下に死体が埋まってる話？」

「東京はたくさん爆弾を落とされた。炎があんまりひどくなるとな、火柱が竜巻みたいに上がって壁を作る。あそこらへんでも、逃げ場を失った多くの人が死んだ。髪の毛や皮膚、肉が焼ける臭いの中で、顔もわからんくらいに黒焦《くろこ》げに固まった死体がごろごろしていたはずだ。爺さんは、そのことを言ったんだろう。その爺さんの目には、ぼんずと違うものが映《うつ》っていたんだな」

大介の目をじっと覗き込んで、北海は質《ただ》した。

「ぼんず。今でも女の子や公園の話は怖いか？」

大介は正直に頷《うなず》いた。「かわいそうだと思う。顔がわからないほど焦げたり、死んだ上に体まで無くなっちゃったりするのはさ。けれど、やっぱり骨が埋まっている公園は嫌だし、お化けは怖いよ」

北海は相好《そうごう》を崩《くず》した。「それがぼんずの真っ正直なら、それでいい」

長崎本線の普通列車に大介と北海は乗り込んだ。鹿児島本線と同じく、二人はボックス席で、向かい合わせの窓側に座ることが出来た。

「ぼんず、酔ってはいないか？」

弁当を全部食べられなかったせいで、北海に心配をかけてしまったらしい。大介はことさらに明るく「大丈夫だよ」と答えた。スポーツバッグの中から酔い止め薬を取り出し、いつでも飲めるようにポケットの中にねじ込みもした。

「北海さん、長崎に行ったことはある?」

「ない」北海はあっさりと言い切った。「ぼんず、メモは持っているな?」

「あるよ」

大介は牧師からもらったメモを取り出した。メモを得てから今に至るまで、北海にそれを見せたことはなかった。池田昭三の新住所を北海も知ることとなれば、最初の上野の夜のように、北海は自分を置いて一人さっさと次の目的地へ行ってしまうかもしれないと思ったからだ。

だが、そんな北海への疑いは、もはやなかった。

「ここ、駅からどうやって行けばいいのかな?」

大介はメモを初めて北海に渡した。北海も自然にそれを受け取った。そうして目を細めてメモを近づけたり、あるいは逆に手を伸ばし、顎を引いて遠ざけたりして、書かれてある住所を読んだ。

メモには、長崎県長崎市諏訪《すわ》町とその後に続く番地の数字が、横書きになっている。

「わからんな」

「わからなかったら困るよ」

「なんとかなる。タクシーでも拾やいい」

大介は唇を尖《とが》らせた。「駅から遠いところだったらどうするの？」

「住所を見る限り市内だ。目ん玉飛び出るほどにはならねえだろ」

「じゃあ、僕も半分出すよ」

子どもが金の心配をするなと、いつかのように言われるかとも思ったが、杞憂《きゆう》だった。

「最後だからな。ぼんずがそうしたいなら、そうしてくれ」

北海は大介にメモを返し、腕組みをして目をつぶった。

大介はまた、網棚越しに北海のボストンバッグを見つめた。

揺《ゆ》り動かされて、大介は目を覚ました。列車は街中を走っていた。四角い石を積み上げて出来ているどこかの建物が、窓の外をするりと去ってゆく。

「降りる用意をしろ。もう長崎の市内に入ったぞ」

長崎も曇り空だった。雲は厚く、日没までにはまだ少し間があるのに、寂《さび》しげに暗かった。

大介は切符を右手に持ち、スポーツバッグを膝の上で抱《かか》えた。と、あたりを見回し、誰も自分に目を向けていないことを確認してから、バッグのジッパーを開け、奥底に忍ばせていた封筒を引っ張り上げた。出立《しゅったつ》のとき、十万円のお金を半分ずつにし、片方は財布に、もう片方は予備として封筒に入れたのだった。大介は手つかずだった予備の五万円も財布に入れた。これで、もし池田昭三の家が駅から想像以上に離れていても、タクシーのお金が払えないということはないだろう。

長崎駅は終点だった。列車が車輪とレールを軋《きし》ませながらゆっくりホームに入構し、スピードが落ち、ついには完全に停止したとき、大介の喉元はまた内側からふさがれて苦しくなった。鼻の奥がつんと痛んだりもした。だが、それだけではなかった。相反する感覚だが、大介は初めて降り立つ見知らぬ街に、わくわくもしていた。大介は牛乳を飲みながらカステラを食べるのが好きだった。

改札を出ると、観光地らしく、駅構内には名所を案内するパンフレット類が置かれたラックがいくつもあった。大介はその中の一つを手にした。市内の地図とともに、写真付きで『平和公園《へいわ》』『眼鏡橋《めがねばし》』『グラバー園』『大浦天主堂《おおうらてんしゅどう》』『日本二十六聖人記念館《にほんにじゅうろくせいじん》』などが紹介されていた。『平和公園』の平和祈念像しか知らなかった大介は、興味を持ってその他の写真を眺めた。

「こういうの、外国みたいだね」

グラバー園や大浦天主堂の写真を指して北海に話しかけると、北海も頷き、「そうだなあ」と同意した。

「昔、日本は鎖国していたんだよね。でも、長崎の出島《でじま》っていうところだけ、外国人がいたって習ったよ」

「ぼんず、行きたいところはあるか?」北海の声音《こわね》はなぜかいつもよりも優しく聞こえた。「あるなら、そっちに行ったっていい」

大介は少し迷った。屈斜路湖のかわりに外国みたいな街のきれいなところを散策する。悪くなかった。

「ぼんずが決めていいんだぞ」

北海は本当の祖父のように笑った。

老人の顔を見て、大介は奥歯を嚙みながら、首を横に振った。

「ううん、北海さんの都合が先だよ」

その一言で、北海は笑みを消し、わずかに顔を歪《ゆが》めた。大介ははっとなった。まさかまた、心臓の調子が悪くなったのかと思ったのだ。だが、そうではなかった。北海は歩き出し、駅の構内を出た。数歩出ていったん立ち止まり、雲に覆《おお》われて眩しくもない空を、手でひさしを作って仰いだ。

北海がひさしにしていた左手を差し出してきた。大介はその意図《いと》をすぐに読み取った。

ポケットから住所のメモを取り出して、指が欠損した手のひらに載せた。

「これ、もう北海さんが持っていて」

北海は頷いた。「わかった」

改札を出た駅前には、タクシーがずらりと並んでいた。観光客らしい人たちも多く目についた。

北海と大介はタクシー乗り場に並び、順番を待った。二人の前で後部ドアを開けたのは個人タクシーだった。

北海が先に乗り込み、大介が続いた。タクシーの中はたばこの臭いがした。その臭いは高村を思い出させた。

北海は左手のメモを、四十代半《なか》ばほどの運転手に見せた。

「ここへやってくれ」

「諏訪町ね……はいはい」

「近くに名所はあるかい？」

「眼鏡橋がありますよ。多少遠回りしますけど」

「じゃあ、ついでにそいつを見せてくれ」

大介はびっくりした。「いいの？」

「いいさ。ちっとくらいならな。じゃあ、頼む」

「はい」

運転手はすぐに車を発進させた。大介はレバーハンドルを回して、座席横の窓を開けた。

「お客さん、北海道の人でしょ？」

言い当てられて、大介は驚いた。北海も虚《きょ》を衝《つ》かれた顔になった。しかし運転手は自慢ぶらずに種明《たねあ》かしをした。

「私もね、タクシー会社時代から、かれこれもう二十年、ここでこの仕事をしていましてね。長崎っていうのは観光地ですんで、いろんなところから来た人を乗せるんです。それで話しているとね、だいたいお客さんのイントネーションっていうんですか。覚えちゃうんですよ」

それはすごいことだと、大介は感心して、バックミラーに映る運転手の顔を、座ったまま体を動かして見られる範囲で見た。ごく普通の、どこにでもいそうな中年男だったが、一つの仕事を続けていると、こういう特技が持てるのか。

「お祖父《じい》さんとお孫さんでの旅ですか？」北海はその問いにはなにも答えなかったが、運転手は肯定《こうてい》が返ってきたように続けた。「親子でお祖父ちゃんお祖母《ばあ》ちゃんの家に行くのは、この季節よくあるけど、お祖父ちゃんとお孫さんっていうのは、珍しいね。諏訪町には、親戚《しんせき》でも？」

北海は喉を震《ふる》わせ、咳《せき》ばらいをした。「いや、古い知人だ」

「長崎は初めて？」

「まあ、そうだ」

タクシーはしばらく走って右折し、川沿いの道に入った。

「左手に川が流れているでしょう」バスガイドよろしく、運転手は案内を始めた。「この川が中島《なかしま》川です。で、あれ。三つ先に架《か》かっているのが眼鏡橋ですよ」

大介は駅構内で手に入れたパンフレットと実物を見比べた。なるほど、近づきつつある石造りのその橋は、運転手の言うとおり写真そのままだ。二つ連なるアーチ形の橋脚《きょうきゃく》は、川面《かわも》に自らを映し、本当に丸い眼鏡に見える。ああいう眼鏡をかけている俳優が、実際にいたはずだ。飲むと元気溌剌《はつらつ》になるらしい栄養ドリンクのＣＭに出ている。

大介は窓をさらに大きく開け、帽子のつばをまた後ろにして、顔を少し外に出した。運転手はスピードを緩《ゆる》めてくれた。

「北海さん、見える？　本物だよ」

眼鏡橋は近づいてくる。人が多く歩いている。観光客だ。

「お客さん、運がいいですよ。風が強いと、きれいに見えないんです。今日は曇っているかわりに、風はそんなにない」

北海がゆっくりと大介側に体を寄せてきた。「ああ、ありゃまさしく眼鏡だなあ」

「一六三四年、寛永《かんえい》十一年に、興福寺《こうふくじ》の住職だった黙子如定《もくすにょじょう》が架けたと言われています。車両はあの橋を渡れません、残念ですが」

バックミラー越しに運転手が大介らの反応を窺《うかが》っている気配があった。北海もそれを感じ取ったのか、ふいの観光案内への礼を述べた。

「さすが、二十年タクシーをやっているだけあるな。市内の観光地は、全部そういうふうに年号から記憶しているのかい？」

「観光一日コースなんていうのもやっていますんでね」

運転手は滞在中良かったらと、片手で懐《ふところ》から名刺を出し、運転席と助手席の間にあるトレイの上に置いた。

「諏訪町はここからすぐです」

駅からさほど遠くはなかった。メーターを確認した大介に、北海は大丈夫だと伝えるように軽く左手を動かした。

タクシーは道の狭い商店街のようなところを時速二十キロほどで走った。川のほとりも賑《にぎ》やかだったが、商店街の賑わいとは種類が違った。外と内とでも言おうか、眼鏡橋の界隈《かいわい》が外界向けで地元の人よりも他から来た人たちでいっぱいだとしたら、商店街は内輪向け、そこから徒歩圏内に住処《すみか》を持つ人たちの生活臭がした。買い物籠《かご》を片腕にかけ、八百屋《やおや》や魚屋の前に立つ女の人がいた。大介の頭に母の姿がよぎった。

やがてタクシーは、信号のない交差点を数メートル進んだところで停止した。

「ここらが見せてもらった住所になります」

大介が北海に顔を向けると、北海は迷いなく「ここでいい」と答えた。運転手はメーターを止めた。

「お忘れ物に気をつけてくださいね」

運転手は運賃をしまっているのか、タクシーは二人を降ろしてもすぐには発進しなかった。北海はそんなタクシーを背に、一度ぐるりと周囲を確認した。

「一軒一軒見て歩きゃいいか」

東京の夜、大介がそうしたように、番地を手掛かりに潰していこうということなのだろう。

「そうだね、そうしよう」

二人が歩き出すと、背後でタクシーが動く音がした。眼鏡橋を解説してくれた親切そうな運転手だったから、長崎が初めてだという大介らが、このまま立ち往生してしまわないか、心配してくれていたのかもしれない。

一角は古くからの住宅地と商業地が雑多に入り交じった様相《ようそう》だった。北海は店屋にはあまり関心を示さなかった。そのかわり、普通の民家は一戸一戸表札を検《あらた》めた。大介もそれを手伝った。

しかし、一度ぐるりと見て回ったものの、『池田昭三』という表札は探し出せなかった。

「変だね」

大介は自分が得たメモに誤りがあったのではと、不安になった。牧師が嘘《うそ》を言うのは考えづらいが、その人も間違えていたのならあり得ることだ。もしメモの住所が間違っていたとしたら、ここまでの道のりがすべて無駄になる。

なにより、北海の目的は果《は》たせない。

「もう一度回ってみるか」北海は落ち着いた声でそう言うと、ゆったりと歩き出した。

「もしかしたら、小さくて見落としたのかもしれん」

「池田っていう表札が?」

「嫁さんの実家に身を寄せているとしたら、おまけみたいに出しているかもわからんからな」

「お嫁さんの実家はなんていう名前なのかな」

「そいつは忘れたなあ」

北海は角地の建物に貼《は》られた住居表示とメモを照《て》らし合わせ、中小路に入った。

「あれっ」

そこで大介は、表札ばかりに気を取られて目に留《と》まらなかったものを捉《とら》えた。それは小ぢんまりとした木造商店の店先に植わっていた。

光沢のある緑の葉。奥深い翡翠《ひすい》のような色がみっしり密集している低木。大介はその葉と木を知っていた。厳密には、葉の光沢をもっと減らし、大きさも小さくし、枝ぶりもすかすかにさせたものに覚えがあった。

北海の木だ。

あの貧相《ひんそう》な木をうんと元気に育てたとしたら、こうなるのではないかという木が、道に少しはみ出るように根を張っている。

旅に出る前に、図書館の図鑑でも見たかもしれない。

大介は商店まで走った。北海がなにか言ったので、一度だけ足を止めて、早く早くというように手招きをした。

商店の屋号は『椎名《しいな》米店』となっていた。大介は間近で緑が生《お》い茂る木をしげしげと見た。

葉脈《ようみゃく》がしっかりと走り、楕円形《だえんけい》で、先がすっと尖っている葉の形は、まさしく北海の木と同じものだった。

木の横には細い通路があった。店ではなく、直接住居の玄関へ繋《つな》がるものに思えた。大介は砂利《じゃり》が敷《し》かれた通路を進んだ。思ったとおり、すりガラスに格子《こうし》が組まれた引き戸があった。

引き戸の横に表札が二つ出ていた。

『椎名』と『池田』だった。

追いついた北海が横に立ち、表札の正面で動かなくなった。

大介は耳の奥で、自分の鼓動と血が流れる音を聞いた。

ここだ。とうとう来たのだ。大介は目だけを北海に向けた。顔までは見られなかった。北海のシャツの胸は静かだった。ボストンバッグを持たない左手を、ちょうど腹巻きをしているあたりに当てていた。

ものすごく長い鼻息を、北海は吐《は》いた。

植物の枝葉が擦《こす》れる音がした。

硬直の魔法が解けた大介が素早くそちらを振り向くと、背中が湾曲《わんきょく》した八十歳前後の老女が、厳《きび》しい顔で大介たちを凝視していた。

老女は薄い唇を開いた。

「佐藤……北海さんですか？」

北海が頷くと、老女は小刻みに首を縦に動かした。それから彼女は白髪《しらが》の頭を深々と下げた。

池田昭三の義母《はは》であるトシヱは、大介と北海を家の中へ招《しょう》じ入れた。

「娘夫婦は、一昨年《おととし》の年明け、こちらに越してきました」

トシヱは家屋の中に入るやすぐさま手を洗い、二人に冷たい麦茶を出してくれた。ちゃぶ台の上にコップを置こうとするトシヱの手は、老いた人がよくそうであるように震えて、麦茶はさながら嵐の海だった。

池田昭三本人と、彼の妻の姿は見えなかった。

「爺さんは店番をしているんですよ」

「池田さん夫妻は？」

北海の問いにトシヱは答えず、ちゃぶ台の端《はし》に視線をずらした。大介はその動きを追った。

薄い冊子が置かれてあった。それは何度も読み込まれたようにページとページの間が膨《ふく》らみ、角はゆるく折れていた。

表紙は、先ほどタクシーの中で目にした橋の形と同じ丸眼鏡をかけた、長い髭《ひげ》の外国人の肖像だった。黒いローブを身につけている。

「……これは、婿《むこ》が大事に読んでいるものです」

トシヱが婿というのは、池田昭三のことだろう。そして大介は、「読んでいる」との表現を聞き逃さなかった。過去形ではない。ということは、池田昭三の姿は見えないが、いるのだ。しかもトシヱがそれを大事に読んでいることを知っているほど、身近に。先ほど所在を訊かれて答えが返ってこなかったとき、大介は一瞬最悪の事態を思った。北海が池田昭三とけりをつける前に、彼はまたどこかへ去ってしまったのでは、表札はお嫁さんだけのものとして残されているのではと。

しかし、違うのだ。

「池田昭三さんは、どこにいるの？」

大介は北海のかわりに尋ねた。トシヱが白っぽく濁《にご》った目を眇《すが》めた。北海はトシヱに

「この子は俺の家の隣の子だ」と言った。

「お孫さんじゃないんですね」

「孫はいない。娘は引き揚げ船で死んだ」

トシヱは小さなイボがある瞼を微妙に下ろして、半眼になった。染《し》みと皺だらけの細腕を伸ばし、池田昭三が読んでいるという冊子を手元に引き寄せた。

「これは、市内の教会でもらってきたものです。娘夫婦はプロテスタントでその教会はカトリックだったみたいですけれど、そんな違いは、もう娘婿にとっては細かなことだったようです」

老女がページをめくると、丁寧《ていねい》にセロハンテープを貼って修繕《しゅうぜん》しているところが五、六ヶ所あった。それだけ何度も読み返したのか。

「マキシミリアノ・マリア・コルベ神父を知っていますか？」

大介と北海は揃《そろ》って首を横に振った。トシヱは表紙の丸眼鏡をかけた男性を大介らに示した。

「この方です。ここ長崎にゆかりの深い神父さまです。戦争前、長崎にいらして布教活動をしておられたのです。神父さまはポーランドに帰国したのち捕《つか》まり、アウシュビッツに送られ、そこで命を落としました」

アウシュビッツ。大介が北海の話に出てきたラーゲリと重ね合わせようとしたところだ。

「神父さまは、ただ亡くなったのではありません」トシヱは淡々と語った。「あるとき収容所から脱走者が出たため、収容者のうち十人が無作為に選ばれて餓死《がし》刑を宣告されました。見せしめだったのでしょう。しかし、選ばれた十人の中の一人が、自分には妻と子がいるから死にたくないと、泣き叫んだのです。するとコルベ神父は、自分は神父で家族もいないからと、あえて身代わりを申し出ました。神父さまは泣き叫んだ一人をかばい、餓死刑に処され、昇天されました」

死ぬはずだった人のかわりに死んだ。大介にもトシヱの言いたいことがすぐにわかった。

コルベ神父と池田昭三がしたことはまったく逆なのだ。自分自身が助かるために知己《ちき》で親しかった北海を犠牲に差し出した池田昭三と、なんの関係もない他人を救うために自分が犠牲になったコルベ神父。

「娘婿はこの冊子を読んで何度となく泣いていました。コルベ神父の話は彼を苦しませたでしょうに、いつも冊子を肌身離さず……彼なりの自責の念がそうさせたのでしょう。神父さまゆかりの地である長崎に越してきたのも、運命だといつか申していました。今ここにあるのは、たんに破れたところを直すためです。その場ではすぐに出来なかったようで……このあと娘がいったん帰って来て、また持って行きます」

トシヱは淡々と語った。老女の口調はそのまま北海の口調にもなった。北海は先ほどの大介の問いを、再度静かに投げかけた。

「池田昭三さんは、どこに？」

「入院しています」

最後の手紙にも、体調を崩していることは書かれていなかったはずだ。

「どこか悪いのかい？」

続けての北海の質問に、トシヱはこっくりとこうべを垂《た》れた。

「年明けに入院したとき、一年持たないと医者に言われました」

胃がんだとトシヱは教えてくれた。こちらに来る前から患《わずら》っていたとも。

「一度は良くなりそうだったころもあったんですが」

今はもう望みはないのだと、トシヱは暗に続けていた。

北海はいったん取ろうとしたグラスから手を離し、腕組みをした。

トシヱは言った。

「佐藤北海さん。娘婿があなたにした過《あやま》ちを、私も聞いて知っております。東京にいるときは、ずっと手紙を送り続けていたことも。あなたは一度も返事をくれなかったそうですね。いえ、それを責めているのではないのです。あなたを責めるなど、筋違いにもほどがあります。義母として、私からもお詫《わ》びをさせてください」

トシヱは正座して膝の前の床に両手を置き、額《ひたい》がつくほどに頭を下げた。

「止めてくれんか」

しかしトシヱはその姿勢を崩さなかった。その上で、言葉を続けた。

「あなたにもう一度お会いすることを、娘婿は諦《あきら》めていました。娘がそう申しておりました。諦めて、こちらへ来たのです。娘婿は、手紙の返事を待ちわびておりました。一度でも返事をくださったら、札幌へ赴いて直接お詫びしたいと、お願いするつもりでおったからです」

「止めて顔を上げてくれ」北海はやや声を荒らげた。「俺はあんたに謝《あやま》らせるために来たんじゃないんだ」

大介には北海の気持ちが理解出来た。謝罪なんか今さらいらない。ましてや本人じゃなく義理のお母さんのものなど。だいたい手紙で謝るのも、直接謝るのも、それは池田昭三の都合でしかない。仮に直接謝ったとして、北海が許さないと言っても、じかに謝罪出来た事実に池田は満足するだろうが、北海本人の気持ちにはおそらく変化は生じない。だからこそ、手紙の返事も書かなかった。

それとも、直接会うという危険を冒《おか》して、挙句《あげく》、北海にひどい目に遭《あ》わされたとしても、それでも受け入れるというのか？

「ならばあなたはなぜ今このときに、長崎までいらしたのですか」トシヱが顔を上げた。「娘婿にひどいことをするため……復讐を遂げるためですか」

北海はシャツの上から腹巻きが巻かれてあるあたりをゆっくりとさすった。

「そうだとしたら、あんたは池田昭三がどこの病院にいるか、言わないだろうな」

「北海さん……」

大介が思わず名を呼んでしまうほど、北海の声色は平らかだった。トシヱが口を割らなければ、あともう一息というところで旅に終止符が打たれる。だというのに、仮にそうなっても致し方ないと達観している、北海はそんな口ぶりだったのだ。

なぜ。どうして。

復讐を疑われているのだ。トシヱが教えるはずはない――。

「長崎県立県民病院です」ところがトシヱははっきりとその名を口にしたのだった。「消化器内科の病棟におります」

年老いた膝を正座のまま崩さずに、トシヱは北海をしっかりと見据えたのだった。

「娘婿から強く強く言われておるのです。自分が一目会って詫びたいと望むただ一人の相手、佐藤北海さまが、訪ねてくることは万に一つもないだろう。けれども、もしも奇跡が起こったときは、必ず居所《いどころ》を話してほしいと。だからこそ諦めながらも、東京の牧師にだけは言《こと》づけてきたと。娘婿は、牧師さまを神の代わりにして、己の運命を託したのでしょう」

義母として、本当は教えたくはないのだと、トシヱは声を絞《しぼ》り出した。

「あなたはきっと仇《あだ》をなす。義理とはいえ私の息子に。放っておいても来年の今ごろはこの世にはいない人間に……けれどもそれが娘婿の望みなのですから、仕方ありません」

毅然《きぜん》とした老女の目から、一滴《いってき》が落ちた。

「行かれますか、佐藤北海さま」

北海はしばし瞑目《めいもく》してから、冊子を摑《つか》んで立ち上がった。

「行く」

北海とトシヱの間の空気は極限まで張り詰《つ》め、隣の大介も竦《すく》むほどだった。大介の腋《わき》の下や首の後ろ、手のひらは、たちまちのうちに汗で濡れた。脚《あし》に力が入らない気がした。だが、北海に後れは取れない。見届けなくてはならないのだ。大介も席を立った。頭の血が足先から地面に抜け出た感じがして、一瞬ふらりとなった。

「すぐその足で向かうのですね。わかりました」トシヱはタクシーで行くと良いと言った。「電車とバスは、この街の者でなければわかりづらいでしょう」

「教えてくれてありがとう。礼を言う」

玄関で靴《くつ》を履《は》く北海に、トシヱは「一つだけ私にも教えてください」と掠《かす》れた声を出した。

「なぜ今になって……ずっと何事もなかったのに、今になって、あなたは娘婿を訪ねてきたのです？」

北海は靴にしっかりと両足の踵《かかと》を収めてから、ボストンバッグをいびつな左手で摑み上げた。

「別に訪ねたかったわけじゃない。訪ねるつもりなんてなかった」

トシヱが濁った目を見開いた。大介も耳を疑った。しかし、確かに北海はそう言った。

そして、こう続けた。

「でも、花が咲いちまったんだよ」

大介の頭に、北海が旅に出る日に開いていた白い花が像を結んだ。

あの花のことか？

北海は暇《いとま》を告げて池田昭三の家を出た。歩き出した老人の背は、軍人のようにきりりと伸びて、近寄りがたかった。大介が振り返ると、トシヱはすべてを観念したように、腰を折って頭を下げた。

大介は黙って北海についていった。少し広めの通りに出て、老人は手を上げた。タクシーがすぐに来て、滑《なめ》らかに二人の前に停《と》まった。フロントガラス越しの運転手の顔に、大介はあっと声を漏らした。彼は二人をメモの住所まで乗せてくれた人に間違いなかった。

思いがけない偶然に、大介は大きな流れを感じた。その流れがまさしく、大介と北海の背を押している。もう後戻りは許さない、最後まで行きつけとばかりに。

後部ドアが開いた。

第十章　約束

タクシーに乗り込んだ北海は、事務的に病院名を運転手へ告げた。運転手は「わかりました」と応じてから、バックミラーの角度を微調節した。運転手の目がミラーに映《うつ》り、大介と視線が合った。

「奇遇《きぐう》ですね」

さっきのお客さんでしょう？　と、運転手は明るい声で偶然を確認してきた。

「あんたは長崎駅からの」

北海は大介とは違い、運転手のその指摘で初めて、諏訪町まで案内してくれたのと同じタクシーを停《と》めたのだと気づいたらしい。

北海にとっては、今このとき、タクシーのハンドルを誰が握《にぎ》っているかなんてどうでもいいのだ。これから対峙《たいじ》する池田昭三のことで頭をいっぱいにしている。

「知人さんのお見舞《みま》いですか？」

運転手の目が、ミラーを利用してこちらを見ていた。観光ガイドも出来るこの運転手は、先ほどタクシーの中で話した北海の一言を忘れてはいなかった。

「見舞いか」

北海は微《かす》かなため息とともにそう言った。見舞いなんかじゃないことははっきりしていたが、北海がそれをどうこう説明するわけがない。大介はかわりに「はい、お見舞いです」と答えた。普通に受け流すのが無難だと判断したのだ。どんな些細《ささい》なきっかけでも、北海が余計な物思いをし出して、少しでも照準がずれたら、札幌から長い旅をしてきたこの老人の本懐《ほんかい》が、遂《と》げられなくなるかもしれない。

同じタクシーを拾《ひろ》ったと気づかないほど思い詰《つ》めている北海が、土壇場《どたんば》で迷うとは考えにくかったが、ごく当たり前の質問を投げかけられてだんまりでいるよりは、ましだろう。大介は横に座る北海の様子を、ちらちらと探った。老人はシートの背に自然に体を預けていたが、膝《ひざ》の上のボストンバッグの取っ手を握る指には、常ならぬ力が込められているのが見て取れた。いびつな左手のほうに握られた、池田昭三が大事に読んでいた小冊子は、指が食い込んで折れ目が寄っていた。

ふと、大介は北海の左手に目を凝《こ》らしてみた。

ずっと、こうやって人の気配の色を見ていた。そうして、なんでもわかった気になっていた。

旅に出てからも様々な人を――井上や高村、キヨミ、鏑木の色を見た。けれども、彼らのことを思い出すとき、大介は色よりも、気分を悪くした自分をからかわず、わざわざ両国駅まで連れて行ってくれた井上の懐《ふところ》の深い親切さ、高村に関しては、ささやかな掃除《そうじ》の対価として三十円をくれたことや、仕事に向き合う言葉が、キヨミは恥ずかしさについての話と励《はげ》まし、頰《ほお》を軽く叩《たた》いた彼女の手の温かみが、そして鏑木は、研《と》ぎをしているときの真剣さと、正面から「大介君は弱い」と言ってくれたことが先に来る。

それが、なにより彼らがどんな人かを語るものだと思うのだ。

北海の指先は、しゅうしゅうと黒煙を吐《は》いているように見えなくもなかった。大介は一度目をつぶって、また見直した。今度は普通の手だった。なにも出ていない。出ていないのだ。自分だけが見える色でわかることなんて、自分の心の鏡でしかない。

北海の気持ちは、折れ目がついた冊子を握るその指に込められた力の加減が教えてくれる。トシヱを振り払うように「行く」と言い切った語気で感じられる。

大介はお腹の中心に力を入れた。北海の世界でたった一人の味方として、使命を果《は》たすのだ。

タクシーの運転手は、一度目の乗車のときとは違う二人のただならぬ雰囲気を感じ取ったのか、観光案内めいたことはもうしなかった。ときどきバックミラーを利用して後部座席に視線をよこしてくるだけで、あとはひたすらハンドルを握り、病院へタクシーを走らせ続けた。

病院は五階建てで大きかった。タクシーは正面玄関の車寄せにぴたりとつけた。北海は千円札を五枚出し、お釣りは受け取らなかった。

太陽は雲に隠れていたが、病院の西側のガラスはぼんやりと自然光を反射していた。それは面白みのない形をした建物に貼《は》りつけられた、ひどく安っぽい装飾品のようだった。入り口の自動ドアのところに、診療受付時間とともに面会時間も掲示されてあった。午後七時半までは居られるようだ。

充分すぎると思った。

北海はボストンバッグと冊子をそれぞれ手に持ち、院内へと入った。入ってすぐは総合病院らしい広い待合ロビーで、まだそれなりの人数が、並べられた長椅子《ながいす》に座っていた。待合ロビーの目立つところに、院内見取り図があった。消化器内科病棟は四階だった。ロビーを抜けたエレベーターホールで、北海は上向きのボタンを押し、エレベーターを呼んだ。ややあって、四基あるうちの一基が到着し、金属扉が重々しく開かれた。

大介は北海となにも言葉を交わさずにそれに乗り込んだ。上へと向かうエレベーターが生む浮遊感に、大介は足を踏《ふ》ん張った。心臓の音が強く聞こえた。喉元《のどもと》や頭の中で動いているみたいだった。

四階に着くと、北海はまたその階の見取り図を確認し、消化器内科のナースステーションに足を向けた。

ナースステーションは四階に二つある大きめな廊下の、西側のほうに面していた。カウンターが広くとられ、大人の腰から頭くらいの位置にはガラスの引き戸という造りだった。引き戸はほとんどが開放されていた。『お見舞いの方へ』という貼り紙があり、その下のカウンターには名簿のようなものがあった。貼り紙をよく読むと、見舞い客はそれに名前を書かなければならないらしかった。

北海は丁寧《ていねい》な字で『佐藤北海』そして『瀬川大介』と書いた。

「看護婦さん」

呼びかけに、中の一人が愛想《あいそ》よく近づいてきた。だが大介は、そんな彼女の優しい笑顔より、北海の硬《かた》い声音《こわね》に腸《はらわた》を絞《しぼ》られる思いがした。北海は看護婦に池田昭三の病室を尋《たず》ねた。これからなにが始まるのかわかれば、看護婦だって笑顔をかき消し、北海の問いになんて答えやしないはずだ。

「池田さんは、四一二号室です」

看護婦はカウンターに身を乗り出し、「あそこですよ」と腕を伸ばした。四一二号室は、ナースステーションのすぐそばだった。北海が鋭いまなざしを、半分開けられた病室の戸に投げ、獲物を狙《ねら》うように目を細めた。室内はクリーム色のカーテンのようなものに遮《さえぎ》られて、様子は知れなかった。

「面会は、三十分以内でお願いします」

看護婦は最後にそう声を低めて付け加えた。

銀色の大きな台車のようなものを押している職員がいた。食べ物の匂《にお》いが大介の鼻先をくすぐる。一般家庭より早いが、病院では夕食の時間なのだ。

北海は病室へゆっくりと歩き出した。一足一足、まるで足元が真冬の朝の雪道であるかのように。靴《くつ》の底と床が擦《こす》れる音に注意深く耳を傾けているかのように。

北海の左手の中で、紙がくしゃりと微かな悲鳴をあげた。

ナースステーションから、ものの五メートルと離れていない病室には、すぐに着いた。病室番号の下には、『池田昭三』としか書かれていなかった。個室なのだ。半開きの戸の向こうに、クリーム色のカーテンに遮られたベッドらしいものが見えた。北海は戸の前で、永遠に終わらないかと疑うほどに長く、息を吐いた。米屋の奥の玄関を開けるときも北海は長く息をついたが、それ以上だった。

「ぼんず。帽子を取れ」

それから、冊子を握った左手で戸を叩いた。

クリーム色に遮られた向こう側で、はい、と女の人の声がした。

「お夕飯ですか？」

クリーム色のカーテンをくぐって現れた、還暦《かんれき》くらいの女性が、北海を見て息を呑んだ。

時が止まったような気が、大介はした。

「まさか……」

米屋で出会った老女の面影を宿した女性は、ぎこちなくゆっくりと一礼した。激しい動揺のせいだろう、彼女のその所作は、礼というより、自分の足元におずおずと目を落としたふうだった。それから女性は下顎《したあご》を震《ふる》わせながら「……あなた、あなた」とカーテンを摑《つか》んだ。カーテンレールがかちゃかちゃとさざめいた。

「どうした？」

カーテンの覆《おお》いの内側から聞こえた声は、弱くしわがれていた。北海の目が半眼になった。

「あなた」

女性はカーテンを引いた。

ベッドに横たわる老人が、落ちくぼんだ眼窩《がんか》の中の目を大きく見開いた。

北向きの窓の向こうで、垂《た》れ込める雲が世界を暗くしている。

ベッドの上に渡した可動式テーブルの上に、トレイに載《の》せられた池田昭三の夕食があった。北海と大介が病室を訪ねてすぐに、病院職員が持ってきたものだ。モチキビみたいな色をしたプラスチックの茶碗の中にあるのは、白米ではなかった。もっとずっと水っぽい、五分粥《ごぶがゆ》だった。その他のおかずも少なく、食べやすそうなものしかなかった。

池田昭三は痩《や》せていた。入院着に隠れていない部分、特に首は筋が浮き出て、大介でもはっきり病魔の影を見て取ることが出来た。頬もこけ、口の周りの肉も落ち、そのせいで逆に鼻だけがくっきりと高い。ざんばら気味の北海とは対照的に、髪の毛は短く刈られ、そのほとんどが白かった。

そして、池田昭三の醸《かも》し出す雰囲気は、大介の予想に反していた。

手紙では殊勝なことを書き連《つら》ねながらも、大介はどこかしら狡猾《こうかつ》でふてぶてしさを拭《ぬぐ》い去れない人物像を思い描いていた。義春を彷彿《ほうふつ》とさせるところがどこかにあるに違いないと。

しかし、ベッドの上で複数の枕《まくら》を支えに上体を起こして座る池田昭二に、そんな雰囲気は微塵《みじん》もなかった。彼は老い、さらに病んで草を食《は》めなくなった、死を待つばかりの草食動物を思わせた。池田は自分の死が近いことを悟《さと》りきっているふうだった。なにもかもがもうすぐ終わる事実を受け入れ、ただただ静かにそのときを待つのだと言いたげな、濁《にご》りのない、けれども希望もない、力のない目をしていた。

この弱々しい人が満州で苦楽を共にした北海を、自分の身可愛《かわい》さに裏切り、死の淵《ふち》ぎりに追いやったのか。北海の左手をいびつな形にした張本人なのか。

外見ではとうてい信じられない大介だった。

それでも、わからない。人はこんなことではわからない。大介はこれから起こるすべてに五感を研ぎ澄《す》ます準備をした。もちろん、気配の色なんかもう見ない。その人がどんな人か、どんな思いを抱いているかを理解するには、離れたところから眺《なが》めるだけでは駄目《だめ》なのだ。正直に話し、相手の言うことにも耳を傾ける。怖《こわ》くても勇気を持ってきちんと向き合う。そうして初めて、一歩が踏み出せる。

ここまで来て、それがわかった。

「……佐藤北海さん」

池田は北海を見つめながら呟《つぶや》いた。北海は池田を見返し、いったん池田の妻に目をやって、また池田の顔に視線を据《す》えた。

「あんたもあんたの奥さんも、俺の顔がわかるのか。もう長いこと会っていないのに。別れたときは、俺はまだこんなジジイじゃなかった」

池田は北海の視線から逃げることなく、「私を訪ねて来るあなたくらいの年齢の人は、佐藤さんしかいないのです」と答えた。

本当なのだろう。思えば池田の義母《はは》も、北海の名前をその場で言い当てた。音信不通であろうと、池田一家にとって、それだけ北海は大きく特別な存在なのだ。

池田はベッドから降りようとして、よろけた。池田の妻が彼の痩身《そうしん》を支えた。北海は眉《まゆ》をひそめた。「どうした？　便所か？」

「いいえ」

妻に支えられながら、池田は床に置かれたスリッパを履《は》かずに裸足《はだし》で立った。それからベッドの横の狭《せま》いスペースに膝をつき、続いて手もついた。

北海の足元に這《は》いつくばった池田の横で、池田の妻も同じ姿勢を取った。

「あの夜は、本当に申し訳ありませんでした」

池田は土下座したのだった。池田の妻も、なにも言わずに同じことをした。

池田の背骨が、入院着を通して山嶺のように浮き出ていた。骨の数が数えられそうだった。

「あんたのお義母《かあ》さんも、さっき俺にそうした」北海は左手で池田の腕を摑み、ぐっと引き上げた。「おまえは俺がそんなことをさせるために来たと思っているのか?」

大介は池田の両手が床の上で握り込まれるのを見た。

「……あなたには、何度詫《わ》びても足りない。わかっています。それでも詫びずにはいられない」池田は苦しげに嘆息して、しなびた顔を上げた。「自己満足でした。すみません」

骨と皮だけになった折れそうな腕をベッドにかけ、池田は立ち上がった。また彼の妻がその動作を助け、彼はベッドの縁《ふち》に腰を下ろした。

「君は?」

池田が大介にぎこちなく微笑《ほほえ》みかけた。大介は答えようとしたが、北海が先んじた。

「隣《となり》の家のぼんずだ。旅の連れだ」

「そうですか」

北海が「ぼんず、ほれ」と大介のわき腹を軽く小突いた。大介は「瀬川大介です」と一礼した。

池田は少し目を伏せた。大介とは血縁関係ではないということを示す言葉で、北海が孤独に過ごしているのだと察したようだった。

「どうぞこちらを……」

池田の妻が、病室に一つだけあった丸椅子を北海に勧《すす》めた。池田は「大介くんの分も借りてきて」と妻に声をかけた。さらに、まだ手をつけていない夕食をそのまま下げるようにとも言った。

「椅子はいい。そんなに長居はしない」

北海が断ると、池田は素直に引き下がった。北海に逆《さか》らうつもりは毛頭ないといった様子だった。池田は妻に夕食だけを下げさせ、さらに半開きだった病室の戸をしっかり閉めるように言った。

「閉めてしまっていいのか？　看護婦さんが少し開けておけっていうから、あんなんだったんじゃないのか？」

「いいのです」池田はぴったりと閉じられた戸を確認し、ベッドの上で正座した。「佐藤さん、遠いところからわざわざ訪ねて来てくれて、ありがとうございます。私はもう二度とあなたには会えないと思っていました」

北海の目が丸椅子の座面に落ちた。「手紙の返事も書かなかったからな」

「私のしたことを振り返れば、返事をいただけないのも道理です」

だから、手紙を送り続けたのも自己満足だったのでしょうと、池田は認めた。

「犯した過《あやま》ちはどうしたって消せやしないのに、私はあなたに手紙で謝《あやま》り続けた。神に救いを求めもした。弱い人間です。あの夜も弱いからこそ、あなたにすべてを押しつけて逃げた……なに一つ変わっていない。本当に……情けない」

池田の妻が口元をわななかせながら、部屋の隅《すみ》に退いた。

「そのくせ、すべてを諦《あきら》めることも出来なかった。ここにいらしたということは、義母にお聞きになったのでしょう。東京を離れるときも、私は通っていた教会の牧師様だけに妻の実家の住所を話しました。虫のよい期待を捨てきれなかった……でも本当に、いらしてくれるなんて」

「このぼんずが牧師のところへ行ったんだ。おまえの筋書きどおりになったわけだな」

「君が……?」

池田の目が大介に向けられた。大介はためらいがちに頷《うなず》いた。自慢たらたらで北海に引っ越し先の住所がわかったとメモをちらつかせたときのような、手柄を吹聴《ふいちょう》するのにも似《に》た気分にはならなかった。

自分がここに北海を連れてきたせいで、目の前の人は復讐《ふくしゅう》の危険にさらされている。配偶者を失えば、病室の片隅で静かに涙している女性は、北海とともに大介も恨《うら》むかもしれない。

とはいえ、大介は悔《く》いてはいなかった。北海はほどなく決着をつける。それがどんなに人の道に外《はず》れていようと、見届け、味方であり続ける。そういう責任の取り方をしようと、覚悟を固めたのだから——。

池田がやつれた顔を綻《ほころ》ばせた。

「大介くん、ありがとう。よくそうしてくれたね」

予想をしていなかった礼の言葉に、大介はきょとんとなった。池田は祈るように胸の前で手を組んだ。

「感謝しなければいけない」

池田は手を組んだまま、しばし目を伏せた。北海はそんな池田の姿に、冷たげに目を眇《すが》めた。だがなにも言わずに、黙って池田の好きにさせた。大介は唾《つば》を飲んだ。喉を通るときのごくりという音が、思いのほか大きく室内に響いた。

「もう、これでいい」

再び開かれた池田の目には、先ほどまではなかった決意を感じさせる力が宿っていた。

「佐藤さん。本当ならばあの夜に凍《こご》えるべきは私でした。私なら、死んでいた。私は言うなればもう死んだ人間です。今あるこの命は、私のものではない。あなたのものです。どうかあなたの思うままになさってください。あなたがどうしようと、私はそれを受け入れます。そして、それは私が望んだことだと、遺言します。妻にもそう約束させます」

書くものを、と池田は妻に声をかけた。池田の妻は、病室に備え付けられている物入れを開け、中から茶封筒を取り出し、池田に渡した。

茶封筒には年賀状の薄い束《たば》と、便箋《びんせん》、封筒が入っていた。ボールペンも出てきた。書きかけの手紙もあった。文面に『神』の字が見えた。どうやら牧師宛《あて》のようだった。病身の池田は、迫りくる死に備えて、体調の良いときにでも、付き合いのあった人たちに別れの手紙をしたためていたのだろうと、大介は想像した。

一枚の便箋に、池田は文字を書き始めた。彼が動かすボールペンの先から生まれる文章を、大介は読んだ。それは先ほど彼が宣言したとおりの内容だった。

池田は最後に日付と署名を入れ、しばし動きを止めた。

「針か小さな刃物はないだろうか」

ポケットの中のビクトリノックスを頭に浮かべながら、刃物をどうするつもりなのかと大介がいぶかっていると、池田は遺言から目を上げ、「朱肉がないから、血判を押そうと思うのです」と言った。

大介はビクトリノックスを出そうかどうか、寸時《すんじ》激しく迷った。出さなければいけないと思う次には、出してはいけないとも思った。どうしていいのかわからなかった。池田は妻に「裁縫《さいほう》するものは持っていないか？」と尋ねた。大介は右のポケットの中に手を入れた。硬く冷たい感触が指先に触れた。

とそのとき、北海が左手に摑んでいた冊子を、池田が正座するベッドに投げた。病室にいる北海以外の人間——大介、池田、池田の妻も含めて、三人ともがその音で動きを止めた。

さらに北海は、誰も座らない丸椅子に、乱暴にボストンバッグを置いた。

「北海さん」

大介の口から老人の名が知らずこぼれ出た。列車の中で見た悪夢が、瞬《また》く間に頭の中で展開された。自分は立会人だ、見届ける使命があると腹を固めたはずなのに、大介は思わず老人の左腕にすがっていた。

北海は大介を簡単な動きで払いのけ、ボストンバッグのジッパーをつまんで開いた。瞬《まば》きを忘れて、大介はバッグの中身が露《あら》わになっていくのを見た。あの中にはきっとあるのだ。池田昭三に復讐する道具が。

それは夏の盛りの太陽のように、ぎらぎらと光って——。

「どうせ早晩死ぬ命なんだろう。惜《お》しくもあるまい。だからおまえは言えるんだ」

北海がバッグから取り出したのは、編《あ》み物だった。白と少しの青で編まれたそれを、北海は広げた。

腹巻きだった。

「おまえは覚悟しているんだろうが、そんなもん、あの夜に出来ていなきゃあ、意味なんてねえ」

池田の顔つきが強張《こわば》ったが、彼は反論しなかった。

「池田。おまえも俺が復讐しに来たと思ってるんだな」

その一言に大介は、おやと思う。違うのか？　それ以外になにがある？

池田はというと、真摯《しんし》に北海を見上げた。「そうであっても、なんの不思議もないと思っています。それだけの罪を犯しました」

「罪を犯したんなら刑務所にぶち込まれているはずだろう。でもおまえはここにいる」

「そういう罪ではありません。人間として……人間性における罪です。利己的に良心を捨てたという罪です」

「人間性、良心か」北海は鼻で嗤《わら》った。「そんなもんがあるかどうか、俺だって怪《あや》しいもんだ。少なくともあのクソ寒い夜にほっぽり出された俺には、なかった」

北海はやや間を置いたのち、シャツの前を開いて自分の腹巻きを折り返した中に、白と青の腹巻きをねじ込んだ。

「少し話をしていいか」

あの夜、意識がある間ずっと、吊《つる》し上げた連中、とりわけおまえを呪《のろ》っていたと、北海は吐露《とろ》した。

苦しげな独白ではなかった。語気を荒らげることもなく、淡々と当時の胸の内を、北海は言葉にした。

「俺の頭の中で、おまえらは全員死んだ。特におまえは何度も俺に殺された。鉄砲で撃《う》たれ、銃剣で貫《つらぬ》かれ、顔はもちろん、人間の形ですらなくなるほどに殴《なぐ》られ、死んだ。おまえを殺している俺は、まるで鬼だった。いや、それ以上かもしれねえな。おまえの考え方で言やあ、悪魔になんのか？」

「自分を責めているのですか？　ならその必要はない。あなたをそんな考えに追いやった私に、すべての責任があります」

かばう池田を、北海は一刀両断した。

「笑わせるな。俺はおまえらを呪った自分を責めちゃいねえ。おまえは恨まれて当然のことをしたし、俺も聖人君子じゃねえんだ。その」北海は池田の前に放った冊子を顎でしゃくった。「なんとか神父と一緒にはならん」

北海は池田の眼前で左手を大きく開いた。

「凍傷《とうしょう》で無くなった指だ。足の指もほとんど無い。俺に良心と人間性ってもんがあったとしても、そんなもんはあの夜、手足の指と一緒に凍《こお》った」

池田はもうなにも言わず、北海の欠落した手を凝視した。北海も甲《こう》の側から自分の左手に目を据えた。

「おまえを頭ん中でいたぶり殺しながら、俺は、人間ってのはこんなにも残酷になれるもんかと思った。おまえの裏切りよりもよほど、俺が考えたことはひどかった。それだけむごくおまえを殺した。意識が朦朧《もうろう》となって、ああ俺は死ぬと思った裏で、もし生きて戻れたら、頭の中でおまえにしたことを本当にやってやると決意した。だから俺は……」

――あのまま死にたかった。

透明なひとしずくが氷柱《つらら》の先からしたたるように、北海のその一言はとても静かに場に落ちた。窓の外がなぜか少し明るさを取り戻した。雲がわずかに切れたようだった。ふいに光が射してきて、北海の横顔を照らした。切れ間をくぐり抜けた陽《ひ》が、どこかのビルのガラスに反射したのだ。北海はそのビルを睨《にら》んだ。

「なんで生きちまったんだろうな。俺にもわからん」

池田は首を垂れた。その姿は、斬首刑《ざんしゅ》に処される罪人のように、大介の目に映った。

「……私もわからないことばかりです。ですが」病み、うなだれた老人が、小さな声を絞り出した。「牧師さまは、私の苦しみ……言葉を換えれば罪でしょう、それにも意味があるとおっしゃった。神は無意味なことはなさらない。だから、あなたがあの夜を生き延びたことにも、意味があるはずだと私は思います」

「ふうん。そうかい」

池田の言葉は心からのものに大介には聞こえたが、北海は木で鼻を括《くく》ったような反応だった。

「俺が死んだら寝覚《ねざ》めが悪いか」

「それもあるかもしれません。私は弱い」

「直接謝ったら気が済《す》むからか」池田はまた口をつぐんだ。北海は構わず続けた。「俺に殺されればおあいこになるからか」

一度は出来た切れ間を覆うように、別の雲が流れてくる。

「池田。帰国してからも俺はおまえを殺すことを考えた。逆に許すことも、ちっとは考えてみた。あれはおまえだけのせいじゃない、戦争のせいだと。俺がおまえの立場なら、同じことをしたかもしれない。実際、実家の兄貴に諭《さと》されもした。戦争に駆《か》り出された連中は、等しく被害者なんだってな。生きて帰って来られなかった抑留者《よくりゆうしや》もいる。もっと悲惨な目に遭《あ》った人もいる。おまえ一人が苦しんだわけじゃない、この人だってラーゲリで苦しかったはずだと、おまえの詫び状が届くたびに説教された。だがよ、もう一度言うが、俺は聖人君子じゃねえ」

指のない左手が、放り出された冊子を一度取り上げ、また落とす。

「この神父ならおまえを許すと言うんだろうな。許すことが出来れば、善《よ》い人間だ。おまえの手紙にもあったな。人の罪を許せってのが、おまえの信じる神様の教えなんだろう?」

池田が冊子を拾い、大事そうに胸に抱くのを、北海は冷然と眺めた。

「俺はそんなこと出来ねえな。俺のあったのかどうかもわからん善き心とやらは、指と一緒に凍ってもげたからな。そしてな、指と同じように」北海が少し顔をしかめて、胸に手を当てた。「おまえにもらった種も、あの夜のせいで、しばれてしなびて変なふうになった」

「種?」

顔を上げた池田に、北海は「食うことも出来るし、腹の薬にもなると言って、なんかの種をくれただろう。あれだ」と言った。

「ああ、クチナシの……」

「そうなんだってな。俺には名前なんてわからんかった。とにかく種は俺の腹巻きの中でしなびたまんま、俺と一緒に日本に帰って来た。何度も捨てちまおうかと思った。いまさら食うわけがない。具合が悪ければ普通の薬を飲めばいい。なによりそいつはおまえと、凍って俺の体から離れた指の色を思い出させる。実家ではおまえの手紙と一緒にしてほっぽっていたそいつを、俺は札幌に移り住んだのをいい機会に、庭に捨てた。隣の家の境目ぎりぎりの、大して陽も当たらん場所にな」

「……あの木？」大介は思わず口を出してしまった。「北海さんがいつも見ていたあの？」

北海の手が、大介の頭をぽんとした。温かい手だった。

「俺は博打《ばくち》はあまりしねえ。負けると腹が立つからな。でも一つだけ、でかい賭《か》けをした。捨てたはずのそいつから小さな芽が出ているのを見つけちまったとき、俺はおまえがくれたその種と勝負することにした。このまま枯《か》れるか、育ってちゃんと木になって花まで咲くか。俺は枯れるほうに張った。種はしばれてしなびてたんだ。負けるわけねえ。万が一にも木が勝ったら、俺は一番自分がしたくないことをしてやると決めた。負けない賭け事ならどれだけ張ったっていい。そうだろう？」

でも、咲いてしまった――大介の頭には、出立《しゅったつ》の日に目にしたその色、形が、鮮やかに刻《きざ》まれている。たった一輪開いた、六弁《ろくべん》の花。真夏に迷い込んだ雪のように純白だった。

だから池田昭三のもとに来たのか。この世で一番憎んだ相手のところに。北海の旅にまつわるよくわからなかった部分が、次第《しだい》に明確な形をなすのを、大介は感じ取る。だが、それでもまだあいまいなところもある。北海が一番したくないこととはなにかだ。大介は池田に仕返しをするためにここまで来たと決め込んでいたが、そうなると一番したくないことが仕返しとなってしまう。

――おまえも俺が復讐しに来たと思ってるんだな。

てっきりナイフかなにかが握られるかと思ったのに、北海がバッグから引っ張り出したのは、ただの腹巻きだったのだ。

「なにかの間違いで賭けに負けたら、俺はおまえを訪ねて、許してやると言うつもりだった」

池田が胸に抱いていた冊子を取り落とした。

大介も耳を疑い、反射的に北海の横顔に視線の先を向けた。だいたいついさっき「そんなこと出来ねえな」と言ったのだ。聖人君子じゃないからと。

北海は弁解するでもなく、「博打ってのは手を出すもんじゃねえな」と自嘲するように笑った。

「負けると思わなかったから、そんな決め事をしたんだ。木はなんとか生きているだけだった。生長はしたが幹《みき》も枝も細っこくてな。葉もあまり出なかった。いつ枯れるか、明日枯れるか、冬は越せないだろう……俺は毎日木が駄目になるのを期待して、見に行った。なのになかなか枯れない。よろよろと何年も生きやがる。そのうち花芽《はなめ》らしきものもつけ始めた。しかしまあ、あっちは寒いからな。花芽は勝手に朽《く》ちていった。そしてこのぼんずがまたいたずら好きでな」

北海は大介を横目で見て、口の端《はし》を上げた。

「いつごろからだったか、花芽を削《そ》ぎ出した」

大介の体は無意識にびくりとなった。「北海さん、知っていたの？」

「知らんとでも思ったのか」

「知っていたらなんで怒らなかったの？」

「俺は咲かないほうに張っていたんだ。怒る必要がどこにある？」北海はふうと一息ついて、また心臓のあたりを撫《な》でさすった。「削ぎ取られている跡を見つけるたんびに、俺は安心した。卑怯《ひきょう》者を許す道理などないとお天道《てんと》さんが……俺は神様とかは信じねえが、そういった大きなもんが言《こと》づけている気がしたな。そのうち、おまえからの手紙も途絶《とだ》えた。死んだのかもしれんと思った。だから俺は、今年で賭けを最後にすることにした。今年中に咲かなかったら俺の勝ちだった。勝ちはすぐそこまで来ていた。なのに」

一つだけ咲いたのだ。

「咲いちまったもんは仕方ねえ。俺は手紙を頼りに東京に出た。そうしたら、このぼんずがついて来た」

北海の手が、さっきのように大介の頭を軽く叩く。

「古い住所は空《あ》き家になってた。俺は肩の荷を下ろした気分になった。とりあえずやれることはやったってな。引っ越し先は知らねえ。手紙を寄こさなくなった方が悪い。やっぱりおまえには会わなくていい。そう思ってほっとしたらよ、ぼんずが長崎の住所を突き止めやがった……まったく余計なことだ。わかっちまったら、また先に行かなきゃいけねえ。賭けに負けたんだからな」

窓の外の空は、先ほどの雲間が完全にふさがり、本当ならこれから燃え盛るようになっていくはずの色彩は望めそうになかった。

いくばくかの沈黙があり、北海がまた口を開いた。

「このぼんずは、なんでか俺について来たがった。まともに旅をするには、正直じゃまだ。しかもよ、どう見たって家出だ。いらん火《ひ》の粉《こ》が降りかかるかもしれんかった。だが、花芽を削ぎ取っていたのもこのぼんずなんだ。ぼんずを連れて行くことで、旅が終わるならそれはそれ、反対に旅が進むのならそれもそれだと考えることにした。ぼんずの顔が新聞に出ているのを知ったあとは、帽子を目深《まぶか》にかぶせてみたり、宿では嘘《うそ》の名前も使ったりしたが、一日で止めた」

「なぜですか？」

「気まぐれに寄り道した舞鶴で、庭に咲いた花と同じのを見かけてな。偶然なんだが、俺には出来すぎた偶然だった。だからもう、余計なことはしないことにした。なるようにしかならんってやつだ。俺はおまえに辿《たど》り着けるかどうかを、ぼんずを隠さず連れて行くことで、気まぐれな大きなもんとやらに最後の試しを入れたのさ」

そうだったのか。北海の話をそこまで聞いて、老人の言動に大介がときおり抱いたささやかな「なぜ？」の数々は、ようやく氷解した。

北海の温かい手が、頭から離れてゆく。しゃべり疲れたのか、北海は腹をへこませながら大きく吐息した。

「それであなたは結局、ここまで……」

「おかしなもんだよ。本当に着いちまった。ていうことはよ、俺はおまえに許してやるって言わなきゃなんねえんだ。ひでえ話だ。どうしてだろうな？」

またため息をつく北海に、大介は思い切って話しかけた。

「僕の幼稚園の先生だったら、きっとこう言うと思うよ。神様がそれを望んだからだって」

少しだけ首を傾けた池田に、北海が説明する。「このぼんず、耶蘇教《やそきょう》の幼稚園に通っていたんだとよ」

「なるほど。それで教会にも」

「神様がそれを望んだから、か」

外は垂れ込める雲のせいで、ぼんやりと暗いままだ。北海はそんな空に視線を投げ、首を横に振った。

「でもな。やっぱり俺は言えねえんだ、池田。ここに辿り着いておまえの死にそうなツラを前にしても、どうしても駄目だ。言えたらどんなにいいかってのは、わかってる。それでもだ」

「言わなくていいです」池田は微笑んだ。「あなたは今ここにいる。ここに来るまでの話を聞けた。それだけで、充分です」

「賭けを反故《ほご》にすることになるな」

「あなたから受け取るものが、偽りの赦《ゆる》しではなく、正直な拒絶であって良かった。私は心からそう思います」

北海と池田は、しばらく黙って視線を交わし合っていた。池田はその間、微笑みを手放しはしなかった。

「あなたは変わっていない。昔から……満州で一緒に汗水を流していたときから、あなたは実直で正直な方だった」

北海が顎を引いた。「変わってない？」

「変わっていませんよ」

池田の微笑みにどこか若々しい、楽しげな色合いが加わった。

「満州開拓は大変でしたね。でも、あなたがいたからやってこられた。一緒に食べたコーリャン粥《がゆ》の味は忘れていません」

北海が鼻の付け根に皺《しわ》を寄せる。「俺はあれが大嫌いだった」

「私もです。だから、あなたたち家族と一緒に食べたかった」

「ああ、うちもそうだったかもしれん」

二人が軽く笑い声をたてたので、大介はぽかんとなった。けれども老人二人の笑いは、そう長くは続かなかった。北海はいがらっぽい咳《せき》をし、池田は鳩尾《みぞおち》を押さえて俯《うつむ》いた。

「痛むのかい？」

北海の問いに、池田は笑みを取り戻して首を横に振った。「大したことはありません」

そうして、彼はこう言った。

「確かに牧師様は人を赦せとおっしゃいます。けれどもそれはとても難しい。真夏に雪が降るようなものだ」池田はその言葉をためらわなかった。「人が人を赦せるのなら、神など必要ないのです」

北海が眉を上げげた。「そんなことを言ったら、教会の人にどやしつけられるんじゃないのか」

「どうでしょう。とにかく私は今、そう思った」

「そうかい」北海は丸椅子の上のボストンバッグを持った。「それじゃあ、そろそろ行く」

「佐藤さん、ありがとうございます」池田の声はしっかりとしたものだった。「今日お会い出来て、私は幸せです」

「もう気に病むな、なんて言ってやれなくて悪かったな。それが言えたら、俺にもおまえにも、意味のある旅だったかもしれんが」

「意味は、必ずあります。私は残りの時間、あなたの代わりにあなたの旅の意味を考えます」

「ご苦労なこったな」北海は池田の手元に白と青の腹巻きを投げた。「腹具合が悪いんだろう？　これをやるから巻いておけ」

「ありがとうございます」

薄暗がりの中に浮かぶ池田の顔は穏《おだ》やかだった。

北海は踵《きびす》を返したが、つと足を止めた。

「咲いた花を見たときなあ、俺は賭けよりなにより」遠い記憶を手繰《たぐ》るような、老人の言《い》い振《ぶ》りだった。「まず、そいつをきれいだと思ったな」

心もち振り返り、すぐにまた歩き出す。「おまえがあれを見たら、なんて言ったかな」

病室の戸の横で黙って佇《たたず》んでいた池田の妻が、腰から上体を曲げて礼をした。北海は彼女に「ところで、このへんでなんかうまいもん食わす店は知らんか？」と訊《き》いた。池田夫妻はご馳走《ちそう》するから家に来てくれと言った。それを断り、北海は長崎ちゃんぽんの店を聞き出した。

「ぼんずはラーメンが好きだからな。だろ？」大介を振り向いて笑った北海は、今まで見たことがないくらい、晴れ晴れとした顔をしていた。「食ったら、家に電話をかけれ。な？」

「うん」

大介は池田夫妻にそれぞれ「さようなら」と頭を下げて、病室の戸を引いて廊下に出た北海に続いた。

廊下に背広を着込んだ逞《たくま》しい男が二人立っていた。

「佐藤北海だな？」

もう一人が腰を屈《かが》めて大介に目を合わせ、「君は瀬川大介くんだね？」と確認してきた。

大介が頷くと、「もう大丈夫だよ」と手を取られ、抱き寄せられた。北海が遠くなった。

北海は別の男に、黒い手帳を突きつけられていた。

「北海さん」

大介を抱き留める男の腕は力強く、とても抜け出せなかった。

ナースステーションの看護婦や廊下の入院患者らの視線を受けながら、大介と北海は男たちに無理やり連れて行かれた。

「なにをするんですか」振り向くと、池田が妻に支えられながら病室の戸口に立っていた。「佐藤さんは、見舞いに来てくれただけだ」

男たちは池田の必死の訴えを無視した。病院の出入り口前には、赤色灯を回したパトカーが二台停《と》まっていた。

「北海さん！」

大介と北海は別々のパトカーに乗せられた。「お父さんとお母さんにも連絡をしたよ。

明日すぐに来てくれるから」猫なで声でそう言われた。パトカーが着いた先は、長崎県警だった。

大介と北海を二度乗せたタクシーの運転手が通報したのだと、大介は県警内の部屋で聞いた。行方不明になったと報道されていた男児によく似た子が、怪しい老人と一緒に自分のタクシーに乗ったと。諏訪町で降ろして人違いかと迷いつつ、結局県警に一報を入れた帰りにまた拾った、病院まで乗せて、今度は間違いないと再度電話したそうだ。

北海がなんらかの罪に問われていると知り、大介は激しく反発した。向かい合う中年男と若い女の警察官を相手に、自分の意思で北海の一人旅についていった、なにも悪いことはされていない、むしろ北海は上野で帰れと言ったのだと、丼物の夕食にも手をつけずに訴え続けた。警察官らは困った顔をした。

「それでも、君が家出をしたと知りながら、一緒にここまで来たわけでしょう？　その佐藤さんから君のお宅や警察に電話するチャンスは何度もあったはずだし」

そうしなかったのは、北海が賭けをしていたからだ。北海は旅の流れを運と天に任《まか》せた。池田の病室で語った老人の旅への向き合い方を、大介は精いっぱい説明したが、理解は得られなかった。

翌日昼前に、両親が県警に姿を見せた。母は泣いていた。父の頰は硬く、奥歯を嚙《か》みしめているのが外側からも見て取れた。その表情のまま父が近づいてきたので、大介は拳骨《げんこつ》を覚悟してぎゅっと目を閉じた。だが、殴られなかった。父は「心配をかけたことを、お母さんに謝りなさい」と、唇を震わせながら命じた。

それを口にし終わる前に、大介は母に抱きしめられた。

その日のうちに、大介は両親に連れられて長崎を後にした。県警に着いてからずっと一緒にいた婦警に、北海のことを尋ねたら、まだ取り調べが続いているとのことだった。

札幌に戻った大介は、まず北海の木を見に行った。旅に出た日に咲いた一輪は、とうの昔に枯れていた。大介は来る日も来る日も北海が帰って来ないか、様子を窺《うかが》い待ち続けた。

家にはときどき警察から電話がかかってきた。北海道警察の人がやってくるときもあった。用件はいずれも北海との旅のことだった。そのたびに大介は「自分で勝手に同行した、嫌々《いやいや》連れ回されたのではない」と繰《く》り返した。

旅に出る前と打って変わって両親はうるさくなくなったが、大介はきちんと完璧に夏休みの宿題をやり遂げた。ご飯も出されたものは全部食べた。悪い子よりもいい子の言うことのほうが信じてもらえると思ったからだ。

北海の姿を見ないまま、お盆《ぼん》が明けて、二学期が始まった。

気配を消す気はなかったが、仮にしたとしても無駄だっただろう。捜索願を出されてニュースや新聞、ワイドショーにも顔写真が流れたらしい大介は、誰よりも注目の的だった。一学期はずっと標的にしていた長谷川武史に義春は目もくれず、仲間たちと大介をちらちら見ながら話をし、間欠泉《かんけつせん》が噴き上がるようにときどきげたげたと笑った。国崎さんですら、視線を向けてきた。

始業式の次の日、朝の黒板には拙《つたな》い少年の顔の絵とともに『家出人　瀬川大介』と大きくチョークで書かれてあった。『見つけた人は110番』ともあった。大介は黒板消しのバンドに右手を通した。背後からは、義春らのげらげら笑いが聞こえた。大介の喉は石を詰められたようになり、わななく唇をなんとかしようとすると、口の端が自然に下がった。

――大介くんは、弱いんだね。

鏑木の声がふいに思い出され、大介は顎を上げた。そうして落書きを全部自分で消した。

その日の下校時、教室を出ようとした大介を義春らが阻《はば》んだ。教室にはまだいくらか児童が残っていた。掃除当番だった国崎さんもいた。

「おまえ、家にいない間、お風呂どうしてたんだよ」義春の目は、大介に泣けと命じていた。「まさかずっと入らなかったのか？　うわ、くっせえ。汚え」

「あの爺《じい》さん、パンツじゃなくてふんどし締《し》めてるんじゃねえ？」

「もしかして、おまえもそうなのかよ」

「見せてみろよ」

大介のズボンに義春の手がかかった。抵抗したが、一人対多人数では話にならなかった。いつかを再現するようにズボンとパンツは膝まで下ろされた。大介は夢中でパンツを引き上げた。義春たちは囃《はや》したてた。「なんだ、ふんどしじゃねえよ」

教室の床が、揺《ゆ》らめいて滲《にじ》んだ。

義春がさらに言った。

「本当はあの爺さんと悪いことしたんだろう？」

パンツに続いてズボンを上げかけた手が止まった。

「あのジジイ、戦争でおかしくなった人なんだろ。母さんが言ってた。金持ちじゃなさそうだし、二人でなにか盗んだりしてたんだろ？」

「それとも人の指を切ったりしてたのか？」

「そうだ、爺さんの左手、指ねえもんな」

「おかしいもんな」

ズボンの腰を摑んでいた右手を、ポケットの中に入れる。中の小さなナイフに、指先が触れた。

「指無しジジイとどんな犯罪したんだよ、ああ?」

「黙れ」

大介はずり下がったズボンもそのままに、体格の良い義春の胸を両手で突いた。義春は半歩後ろに片足をずらしただけだった。大介の右手にあったビクトリノックスが、床にちりと落ちた。

「なんだこれ」義春がすかさず拾った。「うわ、ナイフじゃんこれ」慣れない手つきで、ブレードを出す。「凶器だ。やっぱりこいつで悪いことしてたんだ」

義春が三・五センチのブレードを、大介に向けた。「こんなの、隠し持ちやがって」

義春の手に渡ったナイフを、大介は見た。大事にポケットの奥に忍ばせていたころはわからなかった。他人の手に渡ったそれは、おもちゃみたいだった。ナイフだから、突き立てられれば怪我《けが》はするだろう。けれども、あれでは小指の骨だって断てやしない。

北海はもっとずっと過酷なものに、一人で立ち向かって、あんな手になった。

「……そんなもの、おまえにやる。僕をからかうのも勝手にすればいい。でも、北海さんを悪く言うのは、絶対に許さない」

大介は言い放った。

「北海さんはおまえなんかよりずっと強くて優しくて大人だ」

北海だけじゃなく、あの旅で出会った人たちはみんなそうだった。大介はナイフを構え続ける義春から目を逸《そ》らさず、逆に左手を彼の鼻先でいっぱいに開いた。

「それで僕の指を切り落としてみろ」

義春が初めてたじろいだ表情を見せた。それを取り繕《つくろ》おうとでもいうのか、彼は大介の股間《こかん》にナイフの切っ先をずらした。

「パンツじゃん。おまえパンツ丸出しじゃん」

義春の腰ぎんちゃくたちも、いっせいにパンツパンツと声をあげたが、港のある街で踊っていた人の言葉が、大介を励ました。

大介はズボンをきっちりと穿《は》き直して、背負ったランドセルの肩ベルトを握った。

「パンツのなにが面白いの？　おまえ、パンツ穿かないの？」

黙った義春の横をすり抜け、廊下に出た。後ろから罵声《ばせい》が飛んできた。続いて女子の諫《いさ》める声がした。玄関で外靴に履き替えていたら、「瀬川」とか細い声で話しかけられた。

そちらを見やると、一学期まで標的となっていた武史だった。

武史はもじもじしながら、途中まで一緒に帰ろうと言った。大介に断る理由はなかった。あまり話すこともなかったけれど、一人よりは悪くなかった。

家への道が分かれる交差点で、武史は「さっきの、瀬川、かっこよかった。ナイフの前、だったのにさ」とつかえながら言った。

「一学期は、よくわかんなかったけど、瀬川って――」

自転車の急ブレーキ音で、最後のほうは聞こえなかった。

青になった横断歩道を渡っていく武史は、途中で振り返り、大介に笑って大きく手を振った。

「また、明日なぁ」

九月になる前に、北海は釈放された。罪に問われることも避《さ》けられた。大介の訴えのみならず、北海のために警察に弁護の言を述べた人が複数いたのだ。池田夫妻と義母、井上、高村、キヨミ、鏑木らだった。大介はその朗報を、両親から聞いた。

北海は大介が学校へ行っている間に、一度戻って来たようだった。だが、大介が帰宅する前にまたどこかへ行ってしまった。玄関先に、大介宛のマフラーと人差し指から小指までが一緒になった形の手袋が、ビニール袋に入れて置かれてあった。通帳や印鑑、奥さんや娘さんの位牌《いはい》など、本当に大事なものだけを取りに来たのだろうと、母は言った。

数日後、業者が家財を運び出して、北海の家は空き家になった。

あれから武史とはよく話すようになったが、義春らとは、やっぱり仲良くなれてはいなかった。仲良くなろうという気もなかった。

銀杏《いちょう》の葉がまばゆい黄色に染まるころ、大介のもとに封書が一通届いた。差出人は池田昭三だった。よくぞ届いたと感心してしまうほど、住所の文字はのたくっていた。中身も蚯蚓《みみず》が這《は》ったようだった。あまり長くはないそれを、大介は懸命《けんめい》に読んだ。

あの日、北海と一緒に来てくれた礼から始まり、住所は北海から聞いたと続いた。

それから、北海は今、長崎にいるとあった。池田昭三が入院している病院で心臓の薬をもらいながら、あの米屋の実家に居候《いそうろう》しているとのことだった。

自分の最期を看取《みと》ってくれるつもりなのだろうと、池田は書いていた。

終盤は、北海の木のことに触れていた。北海の代わりに旅の意味を考えると請《う》け合った池田は、旅に出るそもそものきっかけとなった花がなぜ咲いたのかが要《かなめ》と受け止めたようだった。

そして手紙は、北海の願いを伝えて締めくくられていた。

大介は北海が編んでくれたマフラーを巻いて庭に出て、北海の木を見に行った。あれきり花をつけなかった木は、迫りくる冬の気配の中で、枯れそうで枯れていなかった。

良心と人間性は指と一緒に凍って失ったと、佐藤さんは言っていました。けれども本当に欠片《かけら》もないのだとしたら、佐藤さんは旅に出てはくれなかった。善き心というのは、彼が賭けに選んだクチナシの木と同じだと思います。凍ってしなびても萌芽《ほうが》し、削ぎ取られても花芽をつける。そうしていつか、美しく咲くときがくる。佐藤さんは、あの木をあなたに育ててほしいと願っています。どうかそうしてもらえないでしょうか。

木を見つめながら、大介は舞鶴での夕暮れを思い出した。もし義春が自分と同じようにあの瞬間をきれいだと感じるなら、そんな義春だけは嫌いになれない。北海とそうしたように、隣り合って一緒に眺めていられるかもしれない。それは本物の義春ではないけれど、かもしれないという想像を止めてはいけない気がした。トンネルの中で北海は人の心のことをおっかないと言った。でも、おっかないだけじゃなかった。それを北海は自分自身で証明してみせた。

戦って戦って、戦い続けた果てに、池田を見送ることを選んだ北海。老人がなぜその選択をしたのか、大介にはわかる。

それが北海の勝ち方だからだ。

大介は物置から鉄製のスコップを持ち出し、ブロック塀《べい》を越えた。クチナシの根元を注意深く掘り、一塊《いっかい》の土ごと慎重に細木を持ち上げる。そうしてそれを、今度は自分の家の庭の、一番日当たりのよいところに植え直した。

大介は花芽を削《けず》り取ったあたりの枝に、そっと触れた。冷たかった。まるでリレーのバトンだと思った。こうして託《たく》して、受け継《つ》がれてゆく。

そしてもう一つ。北海はまた賭けをしているのかもしれない。もう一度、真夏に雪は降るのか。降ったら大介はどうするのかを。

花芽を削いだ痕跡を数えながら、大介はほんの少し笑う。

いいよ。じゃあ、こうしよう。大介は約束をするように、細枝に左手の小指を引っ掛けた。

もしもまたその日が来たら、今度は――。

＊

夏休み目前の日曜日、晴れた朝だった。カーテンを開けた大介は、庭に白い花を見た。五年前に見たのと同じ、六弁の花だ。

美しかった。

大介はスポーツバッグに旅の荷物を詰めた。郵便局のキャッシュカードが財布に入っているのも確認する。このカードの口座には、九万二千六十円の残高がある。高校生になっていろんなアルバイトをして貯《た》めたお金全部だ。お年玉といった、人からもらったお金は一円も入っていない。アルバイトをすることに反対されないよう、大介はきちんと勉強もしていた。

大介は着替え、階下に降りて顔を洗い、台所の母に言った。

「今日、ちょっとここを貸してもらっていい？」

五年前ほどふわふわではない母の髪には、少し白いものが増えた。母は微苦笑した。両親にはクチナシと交わした約束を伝えてあった。

「あんた、充分美味《おい》しく炊《た》けるようになっていると思うけれど、行く前にリハーサルしたほうがいいものね」

休みになったら出かけることは、改めてお父さんにもちゃんと言いなさいと、母は釘《くぎ》を刺した。朝食のテーブルで、大介はもちろんそうした。

朝ご飯を食べて自室へ戻る。大介は机の引き出しを開け、数枚の葉書を手にした。全部、北海から届いたものだ。住所は書かれていない。切手の消印は、東舞鶴。

もしもまたあの花が咲いたら、夏に雪が降ったら、今度は一人で旅に出る。指のない老人に会いに行く。

住所の手掛かりは少ないが、目印はある気がする。その家、もしかしたらアパートかもしれないが、とにかくそこのとても近くに——窓の外をふと見たら目に入るようなところに、きっとあの木がある。クチナシの木が。

辿り着けたら、台所を借りて、腕を振るっておこわを炊く。北海好みの、甘納豆《あまなつとう》をたっぷり使った硬めのおこわだ。一緒に食べながら、いっぱい話をする。両親のこと、学校のこと、勉強のこと、義春のこと、アルバイトのこと。

そうしてなによりも、言わなければいけない。あの夏はありがとうと。

北海はどんな顔をするだろう。

笑ってくれたら嬉《うれ》しい。

解説――受け継がれたものが未来を開く傑作

毎日新聞社編集委員　内藤麻里子《ないとうまりこ》

戦争小説が、新たな局面に入っているように思う。

二〇一五年は戦争をめぐるさまざまな物語が刊行された。戦後七十年を迎えた年だったから何点か刊行されるだろうと予想していたが、執筆した世代とその内容が少々予想を超えていた。主に同年に執筆され、刊行が翌年となる本書もその流れの中でとらえることができそうだ。

この時何が印象的だったかというと、四十代の女性作家が相次いで戦争小説を執筆したことだ。中脇初枝《なかわきはつえ》さんの『世界《せかい》の果《は》てのこどもたち』、藤岡陽子《ふじおかようこ》さんの『晴《は》れたらいいね』、古内一絵《ふるうちかずえ》さんの『痛《いた》みの道標《みちしるべ》』、そして乾《いぬい》ルカさんの『花《はな》が咲《さ》くとき』である。

中脇さんは内地《ないち》に住む日本人、中国《ちゆうごく》残留孤児、在日《ざいにち》コリアンという三人の少女を通して戦後の日本がたどった道を追った。藤岡さんは女性でありながら戦地に召集《しようしゆう》された従軍看護婦を取り上げた。古内さんはインドネシアで起きた日本軍による虐殺《ぎやくさつ》、ポンティアナック事件を描いた。乾さんが目を向けたのはシベリア抑留《よくりゅう》だ。四十代といえば、祖父母をはじめ周囲に直接戦争の記憶を残す人々がかろうじていた世代だ。多かれ少なかれ、そうした人々の話を聞いたことがあるか、そのたたずまいを思い出としてとどめている。

実際、乾さんの母方の叔父《おじ》はシベリア抑留の経験者だったという。「亡くなるまで収容所のことは話したがらず、編《あ》み物を教わったとかいいことしか口にしなかったそうです」とインタビューでご本人からうかがった。「苦労した部分は語れない、語りたくないと黙ってしまうのも真実。口をつぐんで自分や、他の誰かを責めているのかもしれない」。そんな叔父の姿を近くにおいて、物語として結実させたのが本書だ。腹巻きや手袋を編む佐《さ》藤北海《とうほっかい》の人物造形などあちこちにその姿は潜《ひそ》んでいる。

そうした人々の思いを直接の手触りとしてくみ取ろうとしたギリギリの世代が、乾さんたちではなかろうか。けれど、小説として描くとなったら、どうしても資料が必要となるだけの時間も経《た》っている。シベリアの寒さはどんなだったか、空襲警報がどう鳴るのかもわからない。資料や取材によって実感や感覚とは異なる立ち位置から当時を描くことになる。こんなふうにつらつら考えていると、幕末、明治維新のように、太平洋戦争は近いけれど遠い過去として歴史・時代小説の地平を開こうという時期にきているのだと思わせられる。

さらにもう一つ、その描き方が変わってきたことも挙げたい。

直接の経験者たちは、作家も読者も、当時、何が起きていたのか、実態とその意味を知りたいと願い、戦争のありようをストレートに伝える内容だった。井伏鱒二《いぶせますじ》『黒《くろ》い雨《あめ》』、火野葦平《ひのあしへい》『麦《むぎ》と兵隊《へいたい》』などを思い起こせば明らかだ。戦争を知らない世代に経験者の強度はない。ではどうしたかというと、何らかの仕掛け、フックを使って読者の興味を引きつけ、物語の推進力とした。

『花が咲くとき』では、まず八〇年代という時代設定が大きなフックだ。戦争経験者が健在であることが本書には必要だった。そして怪《あや》しい老人の後を少年に追わせる冒険譚《たん》のような滑《すべ》り出しで読者を引きつける。後で触れるが、主人公のある特徴もフックの一つだろう。中脇作品では少女たちに託して日本、中国、韓国《かんこく》の戦中・戦後に迫った。藤岡作品ではタイムスリップを使って現代の主人公の感覚を軸《じく》に据《す》え、古内作品では主人公に寄り添う戦争体験者として幽霊を登場させた。戦争を知らない読者に届けるため、さまざまな工夫が重ねられている。

そしてまた、希望や救い、明るさが配されている点でも共通しているといっていい。経済成長が鈍化し、格差が生まれ、少子化や介護問題など閉塞感あふれる現代に過酷で陰惨なだけの生死の物語を送り出しても受け入れられにくい。生きるのが充分つらいのにもういいよ、といわれてしまう。時代の要請という一面もあるのではないだろうか。

いずれにせよ作家たちは気になった題材、掘り起こした事実から、今書くべきだという必然性に背中を押されて物語を紡《つむ》ぎ出していくのである。新たな局面に入った戦争小説は今後ますます書き継がれていくだろう。

さて、改めて本書である。

乾さんは〇六年、「夏光《なつひかり》」でオール讀物新人賞を受賞してデビュー。単行本『夏光』(〇七年)に収録されたこの作品が戦争ものだった。瀬戸内《せとうち》の漁村に一人で縁故疎開《えんこそかい》して、いじめられている小学生が主人公。友人と共にある日たまらず、広島《ひろしま》に暮らす母恋しさに二人で汽車に忍び込む。到着したその日は、広島の運命の日だった——。

そういえば、直木賞候補作となった短編集『あの日《ひ》にかえりたい』(一〇年)収録の表題作も戦争の影を見せている。特別養護老人ホームでボランティアをすることになった女性になぜか心を開き、昔話をする老人がいた。戦中、戦後の混乱を経て結婚したものの、生来《せいらい》の山っ気がたたって妻に苦労ばかりかけた。できれば妻との最後の日に戻りたい。こんな話をなぜ彼女だけにするのか。

『花が咲くとき』は、乾さんがきっちり正面から戦争をテーマにした作品になった。しかし乾ルカという作家は、ただ戦争を描くだけにとどまらない。さまざまなハードルを設《もう》け、細かい目配りが利いた作品にしている。

大きなハードルは、初のファンタジー要素のない長編にしたことだ。

デビュー作はじめ、『あの日にかえりたい』も、不思議なアルバイト先を紹介される『メグル』（一〇年）、幽霊が同居するアパートが舞台の『てふてふ荘《そう》へようこそ』（一一年）などファンタジー要素のある作品が続いていた。

本作の主人公、小学六年生の瀬川大介《せがわだいすけ》は人の感情や気配の色が見える。どうもクラスでいじめられているらしい。これって不思議な能力があるのではないかと思わせて（先に言及したフックの一つとなっているのだが）、読み進めるとどうもそうではないことがわかってくる。

見えた色でその人がどんな人物か判断していた大介だが、やがて最初とは違う色が見えてくる。北海への信頼を『気配の色』にしなかった自分に気づき、さらに〈特別な力のように信じていたけれど、そうじゃなかったのかもしれない。いろんな人の様々な色は、単に自分がそのとき相手をどう思っているかを材料に、自分の心が作り出していたのでは。〉だとすると、変わるのも辻褄《つじつま》が合う。変わった人たちは大介に、第一印象とは違う面を見せたのだから〉と認識するに至る。

少年の成長物語が軸で、戦争をめぐる物語が車輪だ。戦争を経験した大人たちの強度が少年を導いていく。「夏光」「あの日にかえりたい」では短編ということもあるが、戦争は時代背景というか舞台だった。本書では少年の成長と戦争の記憶が徐々に強いつながりを作っていく過程がみごとに描かれる。血の通った物語を紡ぎ出した。

実は大介の造形は自身の「黒歴史、イタい部分からできている」と、インタビューで明かしてくれた。「ささいな偶然をこじつけては『私はエスパーなんじゃないか』と思うような子だった」。日々のいやなこと、うまくいかない劣等感を不思議な能力への憧《あこが》れにかえて空想してはやり過ごしていたわけだ。幼い頃に思いをはせよう。私も、つらい状況に陥《おちい》ったとき、救いの天女が舞い降りる妄想をしてその時間をやり過ごした。誰しもそんなことをした思い出がありはしないだろうか。

「この子は本当は色など見えていないと思います。クラスで居場所がないと、何か特別な意識を持ってでも自分を支えないと生きていけない。そのためにこんな力があると思い込むんです」

確かにこんなふうに過ごしていた子供時代のささいな記憶をその身に残し、物語の種にしていくのが作家なのだなあとしみじみ感じた。

ともあれ、物語は何が始まるのかわからない幕開けに引き込まれ、途中途中にふっと差し挟《はさ》まれる戦争の影。井上《いのうえ》、高村《たかむら》、キヨミ、鏑木《かぶらぎ》ら、大介の変容を引き出す人々の歩んできた道の多彩さ。いや、多彩な脇役をそろえた目配りのよさといった方がいい。次第に明らかになる北海の正体と旅の理由。渾然一体《こんぜんいったい》となって大介もわれわれも、思いもかけぬ地点に連れて行かれることになった。

そして終幕、高校生になった大介と北海のその後に触れ、心に小さな明かりがともる。北海や旅の途中で出会った大人たちから大介に受け継がれたもの、学んだことが彼を少し強くし、未来が開かれた思いがした。乾さんの作品世界の特徴は、「なんだろう」という展開にいざなわれていくと、すっとひとの心の機微をついた着地で胸に迫る余韻を残す、という点にある。

「夏光」で、友人は死期が近い人を見分ける能力を持っていた。終幕ははっきり示さないがその能力を描き、鮮やかな印象を残す。「あの日にかえりたい」も、なぜボランティアだけに話をするのか、その意味がわかったとき衝撃のラストが待っていた。今回もその特質は変わらない。より物語の豊かさを感じさせる、心に残る終幕が用意されていた。

一九年に刊行された『心音《しんおん》』もファンタジー要素なく難しい題材に挑んでいる。厳しい現実に向き合う強度を作家自身が獲得したのではないか。その努力と覚悟はいかばかりか。

こうしてみてくると、本書は乾さんのある種のターニング・ポイントとなる作品でもあり、現時点の代表作といって差し支えない。今後の活躍がますます楽しみではないか。いや、その前に、他の乾作品を未読ならぜひ手にとってほしい。優しい手つきで忘れていたことを思い出させ、気づかなかったことを悔やむような私たちを刺激する物語ばかりだ。

（本作品は、平成二十八年三月に単行本として刊行されたものに、加筆・訂正したものです）

JASRAC 出1905356-901

一〇〇字書評

切り取り線

購買動機（新聞、雑誌名を記入するか、あるいは○をつけてください）

- □（　　　　　　　　　　　　　　）の広告を見て
- □（　　　　　　　　　　　　　　）の書評を見て
- □ 知人のすすめで
- □ タイトルに惹かれて
- □ カバーが良かったから
- □ 内容が面白そうだから
- □ 好きな作家だから
- □ 好きな分野の本だから

・最近、最も感銘を受けた作品名をお書き下さい

・あなたのお好きな作家名をお書き下さい

・その他、ご要望がありましたらお書き下さい

住所	〒				
氏名		職業		年齢	
Eメール	※携帯には配信できません	新刊情報等のメール配信を 希望する・しない			

この本の感想を、編集部までお寄せいただけたらありがたく存じます。今後の企画の参考にさせていただきます。Eメールでも結構です。

いただいた「一〇〇字書評」は、新聞・雑誌等に紹介させていただくことがあります。その場合はお礼として特製図書カードを差し上げます。

前ページの原稿用紙に書評をお書きの上、切り取り、左記までお送り下さい。宛先の住所は不要です。

なお、ご記入いただいたお名前、ご住所等は、書評紹介の事前了解、謝礼のお届けのためだけに利用し、そのほかの目的のために利用することはありません。

〒一〇一−八七〇一
祥伝社文庫編集長　坂口芳和
電話　〇三（三二六五）二〇八〇

祥伝社ホームページの「ブックレビュー」からも、書き込めます。
http://www.shodensha.co.jp/bookreview/